年年有魚 3

文創風 136

玖藍 著

目錄

第六十章

因為有各種兔子醫治，杜小魚反覆試驗，從方子的藥材增減，到用量的多少，經過多次研究，終於也得了三個確定將來可以應用的方子。

一個是早先杜文淵配來治療拉稀的，一個治兔子的鼻炎，還有通積食的，應付眼前的病還算勉強。

為方便服用，都送藥鋪做成了藥丸，自此後，這些病症再要醫治的話，她自是要收取費用的，當然，疑難雜症仍跟以前一樣，不包治好，也不收錢。

因為兔子的病還有好多種，她必須繼續學習，繼續試驗，以前養兔子的時候就上網仔細搜查過，她記得還有種兔瘟，發病起來跟那些雞瘟、豬瘟一樣，半天內就會死亡，而且傳播速度極快。

對於這種病，就算是未來也很難醫治，只能眼睜睜看著災難發生，有效的辦法也只有「預防」二字，所以她對看管兔子的李錦要求很嚴格，所幸這個人本也是個謹慎的，做到現在沒讓她有任何不滿。

日子一天天過去，已然到了深冬。

前日下了場大雪，到現在都沒有融掉，路面上的雪積化成冰，走在上面稍不留神就得滑一跤，此刻，杜小魚正領著個大夫慢慢走過來。

她面上滿是笑容，剛才趙氏吃飯的時候吐了，過後胃口極是不佳，什麼都不要吃，杜顯很擔憂，便要去請大夫，她自告奮勇就來了。

「大夫，我娘吐了，應該是有孩子了吧？」她在半途忍不住問道。

大夫姓季，村子裡的人慣常都愛請他看，聞言看了眼杜小魚，笑道：「這得去了才知道，老夫可不敢胡說。」

「我娘身體好得很呢，肯定是有孩子了！」杜小魚自己做了結論。「也不知道是弟弟還是妹妹。」

季大夫越發好笑。

兩人來到院門口，杜顯聽到聲音就迎上來。「大夫您可來了，我娘子這會兒又在吐了，我看膽水都要吐出來，您快去給她瞧瞧！」

見他焦急的樣子，杜小魚伸手拉住杜顯的袖子。「爹，您真看不出來啊？娘肯定是有喜了！」

「啥？有喜？」杜顯起先一個驚喜，但很快又搖著頭道：「我看不像啊，妳娘也生了三個孩子了，沒有一回像這樣的。哎，吐得太厲害了，妳走後又吐了幾回，我看著像是生病。」

杜小魚感覺自個兒頭上被澆了一盆冷水，忙跑進去。

趙氏臉色發白，靠在床頭，額頭上滿是汗。

杜小魚上前握住她的手，顫聲道：「娘，您還在不舒服嗎？」一邊又拿了帕子出來給她擦汗水。

「好些了。」趙氏虛弱的笑笑。

大夫坐下給她看脈，杜顯緊張地立在旁邊。

「怎麼樣，我娘子到底怎麼回事？」見大夫收回手，杜顯忙問。

大夫露出笑來，朝他一拱手。「恭喜老弟，你娘子是有喜了！」

「啊！真是有喜了？」杜顯大喜，但很快又有些懷疑。「可是，娘子怎麼看起來好像很難受的樣子，大夫，您好好看看，可別看錯了。」

大夫衝趙氏點點頭。「妳這相公倒真是體貼人，旁的曉得是有孩子，哪兒還想那麼多。」他擼一擼鬍鬚。「妳怕是晚上還冷到胃了，這才吐得厲害，我開個方子給妳用，放心，不會傷到肚裡孩子的。」

這才得到確認，杜顯喜得不知道說什麼好，只緊緊握著趙氏的手不放。

趙氏更是眼淚流了一臉。

「大夫，這邊請。」見此情景，杜小魚眼睛也紅了，只把大夫招呼過去。

大夫開了方子，又囑咐幾句，杜小魚把錢付了便告辭了。

眼前雪白大地好似也溫暖起來，她拿著方子立在院子裡，好一會兒都挪不動腳步。

趙氏做到了，終於懷上了孩子！她將有弟弟妹妹了！

她轉身噔噔噔地往趙氏的臥房跑去。

此後，趙氏就成了家裡的重點保護對象，什麼都不用做，就算立在門口的掃帚倒了杜小魚都要搶著去扶，倒是讓她哭笑不得。

秦氏看著羨慕得很，有回就悄悄問她用什麼法子，秦氏只得龐誠一個孩子，一直很是遺憾，如今看到比她大的趙氏都能再懷上，心裡自然又升起希望來。

回去也是照搬一通，每日熬著藥喝。

吳大娘的孫子如今也一歲多了，不用她太多操勞，便經常來陪趙氏說話。趙氏飯量很好，就算嘔吐了也照常要一天四、五頓，這樣子下來，很快就如同發麵饅頭，整整胖了一大圈。

杜黃花趕工了好幾件大棉衣送過來，杜文淵則每次回來都跟杜小魚講解怎麼應付孕婦日常會遇到的問題。

「爹，明兒煮南瓜蹄膀，後天燒個西湖醋魚，大後天，要不弄個何首烏燉雞吧？」杜小魚在想著菜單。「嗯，有蝦子的話爹見到了也買一些回來。」這邊冷，海離得也不太遠，好像有冰凍的海水蝦，當然，四、五月份的河蝦最好，可是這季節不可能有。

趙氏正在吃切好片的梨子，聞言驚道：「胡說，買什麼蝦子？生個娃把咱們家都吃窮了，她爹，別聽她的！」

「妳愛吃什麼咱們就買什麼，這點錢還有，」杜顯笑咪咪。「文淵昨兒個還送來八兩銀子，是他跟黃花掙的，娘子就別管了。」

「這怎麼行，還得留著給黃花打嫁妝呢！」

見趙氏激動起來，杜小魚忙道：「娘您別急，咱不買，不買行了吧？您這梨子也少吃點，半個就行了。」

趙氏這才不說了。

「爹啊，下回見到有就偷偷買回來，娘也沒話說。」見她走去休息，杜小魚小聲道。

杜顯點點頭。「好。」

「爹，您說娘懷的是弟弟還是妹妹啊？」杜小魚問道。「爹希望是男娃還是女娃啊？」

「男娃女娃，爹都喜歡。」杜顯笑起來。「妳跟黃花，還有文淵，我哪個不疼啊？妳這孩子說什麼傻話。」

杜小魚想想也是，杜顯一貫的作為也不是個重男輕女的，就算生下個妹妹，他也一定會疼愛，不過她娘應希望是個男孩吧？

最近，她又投入到農書的研究中去，除了給兔子配藥，明年開春就要種金銀花，又要催寒瓜苗，有得她忙呢，其間倒是抽空做了個黑兔毛暖袖給杜文淵，聽說戴上之後又得書院眾人的羡慕。

眼見春節越來越近，村裡也已經洋溢出一派喜慶。

杜顯這日又在殺雞，老母雞湯對孕婦是很好的，自然要多多的吃，杜小魚則拿著年畫在牆上比劃，前兩年都沒這麼漂亮的年畫，只是用紅紙貼貼。

「小魚。」杜文淵急匆匆走進堂屋，滿臉的汗。

「二哥，你放假了啊？正好，來看看這張抱魚娃娃貼在這兒好不好？」這年畫是寓意年年有餘的，娃娃畫得胖嘟嘟，粉嫩可愛。

杜文淵走近幾步，小聲道：「姊有沒有回來？」

「姊？姊沒回來啊。」不過應該也要回來了，杜文淵這都放年假了，馬上就要過春節了呢。

杜文淵臉色一下子難看至極。

「怎麼了，出啥事了？」杜小魚看到他的表情，意識到不對，忙從凳子上跳下來。「姊出事了？」

「妳小聲點，不能被娘聽到的。」杜文淵拉著她走到院子裡，又往屋裡看了下，杜顯在後院，趙氏在臥房休息，這才又壓低聲音道：「姊不見了。」

「什、什麼！」杜小魚差點喊出來，忙用力捂住嘴，急道：「姊不見了是什麼意思？姊怎麼會不見的？她不好好的在萬府嗎，怎麼可能不見了？」

「就是不見了，還是萬太太問我，我才曉得的，說是本來讓姊去紅袖坊的，結果她不在紅袖坊，也不在萬家。」

杜小魚心急如焚，脫口道：「一定是白蓮花幹的好事！」

可是，她到底想幹什麼？再說，姊這麼大一個人也不至於被白蓮花給藏得不見了啊！

「走，我們去白家問問。」杜文淵拉著她就走。

「等等，先去跟爹說一聲。」杜小魚跑向堂屋，平復了一下情緒才跟杜顯說要去秦氏的雜貨鋪買點東西。

兩人走出院子，立刻就跑起來。

到白家的時候，杜小魚額頭上都是汗，後背都濕透了，她心裡真的害怕白蓮花會做出什麼可怕的事情來。

杜文淵上前敲了下門，是崔氏來開門的，見到這兄妹倆，臉色很不好看。「你們來這兒幹什麼？」

「白蓮花在不在家？」杜小魚喝道。

「蓮花？」崔氏剛要回答，可看到杜小魚的態度很是不舒服，哼一聲。「我們家蓮花在不在家關妳什麼事？」

杜小魚等不及，直接衝進門去，一邊叫道：「白蓮花，妳給我出來！」

白士英也在家裡，皺起眉道：「這丫頭怎麼回事？」

「也不知道是不是瘋魔了，真沒教養！」崔氏撇撇嘴。

杜文淵壓住怒氣，行了個禮問道：「崔大嬸，蓮花妹妹到底在不在家？我跟小魚有些事想問問她，還請大嬸告訴我們吧。」

崔氏瞅瞅他，到底是唸過書的，跟別人就是不一樣，她沒個好脾氣，這少年還能這樣有禮，當下冷著臉道：「我們家蓮花不在家，你要找她，過幾天再來。」

「敢問大嬸，蓮花她去哪裡了？」

崔氏有些不耐煩了，杜家連番拒絕他們，早已讓她對杜家充滿了怨念，她走進去把杜小魚一把揪住往外面推。「都說了不在家，你們還找什麼？給我出去！」

杜小魚哪肯輕易走，扒著門邊不讓。「白蓮花在哪裡，妳快快告訴我們！」

「小魚。」杜文淵伸手按住她肩頭。

杜小魚也知道這樣的態度只會激怒崔氏，可這節骨眼上她真的忍不住，杜黃花到底去哪兒了，天都要黑了啊！

「白大叔，我們有件十分緊要的事要問蓮花，還請白大叔告訴我們蓮花去哪裡了。」杜文淵看向坐在屋裡的白士英。

白士英雖然對杜家的拒絕也不滿，可自家兒子身體不好，怎麼也不能強迫他們，當下嘆口氣。「娘子，他們只是問問，告訴他們又怎麼樣。」說著回答道：「蓮花去天行寺了。」

聽著不像是假的，難道不是白蓮花做的？

杜小魚想了想又問。「那白大哥在家嗎？」白與時是個心好的，若他在家，她定要去問問，真是白蓮花做了什麼不好的事，他一定會阻止的。

「跟蓮花一起去了。」白士英道，其實這事他也覺得奇怪，這都要過年了，蓮花好好的忽然要她大哥陪著去天行寺，可偏偏娘子還同意了。

其實他哪裡曉得，崔氏知道自己兒子活不長，白蓮花想讓他出去走走、散散心，禁不住求，也就同意了。

門外的兩個人都愣住了，看白氏夫婦的表情不像在說謊，難道這事真跟白家的人沒有關係嗎？是他們弄錯了不成？

離開白家後，杜小魚急得像熱鍋上的螞蟻。

「姊失蹤多久了？」

「現在怕有兩個時辰了。」他從縣裡過來是借了萬家的馬車，如今正停在遠處，不敢驚動家裡人，如今趙氏懷了孩子，萬萬不可以受到驚嚇。

「難道真不是白家的人做的？會不會是白蓮花瞞著她爹娘？」白氏夫婦的演技應該沒有那麼好，那麼也是被蒙在鼓裡不成？她始終覺得這事跟白蓮花有關，杜黃花是個不惹事的，還會有誰……她想著頓一頓，難道是容姊？

不至於吧！

她抬頭看看天色。「二哥，你說姊現在會不會已經回了萬家？」真希望只是虛驚一場，杜黃花其實好好的在萬府呢。

杜文淵撫一撫她的頭。「不如我們等等再說吧，這事卓予也知道，若看見大姊，定然會派人來通知我們的。」

「也只能如此。」

兩人快步走回去。

「去個雜貨鋪那麼久，咦，文淵你啥時候回來的？」剛才杜文淵來去匆匆，說話聲音又小，杜顯都沒看到。

杜文淵勉強露出笑。「才回來的，正好遇到小魚。」

「好，好，我這就下鍋把雞燉了，你餓不餓？這雞要燉一會兒呢，灶上有包子，你拿去先填填肚子。」趙氏自懷上孩子後飯量很大，所以灶上隨時都熱著東西，方便她想吃就吃，杜顯拎著洗乾淨的雞進去了。

杜小魚怕他忙不過來，也跟去廚房。

「文淵這次回來是要待到過完年才走的吧？」

「嗯。」杜小魚點點頭，算算時間應是的，就算不是，杜文淵估計也直接請了假了。

「等黃花回來，把羊宰一隻，咱們過年就吃羊肉了！」杜顯笑得很開心。「小魚，這羊肉妳想怎麼弄啊？」

那兩隻羊可是一公一母的，杜小魚忙道：「要吃羊肉咱們去買便是，好不容易養那麼大，我還想看著生小羊哩。」

「這樣啊，那也行。」

兩人正說著，聽見趙氏出來了，跟杜文淵說話。「黃花什麼時候回來，萬太太可說了？」離大年就只幾天了。

其實萬太太本來是打算明天放杜黃花回來的，正好跟杜文淵一起，誰料出了這麼個事，杜文淵儘量平靜下來。「也就這兩天吧。」

杜小魚在裡頭喊道：「二哥，你也別閒著，過來幫幫忙呀。」

杜文淵也不想扯謊，趕緊跑進來。

「去，去燒火。」

杜顯在旁邊笑。「使喚起妳哥來了，哪有叫秀才燒火的道理？別理你妹妹。」把杜文淵一推，自個兒往裡面添柴火。

「那切菜吧。」杜小魚指指砧板上的大青菜。

三個人忙活了一陣才把晚飯做出來。

用飯時，除了杜顯夫婦外，另外二人食不知味，匆匆把飯吃完，找到個時機便聚一起偷偷說話。

「看來萬府那邊沒消息。」杜文淵道：「我現在去找師父，讓他跟縣主說說，好派出衙役去尋。」

杜小魚心裡早已不知道亂成什麼樣子，根本想不出好辦法來，這事太過棘手，眼下只怕真的只有靠林嵩了。

「妳快去屋裡吧，省得被爹娘發現。」

「嗯，我就說你去找林大叔問武學上的事了。」杜小魚轉身回屋。

林嵩得知消息，立刻乘坐杜文淵從萬府借來的馬車去往飛仙縣，當然，杜文淵沒有跟去，萬一杜顯夫婦問起來只怕不能自圓其說，便還是留在家裡等消息。

畢竟林嵩這樣的人辦事能力不容置疑，他肯定會出全力的。

第六十一章

好不容易熬到第二天，兄妹倆早上起來都是臉色青白，很明顯沒有睡好，倒是讓杜顯嚇一跳。

兩人藉口一樣，晚上說話久了耽擱睡覺，杜顯這才笑起來，說兒子放假好些天呢，也不用一晚上把話說完，但看到兩人感情好，自是高興。

用過早飯，杜小魚在院子裡小聲道：「要是林大叔也找不到怎麼辦？」她很晚才睡著，還噩夢連連，醒來一身冷汗。

杜文淵哪裡回得了她，只是安慰兩句。

林嵩中午便來了，兩人又找藉口去了武館，杜小魚急忙問著怎麼回事。

「有人昨日在縣門口見過妳姊，說是被一輛馬車接走了。」

「什麼？」杜小魚大驚。「哪兒來的馬車？我姊怎會跟著去的？」

「好似說有人強拉她進去……已經派衙役到處尋了，你們安心些。」林嵩這事也不能打包票，畢竟不曉得其中來龍去脈，而這家人又是跟外甥緊密相連的，關係到杜黃花的名聲，他也很小心，叮囑那些衙役千萬不要露出風聲。

杜小魚只覺心裡一陣陣悶，回去後什麼事也做不了，為怕趙氏發現還得避著她，趙氏來前院她就去後院忙活，趙氏去堂屋她就去給牛餵草。至於杜文淵，他總歸是要唸書的，在臥房裡不出來便是。

就這麼一分一秒好似一年。

眼看天又要黑了，杜小魚望著院大門流下眼淚，又偷偷拿袖子擦掉，在心裡道——姊，妳到底在哪裡啊？可千萬不要出事啊！

這時，卻見一個人影輕飄飄地過來了。

「姊！」杜小魚大吃一驚，奔了過去。

杜黃花臉色有些發白，眼圈黑黑的，看起來像一晚上沒睡過覺，見到杜小魚，忙擠出一絲笑來。

「姊，妳……」她壓低聲音。「妳昨兒去哪兒了？」

杜黃花不回，提了提手裡包袱。「我給你們都做了新衣服呢，走，回屋裡試試。」

分明是要避開不談，杜小魚皺起眉，姑娘家一晚上不回家可是很嚴重的事情啊！杜黃花到底怎麼了？林嵩明明說是有人強行把她拉入馬車的，到底是誰？她本想再問，可看著杜黃花的臉又有些不忍心。

怕是受到驚嚇了吧？

可是，她手裡怎麼提著包袱呢？看樣子還回了萬家拿東西的，這是準備過年給他們的新衣服？一切看起來又有條不紊。

杜黃花已經進屋去了。

「黃花也回來了啊，妳娘昨兒還在念叨呢。」杜顯笑道，又瞧瞧大女兒。「臉色怎麼這麼不好，可是車上顛到了？先回屋休息會兒吧。」
「好的，那爹幫我跟娘說一聲。」杜黃花徑直去了臥房。
杜文淵聽到聲音也出來了，正好看到她的背影。
杜小魚衝他使了個眼色，兩人走到外面。
「姊好奇怪，什麼都不說，真不知道她在想什麼！」到底問還是不問？可是杜黃花這種性子，她要是不想說，誰也問不出來。
「要不緩緩再說，反正人回來就好。」杜文淵也沒有辦法，隨後便去告訴林嵩一聲，省得他還在擔心，至於馬車的事，自然還是要繼續查的。
杜小魚坐立不安，她剛才偷偷去看過杜黃花，只見她安靜地躺在床上，看樣子確實在睡覺，她還撩開被子看了下，杜黃花也沒有流眼淚，呼吸均勻。
可她越發覺得不對頭。
但因為趙氏有喜的事，只能壓在心裡，晚上母女倆輪流試了下杜黃花做的衣服，合身又漂亮，衣襟上繡的花透著一股子靈氣，她的手藝果然又進步不少。
「萬太太這兩年光送這些布都是好幾個錢呢，妳將來真要好好報答。」趙氏叮囑大女兒。「萬太太配下來的任務一定要用心做，是了，再過一年妳就學成了，萬太太可說過有什麼打算？」
「師父提過些，大抵是想留我在紅袖坊。」
紅袖坊是萬太太打響名聲的地方，不只飛仙縣，也有其他縣慕名而來的太太小姐，如今幾個弟子中，只有杜黃花是最有可能得到真傳的弟子，自然要留她坐鎮，杜小魚笑道：「以後大姊出師了，怕這紅袖坊就要妳接手管了。」

那容姊到時候要氣得吐血三升吧？

杜小魚還記得她們第一次去紅袖坊的情形，容姊頤指氣使，把自個兒當紅袖坊的管事，可如今這狀況，再過一年她可就得挪地兒了！

她想著又往杜黃花瞧一眼，昨天這事真要是容姊做的，杜黃花應該不會替她隱瞞吧？再說，既然都抓去了，又怎麼會放她安然回來？

怎麼想，還是白蓮花最有可能！

「這件是給爹的，這是文淵的。」杜黃花一一拿出來。「也不知道合身不，我瞧著爹好像長胖了。」

「能不胖嘛，他們父女倆把我當豬養呢，自個兒也吃得不少。」趙氏指指杜小魚。「妳看她臉兒也圓了，成天的在菜上面翻新弄花樣。」

杜黃花也笑了，又有些心疼。「倒是辛苦小魚，我若是在家就好了。」

「那妳不如跟萬太太說一聲，等娘生下孩子再去，可好？」杜小魚立時逮住機會，出了這檔子事，她實在放心不下杜黃花，過年才十天左右的假，不一定弄得清楚是怎麼回事。

誰料趙氏不同意。「這怎麼成？妳這孩子慣會瞎說，我能走能動的，還要妳姊服侍？以前妳爹去田裡，我一個人不照樣好好的，就妳大驚小怪。可說好了，我再順著妳，明兒也得做做活了，讓別人瞧見，當我這個娘苛待女兒呢！」

「娘，還是小心點好。」杜小魚皺起眉。

「我自個兒省得，真以為越長越小了，妳這孩子操心的事兒太多……」

話未說完，門外傳來小狼的叫聲，一聲比一聲響，應是有人上門來了。

杜小魚忽然有種很不好的預感，忙站起身說去外面看看。

杜顯這時已經走到院子裡，不由一愣，白家的人怎麼來了，天都黑了，來幹什麼？

來人正是白家兄妹倆，白蓮花在前頭，白與時在後頭，此刻正用力抓著妹妹，想把她從杜家拉走呢。

杜小魚便是看到這樣一幅景象。

居然是他們，可是白氏夫婦分明說去天行寺了，而且好像還有四處玩玩的意思，得要幾天，怎的會突然出現在這裡？

「爹，您進屋，我跟他們說。」杜小魚忙道。

杜顯便不管了，白家的人他也不想接待。

「小魚妹妹，黃花姊姊可在啊？我……」下面的話還沒說出來，白蓮花的嘴巴就被白與時一把捂住，強行往後拖去。

這兩人是吃錯藥了？在別人家門口拉拉扯扯，莫名其妙，杜小魚往前走上幾步，帶著疑惑道：「你們來幹什麼？」

白與時不說話，一張臉赤紅，月光下，隱隱見他額頭上密布汗水，覆在白蓮花臉上的手青筋暴露，看起來有幾分猙獰。

印象裡，他是一個極為溫和的人，可眼下卻是有些氣急敗壞。

不過到底是病著的人，雖然比白蓮花年紀大，又是男人，可仍是敵不過白蓮花。

白蓮花用力扯開他的手，大聲道：「杜黃花，妳出來，我跟我大哥來了！」

那聲音劃破夜空，帶著隱隱的興奮與殘酷，像利刃出鞘一般。

不好的預感更加強烈，杜小魚來不及細想，上前揪住白蓮花就往外推，想把她趕出去。

然而，到底是來不及了。

趙氏跑出來，喝道：「你們還來找黃花幹什麼？」

杜黃花恐慌地跟在後頭，輕輕扯著趙氏的袖子。「娘，您快回去，小心著涼了，我、我跟小魚會讓他們走的。」剛才聽到白蓮花的聲音，她渾身發顫，也想攔著趙氏，可哪攔得住，只得跟著一起出來。

白與時的後背全是汗，看到杜黃花時只覺氣都透不過來了，他小聲哀求道：「蓮花，快跟哥哥回去，就當哥哥求妳了，蓮花……」

「大哥，事已至此，就讓我惡人做到底！」白蓮花語氣冰冷，看向趙氏，一字一頓道：「大嬸，黃花姊已經……」

話未說完，臉上已經狠狠挨了一下子，是白與時打的，打得極重，那紅掌印像朵花一樣開在她臉頰，她的嘴唇立時腫了，有血慢慢從嘴角流出來。

杜家的人全都呆住，一時寂靜無比。

白蓮花卻不以為然，她抬手擦了下血跡，淡淡道：「大哥，你就算打死我，我也一定要說出來。」

「好、好，妳說！妳要說了，以後別想再見到我！我、我反正總歸要去的。」白與時的聲音裡又是怨又是恨，還有很多痛苦，如同嗚咽般淒涼。

杜小魚離他最近，不忍相看。

「大哥，你真忍心就這麼丟下我嗎？」白蓮花聲音微微發抖，但極為尖細，像是在用著一種別樣的情感在說話，在這夜色裡聽起來有透骨的寒。「大哥，你又忍心丟下黃花姊嗎？她可是你的人了啊！」

她還是說了，白與時不可置信地看著她，連連後退，一口血湧到喉頭，撲地噴了出來。

那句話不亞於晴天霹靂，趙氏厲聲喝道：「妳、妳說什麼！」

「娘，您別急啊！」杜小魚按捺住巨大的震驚，奔到趙氏身邊。「娘，您懷著孩子呢，您千萬別著急，孩子會不好的，娘！」她用力握住趙氏的手。「娘，快跟我深呼吸！吸氣，快吸氣，再吐氣……」

趙氏胸口劇烈地起伏著，只覺頭一陣發暈，耳邊聽到小女兒的聲音，她猛地想到——是啊，孩子！她已經沒了一個孩子，這個一定不可以再失去，她忙跟著杜小魚吸氣呼氣。

那邊杜文淵已經揪住白與時的衣領。「剛才她說的是不是真的？」

白與時無言以對。

杜文淵怒上心頭，揮拳就要往他身上打。

白蓮花一把抓住他的胳膊。「你要打打我，別打我大哥，都是我一手造成的，黃花姊是我請人抓的，馬車是我僱的，藥是我偷偷給黃花姊吃下去的。我哥事先毫不知情，他只以為是去天行寺，我把他的藥也換了……」

藥？杜文淵一愣，隨即明白過來，目眥欲裂，瞪著白蓮花。「就算妳是個女人……」他也忍不下來，一掌擊在白蓮花的肩頭。

她撲倒在地上，兩隻手撐著又慢慢爬起來，嘴裡吐出幾口血，聲音嘶啞。「對，對，都應該打我，你要解恨朝著我來，打我，你們都打我吧……」

白與時的眼淚落下來，俯身抱起白蓮花，拿袖子抹她的臉。「蓮花，妳何苦這樣！」杜顯立在杜文淵身後，手臂抖個不停，他何嘗不想打他們？可是白蓮花已經一臉的血，白與時那病身子……他長嘆一聲，竟不知道該怎麼辦才好。

杜黃花只是沈默，寂靜得像不存在似的。

「小魚，把他們叫過來。」趙氏恢復平靜，用手捂著心口道。

杜小魚一步步走過去，腳步千斤重，剛才白蓮花坦白的話字字都聽得清楚，她從未想過真會出現這樣的事，一防再防，到頭來只是白做功夫。

白蓮花終究還是得逞了！

她難以抑制心中憤怒，走到白蓮花的面前重重搧她一下耳光。「妳竟這樣無恥！不過是為報答妳哥哥，竟這樣對待我姊姊？只有妳有親人嗎？我大姊只是草芥？白蓮花，妳等著，我一定讓妳沒個好過！」

「我早說了，你們就算打死我，我也認了！」她絲毫不怕。

做出這樣的事情來，還如此態度，杜小魚緊緊握住拳頭。「妳就不怕害死妳大哥，妳不過是想替他完成心願，可妳大哥若活不到那時又如何？今日便是死了又如何！妳瞧瞧他，可不是要被妳活活氣死？白蓮花，妳罪孽深重，就算死了也還不了這一身的債！妳永遠還不了！」

這一刻她真想把白與時殺了，白蓮花傷害她的家人，她也想叫她嚐嚐這種滋味！

這句話擊中白蓮花的恐懼之處，她尖叫起來。「不許妳詛咒我大哥！我大哥不會死的，不會死的！」

「小魚！」趙氏一聲喝。「都給我進來。」

杜小魚這才想起還是在院子裡，若是被旁人聽見可不行，她狠狠瞪一眼白蓮花。「這事必須要解決，你們給我進屋去！」

白氏兄妹互相攙扶著進去了。

白與時一進堂屋便跪下來。「這事都是我的錯，還請原諒蓮花吧！她年幼無知，是我這個做大哥的沒有盡到教導的責任！」

趙氏緊緊閉了下眼睛，又慢慢睜開，看向跪著的少年。「這件事你打算怎麼處理？」

白與時低著頭，堅定地道：「我不會讓任何人知道的。」

「你就沒有想過娶黃花？」杜顯在旁邊聽了大怒，都是他的人了，居然說出這種話來！占了人便宜就想甩手走人？

白與時微微搖頭。「我沒法子娶黃花，我不能讓她，讓她……」白蓮花做出這種極端的事，他也猜到自己活不長了，又如何能讓杜黃花做個寡婦？

杜顯聽出其中意思，不由掩面長嘆，老天真是個沒眼的，為何要這樣對待兩個孩子？

但是白蓮花卻不甘休，朗聲道：「既然黃花姊已經是大哥的人，大哥還是娶了黃花姊吧，大哥若是不要，黃花姊恐怕再難嫁出去。」

這世道對黃花閨女可是看重得很，杜小魚心頭一凜，真是把白蓮花恨死了，這人真真是狠毒，對自己的大哥都下得了這種手，她就不怕那藥弄死白與時？是了，她也是搏命了，她絕對是瘋了！

趙氏也是考慮到這一點，黃花再嫁去別人家，洞房之夜恐怕就過不去，還有白蓮花這個瘋丫頭，誰能保證不露出一點風聲？她想著胸口一陣疼痛，忙用手揉著，慢慢道：「黃花，妳是怎麼想的？」

如今這形勢似乎旁人已難掌控，大女兒這樣的情況，不管是誰替她作決定，都沒有勇氣承擔她一輩子的幸與不幸。

她這個做娘的也承擔不了！

屋子裡一片寂靜，所有人的表情都像凝固了一般，目光紛紛落在杜黃花的臉上，等著她開口。

杜黃花慢慢跪下來，衝著趙氏跟杜顯磕了三個響頭。「女兒不孝，請允許女兒嫁給白大哥吧。」

「黃花，不行……」白與時失聲道：「萬萬不可！」

白蓮花卻露出欣慰之色，杜黃花到底是個有情人，她確實賭對了，她就曉得發生這種事，杜黃花一定會嫁給大哥的。

杜小魚只覺有隻手堵著她的喉嚨，想說出反對的話，可偏偏一個字都說不出來。

這一天終於來了。

杜文淵拍拍她肩頭，輕聲道：「妳已經盡力了，小魚，這是大姊自己的選擇，咱們就遂她的願吧。」

杜小魚再也忍不住，撲在他懷裡哭起來。

「白大哥，若你不想娶我，我也只能孤身終老了。」面對白與時的拒絕，杜黃花看著他，慢慢地一字一頓的說道。

白與時心中大慟，強撐的氣力瞬間煙消雲散，眼前一黑暈了過去。

第六十二章

新年終於到了，杜小魚聽著連綿不絕的爆竹聲，心裡滿是苦澀。大姊終於還是要嫁給白與時了，像是早就注定的命運，不管她如何防備，不管周遭的情況如何變化，仍是向著那個結局慢慢地、堅定地走過去。

留給他們家人的是難以言說的心痛。

婚事進行得很倉促，過完年白家就找人來提親，年初五杜黃花行了及笄禮，初八白家又帶聘書來下定，村裡人知道這事又引發一陣討論，因為都曉得白家跟杜家早已沒有來往，誰料忽然就結親了，而且那樣快，所有人都始料未及。

一時各種猜測紛紛而至，吳大娘跟秦氏也上門詢問，她們不知道其中緣由，只怪趙氏好好的竟要把女兒嫁給一個活不長的，見到趙氏眼淚汪汪才收住話頭，心知必定是有苦衷，而且這苦衷還不好講出來。

到底是姊妹情深，她們也就不提了，盡心盡力地幫忙。

杜顯唉聲嘆氣。「給黃花訂做的嫁妝都還沒來得及打出來，這嫁衣也是，只得買人家現成的，真是對不住黃花啊！」

事已至此，也只能學會接受，杜小魚安慰道：「等做好了給大姊送去也一樣，」她拿來一個大紅木盒。「爹，瞧瞧，這副銀鐲子真不錯，得有好幾兩重呢。」

白家有愧疚之心，送來的聘禮如按照村裡的水平算得上貴重了，有兩支金簪子，一對銀手鐲並銀耳環，還有漂亮的綢緞、被褥、禮餅等，恐怕把家財都已經花光，跟親戚借錢都是有可能的。

杜顯聞言又嘆口氣。「他們家也不容易。」

那邊趙氏砰地把茶碗頓在桌上。「就算把他們家都拆了又如何？我們黃花嫁過去，要是有一丁點的委屈，我也不放過他們！」言罷心裡又痛起來，說什麼委屈，簡直就是往火坑裡跳！

要不是後來白氏夫婦得知真相後相跪，要不是怕大女兒一輩子都不嫁人，她怎麼肯輕易鬆口！

杜小魚忙上前勸道：「娘，您別氣了，小心身體啊！」

趙氏閉起眼睛吸了幾口氣，平靜下來不再提這件事，轉而道：「妳姊這次嫁人可是欠了萬太太了，她人好，放妳姊一年，還送這些厚禮。唉，等這事好了，咱們一家子都要去趟萬家才行。」

杜顯也知道他娘子氣不得，忙接上話。「是啊，娘子，我都想好了，到時候帶八隻醃兔子、六隻雞，還有去年收的豆子，大米各二十斤，雞蛋一籃子……這些夠不夠？」

杜小魚插話道：「夠了，萬太太才不在乎，心意到就行了，再說，我們這樣的家境，這些禮一點兒也不失禮於人。」

「那就好。」杜顯站起來，臉上閃過一絲悲傷。「我做了幾張椅子，現在漆了也能讓黃花帶過去。」

白家這時候自然不管杜家有沒有嫁妝，可到底是父母的心意，那邊毛記的還沒打好，杜顯就手工做一些平常用的家具出來。

趙氏低了頭去喝茶。

杜小魚看她一會兒，輕聲道：「娘，您也別怪大姊了，她已經很……娘再怪她，她更不好受。」

當日要不是杜黃花沒有聽從她的話，還是去見白蓮花，也不會發生這種事，說到底，她心裡是喜歡著白與時的，杜小魚很清楚這一點。

也許，求仁得仁罷了。

「小魚，還是妳最懂事，」趙氏衝她笑笑。「娘現在還有什麼好怪她的，過幾日她便是白家的媳婦了，娘也只求她能過得快活些。」

年初十二，白家便來迎親了。

也許是想趁這個機會擺脫病氣，弄得很是隆重，請了兩班嗩吶班子繞了村子一圈，爆竹聲震天，引得村裡眾人紛紛來看。

杜小魚看著身穿大紅禮服的杜黃花，視線漸漸模糊，揉揉眼睛，從懷裡掏出一支潤澤無瑕的簪子插入她的髮髻。

「姊，這是我給妳的賀禮，漂亮嗎？」秦氏送來杏仁茶的分成，有十幾兩銀子，便拿去用了，那簪子玉質純淨樸質，恰如她最珍愛的姊姊。

杜黃花眼睛一眨，眼淚便落下來。

吳大娘聽到外面喧譁聲傳來，忙說道：「小魚妳去看看是不是新郎來了。」

杜小魚便出了臥房。

只見白與時穿著新郎服正要去堂屋拜見岳父岳母，那天暈迷後只當他好不起來了，結果醒轉後竟比平日裡還要來得精神。

杜小魚心裡升起一線希望，也許姊姊嫁給他或許就此痊癒也不一定呢？有時候，愛不是可以戰勝一切嗎？

她走上前兩步，衝白與時笑道：「姊夫。」

白與時一愣，心裡的苦越發瀰漫開來，這些年身體好好壞壞只當成煙雲，早就看淡了，可卻從未發現原來那些執念深深地藏在妹妹的心裡。他放開了，可她從沒有，如今生生連累了黃花。

也許，他一開始便做錯了，假如對誰都不曾心動，也就不會害了任何人。

他是錯了，可是，誰能預料得到將來的事情？

就像現在，他也不知道自己做的是對還是錯，若是不娶黃花，也許她的名聲就此被毀，可是娶她呢，自己又能活得了多久？

看他神情瞬息轉變，杜小魚暗嘆一口氣，其實最痛苦的人應該是他吧？本身便已經面對死亡，偏偏還要強迫他承擔這些。

白蓮花啊白蓮花，妳所謂的兄妹親情，不過是一場更大的傷害！

見他仍在猶豫，她輕聲提醒。「姊夫，爹娘在等著呢！」覆水難收，當不幸降臨，最好的辦法無非就是堅強地面對。

白與時衝她點點頭，進去屋裡給杜顯夫婦行大禮。

吳大娘扶著杜黃花出來，杜顯叮囑幾句孝敬公公婆婆，做個好兒媳之類的話，終於還是忍不住哭了，趙氏更不用說，抱著杜黃花不撒手，還是旁人好說歹說才放她走。

看著轎子漸漸走遠，杜小魚立在門口好半天都不動。

「別擔心大姊了，」杜文淵上來安慰道：「反正咱們兩家住得近，妳隨時都可以去看她。」

說得也沒錯，杜小魚點點頭。

過幾日去了趟萬家，此後便是春播的好時節。

幾畝良田杜顯早就耕過了，最近開始往田裡挑糞水，這糞水多是人糞，已經積了半年以上，是較為常用的肥料之一。

杜小魚每回見到都要捏著鼻子逃開，味道實在讓人受不了，所以對於糞水這塊她之前從不曾留意，不過這日倒是留了心，到底農書看得多了，思考也多。

這糞水都是放在一個大坑裡的，就在他們後院的後方，此刻村人已經曉得人糞直接澆的話對莊稼不好，是以都要存放一段時間，也就是所謂的熟糞，《齊民要術》也曾提到過。

「種冬瓜，以熟糞及土相和。」

而元代有一本農書還提到怎麼快速地做成熟糞。

那就是——點火熏熱！

杜小魚想著，差點吐出來，就這麼擺著都臭氣熏天了，還要用火燒，那是什麼場景？

杜顯見她捂著喉嚨只當不舒服，忙道：「妳快進去啊，那麼怕臭還跑外面幹什麼？去去，把門關上，省得也熏到妳娘。」

「我在想糞水的事情呢，爹，您要不要把糞熱熱啊？」

「啥？」杜顯瞪大了眼。「妳這孩子該不是瘋了吧？熱糞，拿鍋煮不成？」

杜小魚又是一陣噁心，忙捂住嘴，半晌才說得了話。「是這樣的，爹，我在農書上看到說，這糞水放久了也不好，裡面可以肥田的東西會變少呢！而加熱的話可以保存住，隨時也能施肥不是？也不用積攢那麼久了。」也就是營養不流失的意思，而所謂的熟則是指發酵腐熟。

杜顯擰起眉。「有這回事？」

提議加熱糞水的書是元末才出來的，離他們朝也不遠，可能還沒流行開來，但江南那邊的人也許已經這麼做了，這邊向來比不過南方。

「當然，我還能騙爹不成？」

「不過這加熱有點兒……」

「可以先用太陽曬嘛，反正天越來越熱，有效果的話咱們冬天就試試用火。」杜小魚笑道：「爹，您先把存放糞水的大坑挪個地兒，最好向陽又背風的，在後院都曬不到多久，溫度不夠。」

杜顯向來相信小女兒，聞言點點頭。「也罷，我一會兒叫妳鍾大叔過來幫忙挖坑，就放前院外的南面吧，那邊吹不到什麼風，臭氣也進不來院子。」

鍾大全很快就來了，用一下午跟杜顯挖了個大坑出來。

第二日早上，父女倆就開工了。

杜小魚站得比較遠，還戴著一個自己做的口罩，剛用過早飯，她很是擔心才吃下去的美味魚片粥。

杜顯搬來些切成段的玉米秸，麥稈子鋪在大坑下面，灑些水上頭浸透翻拌，再澆從茅廁挑來的新鮮糞水，然後再鋪一層那些稈子，中間也挑了牛糞、豬糞進去，因為牲畜的糞是熱性的，容易加高溫度。

兩人正弄著，董氏遠遠走過來，誇道：「哎喲，小魚真勤勞，陪著妳爹做肥呢！」在杜小魚的指導下，他們家的兔子長得越來越好，自是高興得很。

杜顯笑道：「也是這丫頭想出來的，說什麼糞要這麼弄才能肥田，哎，我也是試試，不知道好不好呢。」

董氏聽著眼睛一亮。「真的？這肥弄下去是不是收成會變好啊？」

「要用過了才曉得。」杜小魚聲音不甚清楚，又指點她老爹。「爹，一會兒做兩個草把插進去，好透透氣。」

董氏驚訝地盯著她瞧，這小丫頭真不一般，會養兔子不說，竟然還能搗鼓肥料，他們家孩子就小她一歲，哪有那麼聰明？這杜家倒是好福氣，不過大女兒可惜了，竟然嫁給病殃殃的白家大兒子。

她想著聞到一股臭味，趕緊往裡走了去，又伸手拉杜小魚。「小魚，讓妳爹弄著吧，走，進去跟大嬸說說話。」

跟她有什麼話好講？杜小魚皺了下眉，難道又要問她養兔子的事？但手被她扯著，也只得跟著進屋去了。

趙氏在院子裡剝春筍，她不想閒著什麼都不幹，杜小魚就把從山裡挖來的筍子給她弄，不費力也能消磨時間。

董氏進院子笑道：「這筍子好，對娃兒也好，我跟妳說啊，剝好了放點鹽封罈子裡，等個十來天拿出來跟豬腳一起燉，那味道可香哩，酸酸的，正對妳胃口，妳不信試試。」

趙氏聽了口水嘩啦嘩啦地，她這次懷孩子胃口特別好，又能吃酸的，忙道：「跟醃酸菜一樣？我倒是沒弄過。」

「簡單得很。」董氏笑起來，坐下順勢也跟她一起剝。「要不拿去我家醃，我那邊罈子多，每年都醃的，湯水還在呢。家裡孩子、我那公公婆婆都愛吃，順帶給妳一起弄了。」

「這可太麻煩妳了。」趙氏搖頭。

董氏瞟一眼杜小魚。「小魚幫我這麼大忙，這點算什麼？大妹子甭跟我客氣。」又拍拍她的手。「妳就安心養著，吃得白白胖胖。」

杜小魚在旁邊笑笑。「董大嬸今兒來是想跟我說什麼話？可是兔子哪裡又不對了？」

「照著妳說的養，好得很呢！不過我確實有件事，」她頓一頓，有些不好意思。「上回來看過你們家那些兔子，好似有其他顏色的，現在是不是正懷上了？我是想問問，到時候能不能賣兩隻給我，瞧著縣裡好像沒有啊。」

「不知董大嬸說的是哪種顏色？黑的？黃的？」

「黑的，黑的好。」董氏脫口而出，她一心想要掙點錢，抽空就去縣裡探聽情況，比如兔肉的價格如何、兔皮如何，問到百繡房的時候，聽說黑兔子皮竟然八十文一斤在收，而白色的不過五十文而已。就這樣，黑兔皮還收不到，真是有價無市。

看來還挺瞭解行情，她那對黑色的種兔如今確實又懷上了，上一胎生了六隻，宰了一隻，半幅皮給杜文淵做了暖袖，還有半幅賣與百繡房。餘下有三隻母的跟別的兔子交配，也懷上了，就是不知道會生出什麼樣的小兔子來。

看這類皮毛價格高，她正想著把寒瓜、金銀花種下去之後就去趟縣裡，上回給了小販定金，可他至今都沒有再給她帶過兔子來，可明明又在一波一波地往外賣兔子，她怎麼也得親自去看看情況。

「怎的，可是不好給？」董氏見她不說話，有些失望。

「現在不好說，我那邊黑色的種兔就一對，別的雜交了可能不純。」還有一對是近親產物，她也不太看好，不過純粹養到六個月就賣的話倒也無妨，或者再試試第三代改進，她想著說道：「等生下來再看吧，有的話我賣妳一對，不過縣裡小販那邊沒得買嗎？」

「有啊，不過他不肯賣，」董氏搖搖頭，這小販獅子大開口，一對黑兔子想賣五兩銀子，也不知道是不是瘋了！

杜小魚心裡有數，這事不再提。

第六十三章

過了幾日，熟糞發酵得差不多，杜顯便挑去種寒瓜、還有金銀花那三畝地，正好用完，反正現在時間縮短了，以後要種麥子等隨時都能再做。

金銀花又名忍冬，它的種子比較耐寒，比起寒瓜種比較容易發苗，是以也不用那麼費勁，還得拿牛糞捂著，只取比較向陽的田即可。

這日父女倆把種子播好又灌了水便回家去。

晚上杜文淵回來說起個事，他因為瞞著杜顯夫婦學醫，所以不得不又撒了謊，說認識縣裡一個大夫，對應白與時的病症開了張方子給他，其實就是他拜的師父送的。

之前白與時用過虎狼之藥，對身子傷害很大，雖然最近看著好轉，可內力也許如同朽木，說不定哪一天就油盡燈滅了，這方子是大夫的家傳秘方改進的，對曾經凍壞身子的人大有療效。

杜顯聽得高興起來，忙問：「那是不是就有希望了？」

「也不一定，咱們只能盡人事聽天命。」杜文淵實話實說，治大病這種事從來都不能說包好的，沒有哪個大夫敢開這種口。

杜顯又有些垂頭喪氣。

「爹，好歹還可以試試，姊夫看上去不是挺好的嘛，姊說他現在都能挑水呢。」

「唉，要一直這麼好就好了！」趙氏也嘆口氣。「罷了，這就是妳姊的命，方子明兒你們送去他們家吧。」她最是不想看到白家的人。

杜小魚接過來一看，嘴角抽了抽，其中有幾味昂貴的藥材，他們白家現在吃得起才怪！上回成親早用光了積蓄，這方子拿過去，只怕杜黃花又得把那些首飾當了吧？

她把杜文淵拉到臥房。「他們家買不起這些藥材的。」

「先給他們看看。」杜文淵目光有些冷。「他們實在沒有辦法，自然還會找咱們，到時候又再說了。」

「那我不給姊看了。」

「嗯，明兒妳一個人去吧，我去找師父，他興許認得一些醫術高明的大夫，若是有近旁的，可以請來看看，」他頓一頓。「就算遠的，咱們也請過來。」

杜小魚愣了愣，隨即想到他的身世，沒錯，林嵩以前就是當官的，又有個二品官妹夫，御醫什麼的應該認識幾個，若是杜文淵去說，林嵩應該會幫著出力。

「好吧。」她點點頭。

不管再怎麼不願意，到底是一家人了，怎麼也得盡份心吧。

第二日，杜小魚便拿著方子去白家。

「小魚來了啊！餓不餓？鍋裡有剛蒸好的甜糕，我給妳拿過來嚐嚐？」崔氏眉開眼笑，極為殷勤。

杜小魚對她仍是厭惡的，但想到杜黃花如今是她媳婦了，只得強笑道：「好的。」

崔氏便進廚房去了，不一會兒只見白蓮花托著個盤出來，上面放著甜糕還有一小碗赤豆粥，也是衝她示好地笑著。「快趁熱吃了吧。」

見到是她，杜小魚臉拉得老長，雖說白蓮花被她爹娘又打又罵也算懲罰過了，可這些打罵能彌補她做下的錯事嗎？遠遠不能！

白蓮花察言觀色。「妳不餓的話就放著，沒事。我給妳去叫大嫂出來啊，她在屋裡給大哥磨墨呢，本想等著午飯的時候再叫她的。」

話裡話外都透著沒虧待杜黃花，家務活都不用她做。

杜小魚冷笑一聲，這不是應當的嗎？用這種齷齪手法使人嫁進門來，再不好好對著，那還叫人？

「不用，我也不是來找姊的。」她反正早看過杜黃花幾回，面色什麼的都好，就是對家人有愧疚，覺著辜負了期望，見著了不曉得要說幾次對不住之類的話，今兒主要是送方子，就不打擾他們小夫妻了。

白蓮花笑起來。「妳莫不是來看我的？」

這人臉皮絕不是一般的厚，他們杜家現在哪個不恨她，可她好像不自知似的，恨不得貼上來表現下親熱，有幾次還上他們家幫忙幹活煮飯，硬是被杜顯趕了出來。

杜小魚翻了下白眼，把方子拿出來。「是我哥求來的方子，你們給抓去試試吧，以前的藥沒給妳大哥吃了吧？」

「當然沒有，早不吃了。」白蓮花正經起來，一邊拿過方子看。

「就別給我姊看了，省得她擔心。」這點藥錢要操心也他們來，別指望杜黃花還替他們家分擔這些。

「我曉得了，我絕對不告訴大嫂。」聽出其中意思，白蓮花忙保證。

「那我走了。」她站起來便出門而去。

白蓮花追上來，在身後輕聲道：「小魚，妳很恨我吧？」

「廢話！」

「我會好好對大嫂的，妳放心，不會讓她受一點苦……」

「妳說有什麼用？還不知道妳大哥……」杜小魚打斷她，惡狠狠道：「我姊這輩子就是被妳毀掉的，妳也別想有個好姻緣！」

知道是擔心白與時活不長，白蓮花忙道：「就算我大哥……大哥沒了，我也會對大嫂好的！」她抬起頭，眼裡閃著淚光。「小魚，我不嫁人了，我會伺候大嫂一輩子的。」

杜小魚聽了更加火大。「怎的，妳大哥沒了，還要我姊守一輩子寡是不是？妳敢再這樣說了試試？」

「不是，我不是這個意思。」白蓮花擺著手。「我、我沒想這麼多，不管大哥在不在，我都會對大嫂好的。要是真、真的……也不會那樣委屈大嫂。」想到白與時哪一日真的死了，她忍不住流下淚來。

「妳哭什麼？妳有什麼好哭的？」杜小魚狠狠跺了兩下腳，她都沒替杜黃花哭呢，這個貓哭耗子的！

白蓮花擦擦臉，把手裡方子一揚。「是了，大哥不會有事的，這方子吃了就會好，是不是？小魚，妳沒看到呢，大哥大嫂不知道多恩愛，要是大哥好了，大嫂不是也會很高興嗎？大哥將來就能去考秀才、考舉人，大嫂可就做官夫人啦！」

見她滿臉憧憬，杜小魚心裡不是滋味，眼前的人真是讓人恨不得殺了她，但是偏偏又不能，有時候看她又覺得可憐，她晃一下頭。「我走了。」

「小魚，我會掙錢抓藥的，妳放心！」身後傳來堅定的聲音。

倒不知道她想用什麼法子去掙錢？杜小魚想著暗哼一聲，實在沒辦法總要上門來求的，便也不理，快快地往前而去。

天氣暖了，牛棚裡的牛這日被高家牽了去配種，傍晚才還回來。

高家當家的叫高鐵，說話很豪放，黑黑壯壯的，跟龐勇一個體型，連連誇他們家的牛好，還帶了兩捆草料來，說是好東西，給牠補補身子。

杜小魚在旁邊聽得直笑，那是補腎的意思不成？

見她笑，高鐵只當不信，把草料往身前一放。「小丫頭，不是我老高瞎吹，這草可比你們家那些乾草好多了，牛最愛吃，不信妳去試試。」

她目光這才落到草料上。

杜顯忙道：「哪有不信的道理，高老哥太客氣了，還帶什麼草料來？走，進屋去歇歇。小魚，快給妳高大叔倒水。」

杜小魚完全沒聽到，她整個人都陷入了驚喜中，這草是曬乾的，呈現暗綠的顏色，頂端是紫色的乾花，聞起來有一股特殊的濃郁草味。

這味道她熟悉得很，這乾草她也買過，只沒想到又會見到，這可是號稱「牧草之王」的紫花苜蓿啊！

「大叔，這草料您哪兒來的？」她三步併作兩步奔過去，因為興奮，表情都有些扭曲了。

高鐵擰著眉道：「怎地，妳這丫頭還是不信啊？還問哪兒來的，怕妳家牛吃得不舒服不成？妳放心，我們家那頭有時候也餵，吃得歡著呢！」

「我信，我信！」杜小魚連連點頭。「我知道這草料好，高大叔，您快告訴我哪兒來的吧，是不是你們家自個兒種的？」

高鐵像聽到笑話一樣笑起來。「哪有人專門種牛吃的草啊，這東西是我們家後邊一個小土坡上的，牛放出去每回都拚命啃。我看牠愛吃就弄了點種子下來，沒事坡上撒撒，吃不下的就割下來曬乾，這不送你們家牛嚐嚐了嘛。」

真是撿到寶了！杜小魚忙問：「高大叔，那草的種子您還有沒有啊？」

「有啊，留著一些呢。」

杜小魚心花怒放。「賣我些成不成？」

「賣？」高鐵又大笑。「這種子值啥錢，妳要的話，回頭我拿過來。」

「別煩著妳高大叔，人送來兩捆草，倒被妳問上半天。」趙氏說著端上茶來。「高老哥晚上就留下吃飯吧。」

「大妹子小心點！」高鐵忙伸手去接。「茶可以喝，吃飯就不用了，我婆娘聽吳大妹子說你們家好客，叫我千萬別嘴饞，勞妹子費心，這就得走了！」又笑呵呵。「等大妹子生下大胖孩子，少不得過來討碗酒喝。」

杜顯忙說了些挽留的話，但高鐵還是堅持要走，便送他出去了。

這兩夫妻還挺有意思，杜小魚一笑。

下午又滷了三隻兔子，加上醃兔子，共六隻，她明兒要去縣裡，便準備親自帶去望月樓，前段時間家裡忙，倒是好些天不送了，兔子的數量如今已經突破一百，陸續供應不成問題。

到飛仙縣的時候剛過午時，她嚼著油餅當午飯，這次還是李錦陪著來送的，他表現好又加了些工錢，一個月如今也能拿到八百文錢，不過此後去縣裡，若是東西重的話，他都會自告奮勇來當苦力。

五、六個月的時間，這少年長高不少，本來跟她差不多的，如今也已經高出半個頭。

兩個人走到望月樓門口往右拐，前面有個小門，是通往後面院子的廚房的。

「朱管事，年前有些忙，沒來得及做這些。」杜小魚見到一個瘦高個兒，上前打招呼。「不過您放心，往後會及時送過來。」

毛綜不在的話，都是這個朱管事在打理酒樓。

朱管事表情有些冷淡。「也沒事，你們家忙的話就緩緩。」

杜小魚微微一愣，想當初他們酒樓可是急吼吼的要這些下酒菜，怎的突然就變了態度？她嘴角一抿，想了想道：「可是酒樓的客人最近不愛吃了？」

「倒不是。」朱管事擼一下袖子，看似漫不經心。「如今兔肉倒不缺，這滷兔子嘛，別家也有好味道的，你們家若是忙，我們酒樓自是要照應照應。」

算是聽出來了，看來他們酒樓的兔肉有了好的來路，價格比她便宜些，這朱管事便不太樂意，可是又跟她簽了兩年的契約，不能反悔，所以也就口頭上出出氣，但不知道這會兒透露出意思是朱管事私自的主意，還是毛綜的？

「多謝朱管事的好意，不過能送我還是會送來，煩勞朱管事把錢結了。」杜小魚讓李錦把兔子拿過去。

朱管事挑眉看她一眼，心道也不曉得這小姑娘聽懂沒有，現在這種白兔子旁的也有人賣了，一斤只要十五文錢，他們酒樓有大廚，難道還不會滷不會醃嗎？可惜掌櫃多簽了一年，真是白便宜這小姑娘！

見他表情又多了抹憤然，杜小魚暗自冷笑，真真是奸商，只是稍許多賺他幾文錢就開始斤斤計較，怎麼就不想想當初沒有兔肉的時候？

她拿了錢也不告辭一聲直接就走了。

「小錦，你看到這些人的嘴臉沒有？眼界真淺，也不想想賣兔肉是誰想出來的？別人便宜，可別人的兔肉比得上我養的嗎？」

李錦看她氣呼呼的臉，也不說話。

「我倒要做個別人弄不出來的，滷味、醃製，會的人到底太多了。」她也不指望李錦回應，一路沈思著往集市走去。

小販子卻不在，原來一直占著的位置現在被個賣菜的坐著，一問之下才知道他搬去集市擺肉攤的地方了，專門賣兔肉。

老遠就聽到喊賣的聲音，一斤只要十七文錢。

如果是大量採購的話，應該還會更低，杜小魚走到他鋪子面前，笑道：「喲，開兔肉鋪了啊？恭喜恭喜。」

小販乍一看到她心裡有些發虛，但很快又鎮靜下來，反正知道早晚都會來找，便從兜裡摸出二兩銀子。「這定金還妳。」

「怎麼，你不去齊東縣了嗎？」

小販有些猶豫，回道：「去，不過沒見著那些花色的兔子，白兔子妳反正有的，要買的話也可以在我這兒買。」

「是嗎？可我聽說你有黑兔子的呀！」杜小魚盯著他。「賣給我如何？上回五隻兔子是三兩銀子，現在兩對黑兔子的話，三兩我也要了。」

小販臉色尷尬。「如今這錢可買不到。」

「好，那你倒說說看你想賣多少錢？」杜小魚瞟一眼他攤子上的兔肉，心想這人終於也開始繁殖兔子了，那會兒她給他指路他不信，如今信了就容不下她，帶幾隻兔子罷了，竟也不肯，倒要看看他怎麼個漫天要價！

她眼神帶著些不屑與嘲笑，小販忽然惱火起來，把刀子往板上一摔。「妳這小姑娘真煩人，二十兩銀子妳要不要？不要就走。」

他沒理由覺得虧欠這丫頭，帶東西本來就是自願的，他如今不想帶又如何？黑兔子的皮毛可是值錢的東西，他買來好好養，自然不想別人搶他生意！

果真就是不想賣給她，杜小魚沈下臉。「你不賣便罷了，但是賣給別人可要憑良心，當初我明明教過你怎麼養兔子的，你倒好，什麼都不說，白白讓人把兔子養死了。你這個人的心太黑，但願以後沒有求得上別人的時候！」

一番話引得旁人紛紛側目。

集市好多人都曉得有人帶著死兔子找小販理論的事，如今被杜小魚一說，聽出來是他故意而為，當下便責備起來。

小販更覺難堪，從肉攤裡走出來就要推杜小魚，一邊又給自己解釋。「別聽這死丫頭的話，我不給她帶兔子，她就拿瞎話誣陷我！我才沒有做這些事，劉嫂，妳曉得的吧？上回我還給人把兔子治好了呢。」

劉嫂斜他一眼。「是啊，幾粒藥丸收了別人五十文錢，你夠黑心！」

藥丸？杜小魚喝道：「可是用了我二哥的方子？」第一回在他那裡買兔子時，好心讓杜文淵醫治，這小販竟又拿去坑人！

小販心虛了，挺著胸大聲喝道：「什麼妳二哥的方子？妳二哥是誰我都不曉得！去去去，不買兔子就給我滾！」

見他油膩膩的手伸過來，李錦一把拉開杜小魚。

「喲，還有個小哥護著。」小販哼一聲，拿起案板上的刀子晃了晃。「我說小姑娘，妳是眼紅我兔子多吧？比妳賣得好，是不是？哎，小姑娘，這又何必呢！妳一個小女娃兒會養什麼兔子？妳能去齊東縣進貨嗎？妳能殺兔子嗎？哎喲，要我說，早早嫁人拉倒了！」

真是個小人！

杜小魚看著他，慢慢道：「到底誰比較會養兔子，你自己心裡清楚！我不妨再提醒你一下，兔子可不只會壞肚子，牠還會壞眼睛、壞皮毛、壞鼻子，是了，還有一種很厲害的病，兔瘟知不知道？兔子要得了這個……嘿嘿，任你多少兔子，都死光光！

「這些你會治嗎？我曉得你買了很多好兔子，有黑色的，有沒有藍色的？黃色的？花了不少銀子吧？」她臉色一冷。「到時候你可記得千萬不要來找我！」說完轉過身就走了。

小販子手裡的刀「哐噹」一聲掉在案板上。

雖然嚇唬小販子出了口氣，可她心裡也著實不舒服。

沒有別人幫著帶兔子，她的種兔來源就沒有了，想要擴大規模，想要培育好的兔種，那幾乎是不可能的。

「走，我們去萬家。」很快，杜小魚便作了決定。

第六十四章

杜小魚去之前挑了些新鮮的水果，在糕點鋪子又買了兩包點心，不至於兩手空空。

不過去早了，萬老爺巡視他的藥鋪還沒回來，萬太太有別家邀請看戲，杜小魚在堂屋等著，她倒不是很想去見萬芳林。那次哀求不要殺兔子後，她就再也沒有送過小兔子來，怕引得萬芳林又一次哭哭啼啼。

窗口幾盆蘭花亭亭玉立，清香的味道隨著風飄入屋內，她不由想起萬太太那次考驗杜黃花的場面，就是讓著繡蘭花呢，她這個姊姊這方面絕對是有天賦的。

門外這時走進來兩個人。

「聽丫鬟說妳來了，倒是有樣東西麻煩妳帶給小師妹。」正是杜黃花的二師姊柳紅，另一個是容姊，斜眼睛瞧著杜小魚，滿是厭恨之情。

杜小魚曉得這二師姊跟杜黃花感情不錯，站起來行一禮。

「不曾想到你們家那麼快就定下日子，小師妹出嫁時我那繡圖都沒好，還是前些天才完成的，正想著怎麼給妳姊送去呢。」柳紅遞過來一個紅綢包。「不如小師妹手藝好，到時候可別讓她笑話我。」

「姊只怕會感動得哭呢，有個這樣好的師姊。」杜小魚雙手接過。「謝謝姊姊了。」

容姊嗤地一笑，幸災樂禍。「有什麼好恭賀的？我說這繡圖也別送了，到時候扯幅白布去還差不多，就妳姊這種剋夫命，等著做寡婦吧！」

柳紅聽她說得不成樣子，喝道：「她可是咱們的小師妹，妳怎麼能這樣說話？我倒要告訴師父聽聽！」

容姊撇撇嘴。「妳就會拿這句話壓我，不過我可沒說錯，不信妳問……」正要指向杜小魚，卻見她目光如利箭般射過來。

「妳怎知道白家的情況？」

容姊微愣，隨後道：「這誰不知道，那白家的大兒子病懨懨……」

話未說完，杜小魚打斷她，看向柳紅。「姊姊，妳知道這事嗎，有關於我姊夫那人家的情況？」

柳紅搖搖頭。「就是不知才覺得奇怪，我有一次還問師父，結果師父只嘆口氣並不說話，問其他人，也是一概不知。」她說著頓了頓，關切道：「妳姊夫真的身體不好？」

萬太太那樣的人是不會縱容下人嚼舌頭的，而白家不過是村裡一戶農家而已，家中情況縣裡豈會有人曉得？可是，容姊怎麼會知道？

除非她刻意打聽……

面對二人質疑的目光，容姊咳嗽一聲。「妳姊這樣子的人能嫁個什麼好人家？不是病的、就是醜的，有什麼好奇怪？不過既然嫁了，那就好好的做人媳婦，她一個農婦學什麼刺繡？妳回去告訴她，以後別再來咱們府裡丟人現眼了。」

「這我倒不能答應。」杜小魚冷笑起來。「我姊明年定會再回萬府，容姊，這一年時間妳可要好好練練，我姊面前，妳現在做個下手都不配！」

容姊面紅耳赤，跳起來就要打杜小魚。

柳紅往前一擋。「她不過是個小姑娘，妳何必置氣？師父面前也不好說，上回還提到紅袖坊那批輕紡……」

容姊聞言變了臉色，袖子一拂道：「妳說得對，不過是個鄉下丫頭，我跟她一般見識做什麼！」說完轉身就出去了。

「小魚，坐下吧。」

杜小魚本來蓄勢要揍容姊一頓，此時面皮一鬆，坐了下來。

柳紅瞧瞧她，心道這姊妹倆的性子真是水火不相同，又擔心杜黃花，便問道：「大師姊剛才說的可是真的？」

「嗯，我姊夫確實身體不好。」

柳紅不由嘆口氣，這家人明明是很疼愛這個女兒的，怎會把她嫁給一個病弱的男人呢？而且聽起來好像還很嚴重。想著眉心一擰，白家的大兒子，白家？怎麼聽起來有些耳熟？她猶猶豫豫。「那白家可有一個叫白蓮花的？」

聽到這三個字，杜小魚臉色立刻沈下來。「有。」

柳紅的眉心擰得更緊了。

「姊姊怎麼會知道白蓮花？」這會兒杜小魚奇怪了。

「年前聽到過這個名字……」她一時不知道該怎麼說，回憶了下才慢慢道：「那日我在小師妹房裡，就聽丫鬟來說，有個叫白蓮花的要見小師妹，不過小師妹……」她頓一頓，越發疑惑。「小師妹沒有見她，叫丫鬟讓她走。」

看來這姊妹倆都不喜歡白家的人，可最後小師妹怎麼又嫁給白家了呢？

「什麼？」杜小魚猛地站起來。「姊姊，這是哪一天的事？」

她如此激動，這事恐怕關係甚大，柳紅仔細一想。「那天是祭灶神的後一日，十二月二十四。」

這不就是白蓮花設下圈套的那天嗎？杜小魚極為不解，既然大姊沒有去見，那白蓮花後來又是怎麼騙到她的？

杜黃花竟一個字都沒有提！他們只當白蓮花來找，她便去見了，卻原來不是如此！

「我大姊既然沒有去見她，那後來呢？姊姊是跟大姊一起去了紅袖坊？」記得杜文淵提到過，大姊那日本來是要去紅袖坊的。

柳紅搖搖頭。「師父並沒有讓我去，我隨後就告辭了，」她看著杜小魚。「那日你們家是有什麼事吧？師父後來說小師妹是有事急著回家，來不及告辭一聲就走了。」

之後沒過幾日就聽說定下了人家，年後就嫁人了，速度那樣快，她一直覺得疑惑，才會問師父，可惜沒有得到答案。

看來萬太太做了補救，沒讓人發現杜黃花那日其實是失蹤了，只這句話她卻不好答，支支吾吾應付過去。「嗯，是有點事。」

稍後萬炳光回來，杜小魚便去拜見。

她倒不是想他幫多大的忙，只是詢問齊東縣來往商隊的情況，既然小販不肯帶了，那就只能自己去，可商隊並不是每日都有的。

而萬炳光有家大藥鋪在齊東縣，對那邊自是熟悉得很，聽杜小魚問起，笑道：「各個商隊販賣的東西都不一樣，有些是藥材，有些是他國的小玩意兒，像琉璃球、布娃娃之類，還有些是賣香料的，來的時間也不一樣，月初、月末都有。」

杜小魚低頭向他行一禮。「那煩勞萬老爺幫我打探下販賣兔子的商隊行程。」

萬炳光笑著點點頭。「我讓那邊的夥計注意下。」又問：「金銀花可種下了？」

「種下了，不過芽還沒發出來。」

萬炳光便讓她好好種。

沒說兩句話杜小魚就告辭出來，她還是有自知之明的，按才學沒法跟萬老爺談詩論畫，按經商她資歷尚淺，就不浪費別人時間了。

回去後她第一件事就是跟杜顯夫婦爭取去齊東縣。

那小販子的壞話自然沒少講，說他貪圖利益不給帶兔子，又說他各種嘲笑諷刺，還說他忘恩負義，主要目的當然是想讓他們同仇敵愾。

杜顯立即就道：「爹陪妳去，那小販子太不像話！以為就他一個人去得了齊東縣？哼，咱們多買些兔子回來，看他到時候還有什麼好得意！」

趙氏哪兒不曉得女兒的鬼靈精，知她一心想養好兔子，這些時候的付出也都看在眼裡，便沒有反對。

這件事順利解決，杜小魚很是心情愉快，不過還有一樁事要弄清楚，第二日她便去了白家。

杜黃花正在院子裡洗衣服。

崔氏在餵雞，他們家的雞本來養得挺多的，前院圈了有四、五十隻，不過現在只剩二十來隻了。

「姊，衣服放著，我有話跟妳說。」杜小魚看著就有些來氣，白蓮花不是說不用她做家務嗎？這洗衣服難道不算？

杜黃花笑了笑。「就一件了，等會兒啊。」

「等什麼等？妳嫁過來又不是來做這些的！」杜小魚瞟一眼她手裡衣服。「這是妳公公的吧？用得著妳來洗？閒著沒事就回家，我那邊忙得很呢。」

崔氏聞言忙走過來，陪著笑道：「是啊，黃花，早說了不讓妳洗了，妳非要動手。去吧，去吧，妳們姊妹倆去說說話，一會兒我來弄。」

杜黃花只得站起來。

兩人也沒去臥房，杜小魚拉著她跑到右邊一塊空地上，那邊有太陽曬曬，也沒有人打擾，正好問問清楚。

「小魚，下回別這樣了，好歹是我婆婆，那衣服是我自己要洗的。」杜黃花低聲道，都不讓她碰家務，總覺得渾身不自在，如今嫁過來便是一家人，如還是想著以前的事又如何能安心過下去？

真是個勞碌命！杜小魚恨鐵不成鋼。「這些就不管了，我只問妳一件事，妳要老老實實答我！」

看她態度極為嚴肅，杜黃花正容道：「什麼事？」

杜小魚先是把那紅綢包遞過來。「這是妳二師姊叫我送來的，說是賀禮。」

杜黃花聞言眼睛一紅。「難為二師姊還記掛著。」

「就是因為她，我才曉得妳那日並沒有去見白蓮花！」杜小魚盯著她，慢慢道：「那為何後來又發生那樣的事？」

杜黃花一怔，撇開頭去。「事已至此……」

「我就是想知道！」見她有避開不談的意思，杜小魚怒道：「我特意讓二哥帶話給妳，叫妳不要理白蓮花，不要去見她，可為什麼還是發生了這種事？姊！妳告訴我，到底是為什麼？是妳後來又改變主意去見了？還是有別的原因？」

其實這段時間她對杜黃花一直都有怨念，如同趙氏一樣痛恨她的軟弱可欺，只不過一直壓抑著沒有表現，可這一刻她忍不住了，心裡的怪責、痛惜、後悔、心疼，匯聚成一條河流，在胸口奔騰著噴湧而出。

「為什麼？姊，這是為什麼啊？妳就那麼想嫁給白與時？」

「不，小魚。」杜黃花搖搖頭。「我沒有改變主意，」她流下淚來。「我曉得你們都不想我嫁給他。」

「那為什麼……」

杜黃花長嘆一聲。「小魚，這就是命吧……我以為是妳來找我。」

「什麼？」杜小魚整個人呆住。「我去找妳？我怎麼可能找妳呢，我一整天都在家裡……啊！是誰？是誰騙妳的？」她上前抓住杜黃花的手。「是哪個混蛋？妳快說啊！」

「是……綠翠，說妳在縣大門口等我。」

綠翠是個粗使丫鬟，萬太太派來服侍幾個弟子的，杜黃花就是其中一個，每日做的都是些整理臥房、端送茶水等繁瑣事情。

這個人杜小魚是認識，院子裡總共有四個粗使丫鬟，來來去去自然碰得到，而綠翠是四個人當中長得較為好看的一個。

「是她？」杜小魚滿是疑惑，綠翠為什麼會去騙她大姊呢？她們二人應是沒有過節的，她想了會兒腦子裡便跳出一個人。

容姊！

沒錯，容姊既然知道白家的事，很有可能是她叫綠翠去騙人的，難道這事竟是白蓮花與容姊合謀的不成？

幾個弟子中間，也就二師姊柳紅跟杜黃花能超得過她！而杜黃花又是繡藝最好的一個，她自然心裡嫉妒死了！

杜小魚胸口起伏著，恨不得馬上就去把容姊好好揍一頓，好半晌才平靜下來。

名節事大，生死事小，這件事絕不能讓外人知曉，去找容姊算帳怎麼也得有個藉口……不對，她想著搖搖頭，名節！

白蓮花雖然做出這等事，可打死也不會洩漏出去，因為杜黃花是她大嫂，她們之間並沒有仇恨。可容姊不是啊，她要是知道這件事，早就大肆宣揚了，正好可以藉機剷除掉對手！

不，她們兩人不會聯手的。

可容姊為什麼會想到假傳消息呢？

「姊，這件事妳為什麼不早些告訴我？」杜小魚難過極了。

原來大姊從不曾變過，她從始至終都是那個隱忍的大姊，為了家人、為了他們的期望，把自己的感情深深地掩藏著。

見她落淚，杜黃花上前擁住她。「小魚，是我辜負你們。」

「不，姊妳做得很好。」她哽咽道，換作任何一個人遭遇到這種事，只怕都沒有杜黃花那樣來得堅韌，她無法想像當日她是如何承受這些，又是如何作下這種決定的。

她把痛苦都藏起來，誰也瞧不見，只為不增添家人更多的心理負擔。

而決定之後，她一個人還要面對更大的殘酷……

苦命的姊姊啊！

真想抱著她大哭一場，杜小魚把頭埋入她胸前，所有的情緒只化作一句話。「姊，姊夫一定會好起來的。」

也許，這是唯一有效的安慰。

杜黃花輕撫她的後背，輕聲道：「小魚，我過得很好，白大哥對我也很好，妳不用為我難過。」

杜小魚點點頭，抹乾了眼淚。

「姊，晚上跟姊夫來家裡吃飯吧，董大嬸給醃了些筍子，燉蹄膀可好吃呢。」她用力擠出一絲笑。

杜黃花也微微笑了。

回去後杜小魚自是跟趙氏說了番話，以此解開母女倆的心結，趙氏曉得這事竟是被兩個人先後陷害，更是心疼死大女兒，聽說晚上要來吃飯，忙忙地叫杜顯去殺雞。

兩人也沒空手來，帶了些紅棗糕、自家醃的蘿蔔乾，還有兩條糟魚。

白士英喜歡釣魚，家裡魚從來不缺，花樣也就弄得多。

若是放在平時，趙氏定是表情冷淡，接都不想接的，可這次難得朝白與時露出笑來，見他面色紅潤、態度恭敬，心裡也隱隱生出些希望。

已經到這個地步，難道還盼他們不好嗎？自是願他們夫妻恩恩愛愛，白頭到老。

「以後多來走走。」趙氏在飯桌上給白與時挾菜。「這筍子不錯，我趕明兒也學學，到時候給你們帶一罈回去。」

白與時微微笑起來。「那我先謝謝岳母了。」

難得有這樣和諧的氣氛，杜顯也心情愉快，跟女婿說了會兒話，忽地道：「最近用了那方子覺得怎麼樣？」

杜小魚抽了下嘴角，方子的事，白與時跟杜黃花根本就不曉得，她那會兒就是拿去為難崔氏和白蓮花的。

但白與時立時猜到了其中關係，原來這段時間喝的藥是他們家送來的方子，忙低頭道謝，一邊道：「好些了，感覺最近很有精神，昨日還跟黃花去山上走了走呢。」

杜顯看一眼杜黃花，有責備的意思。「這天還不到這麼暖，山上有寒氣哩。」

「是我叫黃花同我去的。」

看他忙不迭地替杜黃花解釋，杜小魚噗哧笑道：「爹，您現在說不得大姊了吧，有人護著呢。」

杜黃花的臉上立時飛起兩朵紅雲。

看得出來兩人感情確實好，杜顯呵呵笑道：「與時啊，象棋會不會？」

「略懂一二。」

「好，跟我下幾盤棋去。」杜顯得意洋洋。「我最近都找不到對手，也只有文淵能下得過我。」

見二人去角落坐下，杜小魚輕聲笑道：「姊夫慘了，還得演戲呢。」

趙氏瞅瞅她。「妳爹就這愛好，女婿不哄著他誰哄著。」說完自己也笑起來，又問大女兒。「真去山上走了？妳可是別人娘子了，好好照顧著，別凍出病。」

「哪有這麼冷，外面多披一件就是了。」杜小魚插嘴道：「當姊夫是個泥人不成？我看這方子確實有效果。」

「這就好了。」趙氏點點頭，看向杜黃花。「妳成親這事都沒有告訴妳大舅小姨，我明兒找人託個信過去，不然被他們曉得的話，都得過來找我算帳呢！」

「娘……」杜黃花紅了眼。

「哭什麼呀？這孩子！娘以前也是沒想好，但妳既然都嫁出去了，這門親咱們怎麼也得接受。女婿是個好的，若是身子真康復了，也是妳的運氣，家裡有困難就回來說，妳婆婆那裡，現在手頭上怕是有些緊。」趙氏從懷裡摸出個荷包。「妳拿著，要應急時用用。」

裡面有幾錠銀子，杜黃花忙推卻。

「還不給我拿著！嫁妝都沒有備好，這銀子本來就是要用在妳身上的。」趙氏把荷包往她手裡一塞。

「姊拿著吧，以後妳蘇繡學成了，這點銀子算什麼，再來孝順爹娘也一樣的。」杜小魚嘻嘻笑。

「是啊，娘就等著享妳這福哩。」趙氏也笑起來。

杜黃花這才接了。

幾日後，等杜文淵回來，趙氏讓他寫了封信託人帶去南洞村，是付了錢的，相當於僱人送信。

信中解釋了下這次結親的倉促，主要是說白與時身體不大好，兩人又是互相有情云云，又道歉沒有跟他們通知一聲，也算了卻了心裡的一樁事。

第六十五章

很快便到溫暖的三月，高鐵送來紫花苜蓿的種子，杜小魚當即便跟杜顯說要再買兩畝地來試種。

聽說要種草，杜顯很是不解，畢竟草這種東西不值錢，要餵牛羊這草滿山都有，就是那些農作物的稈子都夠牠們吃的，何必要浪費田地。

「爹，這草不一般，書上說了，牛羊豬吃了長得快，而且很好種，種下去之後可以收六、七年，不像旁的，每年都得種一次。還有啊，前幾年都不用施肥的，這東西本身就肥田。」

杜顯聽得很好奇。「還有這種草啊？不過咱們家又沒養多少……對了，妳那些兔子能吃這個不？」

「當然能！」杜小魚叫道，她原本就是想給兔子吃的，紫花苜蓿不同旁的牧草，所含的營養非常高，像蛋白質、維生素啊，絕對是養兔子必備。不過，兔子成年之後就不怎麼需要吃了，這草對於兔子來說，只是幼年時期比較重要，也許真應該再養些別的。

想到這個，她提議道：「爹，要不，咱們再買幾頭羊養養吧？」吃羊肉的人還是挺多的，銷路應該不成問題。

「也行，我跟妳娘商量商量。」杜顯說著就進去了。

紫花苜蓿春天種下去，秋天便能收割，家裡又新添了兩畝田，杜小魚花出去十兩銀子，感覺手頭又有些緊。

萬老爺已經讓人打探過商隊的行程，那幾個偶爾會販賣兔子的商隊都是在月初十日的時候進齊東縣，一般逗留三天離開，所以打算月初去一趟，那麼到時候又得花錢。

她蹲在房裡的小木櫃前發呆，這段時間買賣兔肉、兔皮如今倒也存了些銀子，不過也只剩四十多兩了，而望月樓那邊再過一年合約便會到期。看這朱管事的嘴臉，恐怕毛綜也有些不滿，那麼想再續約的話，肯定要降價。

看來想出一個新的吃法勢在必行。

杜小魚把櫃子門關上，跑到堂屋裡找趙氏。

杜黃花也在，正給一件月白色的小衫子繡花。

「這小桃子繡得真好，看著嘴都饞了。」趙氏點著那嫩綠葉子襯著的粉紅桃。「旁邊再繡一個，成雙成對才好呢。」

趙氏懷上孩子有四個多月了，肚子已經微微隆起，杜黃花給做了不少小孩兒的衣服，春夏秋冬都有，最近也常常來，母女倆之間似乎比以前還要親密些。

杜小魚拿起桌上的酥油餅遞過去，取笑道：「娘，小心您口水滴下來，餓不餓？要不我煮碗麵給您吃？」

「真當我是豬呢，才吃過的。」趙氏斜她一眼。「窩在妳房裡幹啥呢？妳姊難得來的，不陪著說說話，成天的往錢眼裡鑽。黃花，妳知道啊，她又買了兩畝地種草呢，咱們村裡可是頭一人。」

杜黃花微微笑道：「就讓她弄去吧，誰不曉得她主意多。」

「就是，娘只管生下弟弟妹妹來，到時候我保准幫您養得白白胖胖，養到娶妻嫁人都行。」杜小魚拍著自個兒胸口。

「哎喲，還要妳給我養孩子。」趙氏忍不住笑起來。「妳這孩子就是會說大話，我問妳，以後妳不得嫁人，還想一直待在家裡啊？」

這個……她真沒考慮過。

杜黃花道：「小魚以後掙大錢，錢給娘就是了，她在不在家又有什麼關係？」

杜顯聽了大笑著走進來。「咱們黃花如今也會說話了，這話說得多好，小魚啊，以後嫁人了掙到錢，一定要記著送娘家啊！」

幾個人笑成一團。

杜小魚直抽嘴角。「誰跟你們說這些！」作勢要走。

杜顯一把拉住她，正色道：「別走，爹還有事問妳呢！剛才幫送滷兔肉的張家小兒子回來了，跟我說望月樓的夥計不像話，罵罵咧咧給他臉色看，要不是收了咱們的錢，他早就轉頭走了，還說以後再也不想幫咱們送，這到底怎回事？」

這望月樓真真是可惡！

做事越來越過分，杜小魚冷笑一聲。「如今瞧著別家兔肉賣得便宜，他們心裡不得安生，覺著吃大虧了！不想要就直說，搞這些噁心人的手段！」

杜顯嘆口氣。「原來是這樣，不過也不怨他們，誰都想多賺些，當初是看賣兔肉的人少，他們才簽了兩年，誰想到一下子多出這些來。」

「我曉得，剛才也正想說這事呢，咱們的滷味確實不算好，到底是自己琢磨出來的，不比有些人有秘方，而醃兔子雖然好吃，但沒多大特色，過年哪家不做些臘味，是不？咱們得想個別人沒有的出來。」

聽完這話，三個人都陷入沈默。

好半晌，杜顯道：「要不讓他們酒樓弄那什麼撥霞供？」

「對咱們又沒好處，撥霞供只要生兔肉，他們更有理由壓價了。」杜小魚撇撇嘴。「除非咱們自個兒開飯館。」

這個是不現實的，他們在縣裡沒房子，而且開飯館的投資得好大一筆錢，最主要的是，杜顯夫婦肯定不會放棄那幾畝地。

杜黃花這時張了張口，好像要說什麼，但又拿不定主意。

「姊，妳有什麼好提議？」杜小魚瞧見了忙問。

「也不是，我只是想起小時候姥姥給我說的熏豬頭肉，聽上去好像很好吃，姥姥說以前太姥姥經常做的。」

熏豬頭肉？熏肉嗎？

杜小魚眼睛一亮，期待地看著趙氏。「娘，那您會不會做？咱們做熏兔試試看。」

趙氏搖著頭。「黃花不是說了嗎，是妳們太姥姥會做，我娘那會兒也經常跟我念叨，說很想吃，不過家裡那會兒哪有條件做？不像妳們太姥姥，她以前也是個富人家的女兒，家裡有一百多畝地，妳們姥姥小時候日子可是好過的，後來發大水娘兒倆才流落到南洞村。」

居然還有這麼一段歷史，杜小魚問。「那姥姥就沒有告訴娘怎麼做嗎？她既然心心念念想吃，肯定是曉得怎麼做的。」聽說外祖父早就去世，外祖母一個人撫養大三個孩子，自然沒有錢吃肉了。

趙氏仔細想了下。「倒還有些印象。」

杜小魚大喜。「娘，那咱們來做吧！要些什麼東西？」

其他二人笑她急性子。

時間就是金錢啊，當然要抓緊，等天再暖些就不好試驗了，杜小魚不理，只拉著趙氏問東問西，第二天就跑縣裡去買了一些藥材、鹽等東西。

熏肉用多種藥材熏製才會更加美味，聽她娘不甚清楚的描述，她判斷出應是有茯苓、當歸等幾味。

她喜孜孜地走出藥鋪，但很快臉上的笑容就沒有了，綠翠那件事一直沒有弄清楚，藉這個機會她得會下容姊才行，於是掉個頭往紅袖坊而去。

容姊恰好在，見到她來便是沒好話。

「可是妳那倒楣姊夫死了？」

「妳死他都不會死，放心好了。」杜小魚把手裡東西往櫃檯上一擺。「我是從萬府過來的，知道我去找誰了嗎？」

容姊狐疑地看著她。

「我去找綠翠了。」她眼睛微微瞇起來。

容姊臉色稍稍一變，手臂抱到胸口來。「找那小蹄子做甚？妳姊又不在萬府了，難道還想她去伺候不成？」

「不然，我不過是把綠翠帶到萬太太面前，問她一件事罷了。」她身子往前湊了些。「妳曉得我問她什麼了嗎？萬太太現在可生氣呢，說有些人不知輕重，只以為萬府是她的地方，什麼都敢混來……」

「妳！」容姊鐵青著臉。「妳敢去打擾師父？妳算什麼東西？」

「萬太太可是個明事理的人，我為什麼不敢去？有些人作賊心虛，自是不敢去的。」

容姊瞪著她，一時回不上話，心裡七上八下的，白家的事還是那日崔氏過來萬府求見萬太太，又要見杜黃花她才曉得的，她把杜黃花當作對手，自然特別留意，便專程去打探，得知白家有個身體不好的兒子，似乎想跟杜家結親。

她便想促成這件事，讓杜黃花做個寡婦也好，所以在門口聽見綠翠說白蓮花要見杜黃花的時候便注意了。

只沒想到杜黃花竟不肯見，她隨之想了個法子出來，利用綠翠的弱點替她辦事，假借杜小魚之名騙杜黃花去縣大門，她本想跟著去偷聽二人的談話，也好瞭解下情況，誰想到只是晚一步，就見一輛馬車直接載著人跑了。

但是後面的發展倒是樣樣順她的心意，杜黃花真的嫁去了白家，她只覺狠狠出了口惡氣。

可杜小魚哪想得到這些事，憑容姊現在的反應，只能斷定她定是跟那事脫不了關係，不管如何，這仇是結上了，以後慢慢報便是。

「要我是妳的話，就自個兒去萬太太前坦白吧！」杜小魚說完一句便提起東西走了。留下容姊滿心的擔憂與憤恨。

現在該回去了，杜小魚走出門外抬頭看了下天色。

往縣大門口一路上都是小攤子，有測字算命的，有賣風箏的，有替人寫字的，還有賣畫的，她便是被一些畫吸引住了目光。

眼前一派奼紫嫣紅，像是把春天搬入了畫中。

那些花兒生機勃勃、搖曳多姿，如同從園子裡剛剛摘下的一般鮮活。

周圍也有好多人要買，杜小魚擠進去正要問畫的價格，才發現這個攤主奇怪得緊，明明身材嬌小，卻偏偏穿著身灰不溜丟的肥大衣服，頭上圍著一圈灰色的布，臉只露出來半張。

「這畫多少錢？」不過攤主再怎麼怪跟畫沒有關係，她想買兩幅掛在堂屋跟趙氏的房間裡，看著心情也愉快嘛。

攤主微抬起頭，甕聲甕氣道：「二十文錢一張。」

目光跟杜小魚對了個正著，杜小魚伸手指著她，半晌說不出話來，那雙眼睛她自是熟悉得很，眼睛的主人她更是厭恨得不得了。

竟是白蓮花！

她怎麼跑到縣裡來賣畫了？

白蓮花衝她笑笑，又殷勤地招呼人買。

不過一斤豬肉的價格，這畫委實賣得不貴，而且從外行的角度來看，杜小魚覺得畫中功夫一點也不比那些名家差。

十幾幅畫一會兒就賣得精光，甚至都有人要她明兒再來賣，約定了幾幅。

白蓮花滿口答應，收拾好攤子，四處瞧了眼，又把頭上的布包包好，這才對杜小魚小聲道：「妳有話問我是不是，咱們回村再說。」

看她在路上鬼鬼祟祟的模樣，杜小魚終於明白白蓮花為什麼要這般打扮了。

原來是為躲開姜二公子那個慓悍的未婚妻，上回還帶著人來追打她的，如今又怎麼敢露面在縣裡賣東西？

真是自作自受！

「妳就該把臉露出來給人揍一頓！」杜小魚忍不住罵道：「為了做那些齷齪事連勾引男人都肯，妳還有什麼做不出來的？啊？缺銀子妳怎麼不去繼續勾搭男人啊？」那馬車的事已經查出來了，是白蓮花問姜鴻借的，也不知道會不會留下什麼隱患。

白蓮花尷尬一笑。「這會兒不同了，我要再這樣大哥非氣死不可，好不容易才好一點的。」

現在又知道關心她大哥身體了，上回沒氣死真算他命大，杜小魚抬手揉了下眉心。「這畫是妳大哥畫的？」

她曾見過白與時畫的畫，印象很深刻，那畫裡透出太多的悲傷，意境上來講，與白蓮花剛才賣的那些畫大相逕庭，簡直不像出自於同一個人之手，但他們家也只有白與時會畫畫，也不可能是別人。

果然白蓮花點點頭。「大哥看出家裡的情況了，就畫了些畫想賣來試試，是我自告奮勇來縣裡的。」

以畫寄情，看來他的心境改變不少，杜小魚想著皺起眉。「那我姊不是也知道了？」

白蓮花忙擺手。「大嫂拿了錢出來的，不過我們沒有要，就算把家裡都掏空了，咱們也不能拿大嫂的錢。我爹說了，是我們欠你們家，砸鍋賣鐵也不能再拖累你們家裡人。」

相比起崔氏，白士英算是好的，杜小魚閉起嘴不再理她。

「我爹現在也勤快了，去河裡網了魚到縣裡賣呢。小魚，妳瞧瞧，今兒這些畫賣了兩百多文錢，夠吃好幾天藥……」

她絮絮叨叨在耳邊說著，杜小魚只當蒼蠅在嗡嗡叫。

白蓮花一個人無趣，終於老老實實坐下來打瞌睡。

牛車晃晃悠悠到傍晚才回村子。

第二日，杜顯父女倆在趙氏的指點下開始做熏兔，熏分生熏和熟熏，為了更有味道，他們決定用生熏的辦法，不過這種方式要的時間稍微久一些。

杜顯宰了六隻兔子，洗乾淨處理好用鹽醃上，據趙氏說先醃三、五日，然後在過風處還要晾上十天左右，讓其風乾，這才可以拿下來用藥材熏。

這麼算下來的話，熏好一隻兔子得花掉一個月的時間，遠比滷兔肉來得麻煩，但如果能賣貴些的話也無妨。

杜小魚在整理那些藥材，一包包裝好，閒暇問道：「娘，裡面要放柏樹葉的吧？」

「柏樹葉？」趙氏愣了愣。「妳姥姥可沒提到過這種東西。」

怎麼會呢，她記得以前在網上看到那些賣熏肉的打的全是什麼「正宗四川柏樹葉熏肉」、「湖南柏樹葉熏肉」這種名號，那麼應是放柏樹葉的呀，怎的姥姥的做法裡面卻沒有？

不管了，兩樣都試試，好歹也是往前推進了幾百年的，後世的一些做法應該更加進步才是，六隻兔子，各試一半吧。

等到杜文淵回來，她就拉著他去山上摘柏樹葉，正好也有話要講。

「林大叔去了很久了，怎的一直沒有回來？」說是找好大夫，也不知道跑哪兒去了，難道直接去了京城？

「妳還怕他騙人不成？總歸會回來的。」

杜小魚有些擔憂，看著他半晌道：「會不會直接把你那個爹給帶到這兒來了？」如此的話，杜文淵立馬就得走，哪還能等得鄉試？

「妳想多了。」他伸手拍拍她的頭。「師父說話一言九鼎，豈會不守承諾？許是遇到些什麼事吧，再說，京城乃諸多名醫聚集之地，若是真去那邊了，確實需要這些天數。」他頓一頓問。「他們白家一直沒找妳救濟？」

「在賣畫呢。」杜小魚把那日看到的說了。

「也是個辦法。」杜文淵語氣微沈，不想再繼續這個話題，同她往前走了段山路，一邊道：「這兒的風景倒也漂亮，以前還不曾覺得。」

杜小魚笑道：「你回家便是在臥房看書，哪有空來爬山，是不曾看過吧？」

「也有些事妳是不曉得的，我每日從私塾早歸，來此辨識草藥，不然妳以為我有那麼容易學會？」

原來那時還經常早退，應是找了些藉口騙劉夫子，說起劉夫子，自從新娶的娘子洞房之夜上吊歸西後，他就一蹶不振，在村裡渾渾噩噩混了半年之後，便跟他老娘回娘家去了。

想起那段往事，杜小魚腳步慢下來。

「這兒有柏樹。」前面杜文淵回頭道，拿起手裡的長竹鐮刀往上方樹枝砍下去，這鐮刀綁在竹子上，還是當年杜小魚吵著要吃槐花飯才做的。

倒是很好用，不一會兒就打下好多樹枝，杜小魚蹲在地上撿，很快竹筐就滿了。

兩人裝滿了兩大竹筐這才下山而去。

回去就得把樹葉都摘下來，在陽光下曬乾保存好。

吳大娘抱著他們家小土旺跟林美真過來串門，正跟趙氏在院子裡說得起勁，小土旺手上戴著銀質小鈴鐺，老遠就聽見清脆的聲響。

「美真姊，你們紙馬鋪子不忙啊？」杜小魚笑著打招呼。

林美真甜甜一笑。「請了個人，相公說我要帶土旺，不讓去店裡幫手了，我這幾天就來跟婆婆一起住。」

吳大娘眉眼笑成一條縫，滿意地瞧著林美真。都是懂得感恩的人，盧德昌疼媳婦，媳婦又曉得孝順婆婆，多麼和諧的一家子啊，杜小魚道：「那正好，我們過些天就要做熏兔子了，妳有口福呢！」

林美真興奮地瞪大眼睛，直點頭。「好，好，頭一回聽說熏兔子呢，我們家那邊只有熏豬肉吃。」

趙氏噗哧笑了。「比我還饞嘴兒，該不是又懷上了吧？」

「沒有，才叫大夫看過的。」林美真露出鬱悶之色。「有幾天吃了好些東西，相公也以為有了，白高興一場。」

幾個人哈哈直笑。

吳大娘拍她一下。「我這兒媳婦就是口直心快。」

「多好啊，要是文淵能找到這樣子的……」趙氏本來笑嘻嘻的，忽地臉色一變，再也說不下去，只覺心裡一陣陣的疼。

早就想清楚的事又再提起，卻仍是那樣令人不可承受。

吳大娘不解地瞧了瞧她，關切道：「可是哪兒不舒服了？」

「沒事，剛才喉嚨裡有些堵。」趙氏強笑道。

杜文淵也聽見了，卻不知該說什麼安慰，站在那兒好一會兒，終於還是轉頭去了院子裡。

杜小魚去廚房倒了三碗茶水過來。「娘，您潤潤喉，跟大娘話說多了吧？」

「可不是！」吳大娘這才想起來道：「我倒忘了讓她多休息，這一說話說那麼久，妳快多喝點水。」

趙氏直說不妨事，拿起碗把水喝完。

「剛說到你們家文淵，我倒想起來一件事，有人有意跟你們家結親呢，那會兒你們家嫁黃花，我就沒提，現在要再不說的話，他們早晚還得尋人來說。」

杜小魚知道趙氏不想聽這些，忙道：「我哥明年還要去鄉試呢，爹說了，這事不急的，哪怕到十八、九歲也不算晚，又不是姑娘家。」

她插嘴趙氏也沒有斥責，吳大娘哪裡不知道他們家的意思，會意道：「也罷，我就這麼回了，省得那家人還等著消息。」說罷嘆一聲，指指林美真。「雖然男兒家不急，可她大哥就要二十了，哎，多好的一個孩子。」她又擺擺手。「不說這樁了，再過幾天龐誠就要討媳婦了，咱們送多少為好……」商量起賀禮來。

杜小魚對這事不太感興趣，跑來院子裡同杜文淵曬樹葉。

第六十六章

十六那天，縣裡吹吹打打，秦氏捨得花錢，派頭用足，僱了花轎把胡家二姑娘先是接到縣大門的馬車裡，後又出來抬到北董村，雖然婚後是要住去縣裡的，但禮儀上來講，還是先迎進祖宗留下的房子為好。

趙氏跟吳大娘給的賀禮也挺厚重，足足封了六百文錢，不像旁的鄰居，一般也就五十文錢，把秦氏感動得連連誇她們是好姊妹。

杜小魚自然也去他們家吃飯了，酒席弄得都很有體面，毫不偷工減料，怕是想讓親家挑不出刺，秦氏又是個張揚的人，有時候顯擺也是常事。

婚後，據趙氏說那兒媳還是懂規矩的，早晚來問安，家務活樣樣都會做，說起來都喜不自禁，別人當然又恭喜一番，熱熱鬧鬧幾天就過去了。

最近又新生下來一批黑兔子，可喜的是，黑兔子與那種長得快速的黃白兔子竟也能生出黑的來，小兔子皮毛油亮，倘若生長速度又快，那麼這種兔子的經濟價值就會遠超於原先所有的兔子。

杜小魚很期待地寫下記錄，再過幾個月便能知道結果。

走出兔舍的時候就聽堂屋裡一聲笑。「哎喲，妳這會兒保准是個大胖兒子，這才幾個月呀，就跟我六個月的時候差不多大。」

是董氏的聲音，杜小魚想了想，返回屋捧出一對黑兔子，董氏時常登門，小吃零嘴的沒少帶來，家中的兔子也養得很好，她一個人既要照顧一大家子，又要開源掙錢，確實挺辛苦，雖然對他們的這份殷勤勁兒明顯了點，但只求一對黑兔子，能做到如此也算不易。

見到杜小魚出來，董氏眼睛一亮。「這兔子的皮毛確實漂亮，遠遠看去都發亮呢！」

「大嬸拿去養吧。」她往前遞過來。「也不賺妳什麼錢，兩百文吧。」

簡直就是從天上掉下來的餡餅，縣裡小販要賣五兩銀子一對呢，董氏忙忙要掏錢，忽地一頓。「這、這可是一對？」

杜小魚如今很有經驗，兩個月大的兔子就能瞧出性別，當下點點頭。「是。」

董氏心花怒放。「我就說了，咱們整個村子就再也沒有小魚這樣能幹的姑娘。趙大妹子，妳真真是有福啊！」

趙氏笑著謙虛兩句。「養著玩的，妳再誇她尾巴都翹上天了。」其實心裡高興得很，誰不喜歡別人誇自己的孩子呢。

家裡醃兔子已經風乾了，是時候拿下來熏製。

杜顯還在搗鼓幾個熟糞坑，現在二十幾畝田都用熟糞施肥，一個大坑已經不夠，又在旁邊連挖了兩個，初開始是有些臭的，不過糞水發酵過後味道就會淡很多。

杜小魚喊他洗手，先在廚房準備起來。

農家的熏肉都是吊在土灶上空熏製的，這樣比較方便，不過時間也長，畢竟不是一直在燒灶頭的，所以他們家就在旁邊挖了火坑出來，六隻兔子吊在上方，上面再用個竹子編的蓋頭蓋住，不讓一會兒燒出來的煙飄散。

火坑裡放上柴火點燃，但不能有明火，燒起來就得拿穀糠鋪在上頭，再放柏樹葉，各種香料，不一會兒，濃濃的煙就冒出來了。

杜小魚離得太近，眼淚止不住地往下流。

還是杜顯有經驗，早就拿了幾條濕手巾捂著，一邊遞給她一條，催促道：「快出去，看把眼睛都熏紅了，這裡我來，別叫妳娘進來啊。」

「那爹好好看著，千萬不能讓煙熄了。」杜小魚說完就跑了出去。

趙氏見她衝出來，笑道：「可是熏著了？」

「是啊，煙好大。」杜小魚咳嗽幾聲，拿手巾擦眼睛。「娘，這到底得熏幾天？只說熏豬肉的話要十天左右，那兔子呢？」

「我記不太清妳姥姥說的了，不過兔子沒有肥肉，皮又剝掉了，又是專門在火坑裡熏的，應是不用太久。」趙氏對烹飪還是有些研究的，到底做了這麼些年的菜。

杜小魚想了想道：「反正有六隻呢，咱們隔幾天就拿一隻下來嚐嚐，哪個最好吃說明這熏的天數最恰當。」

十天之後，他們跟吳大娘家、龐家先後把六隻熏兔子都品嚐完了，最後一致同意熏了三天的兔肉最好吃，而且必須要有柏樹葉。

這柏樹葉確實是個好東西，用它熏出來的兔肉有種特殊的香味，而且顏色也好看，林美真說她吃過的熏肉沒有一個比得上的，倒是讓杜小魚又有了一個靈感。

倘若熏兔好賣的話，她就要順便做些熏豬肉一起賣，對了，熏豬頭肉，她以前可喜歡吃豬頭肉了，有肥有瘦有骨頭，絕對是最佳選擇！

可惜天氣越來越暖，這時段是不可能做熏兔了，但不管怎樣，滷兔肉還是每日做了叫人送過去。望月樓的夥計態度再不好，她也不想跟錢財過不去，為了一口氣就不賣了，只當看不見，這契約可不是白簽的，怎麼也得賺回來。

眼看就要到月底，她又開始準備去齊東縣的事宜。

馬車是肯定要僱一輛的，牛車不曉得走多久呢，這一來一回怕得要二兩銀子，天氣又熱了，換洗的衣裳帶上幾件，晚上肯定還要住客棧，路途也不曉得有沒有飯館子吃飯。

幸好家裡有人是去過齊東縣的，問過杜文淵便一清二楚了。

杜顯見她興奮的樣子，說道：「要不要緩幾天去？寒瓜就要收了，雖說鍾老弟沒啥不放心的，不過也不知道他去賣寒瓜的話……」

「我說我一個人去您又不肯，現在讓鍾大叔看您又不放心，想必娘您也放不下的。」

「胡說，妳一個小姑娘怎麼能出遠門？」杜顯立馬反對。「妳娘有妳姊照看著我有什麼放不下的，爹肯定要跟妳一起去。」

杜文淵這時道：「我跟小魚一起去吧，已經跟夫子請了假了。」

杜顯聽了臉色一變。「什麼？這怎麼行？你還要唸書呢，明年又要去鄉試，怎麼能請那麼多天假？夫子也不會高興的。」

杜文淵笑了笑。「沒有事的，我們書院本來就管得不緊，夫子只上半日課，再說，家裡事情多，只有娘跟大姊不太好，爹還是留下來吧。」

杜顯還是不太樂意，臉沈著又要發話。

倒是趙氏先開口了。「就讓他去吧，一年到頭的唸書，散散心也好，他們兄妹倆都不曾在一起遊玩過，他爹你就別管了。」

聽到自家娘子這麼說，杜顯立時愣住。

往年趙氏對杜文淵一向是很嚴格的，別說給書院請假六、七天，就是半日都難，這會兒居然會同意，真讓人想不通。

「娘子，妳真同意？」

趙氏朝杜文淵瞥一眼，又低頭撫著自己的肚子。「是啊，讓他們去吧，難得的，你還是留在家，不只要賣寒瓜，小魚種的草藥還得你來照看不是？」

「那好吧。」杜顯只得妥協，又叮囑兩句叫他們路上一定要小心。

晚飯後，杜小魚回屋整理衣服，一邊問著杜文淵。「真不要緊？雖說你們書院只上半天的課，可是對你們這些學子還是很看重的，你又沒有要緊事，只請假陪我去齊東縣，這藉口可不太好，還是，你找了別的藉口？」

杜文淵沒有直接答。「我陪妳還不好啊？問東問西的。」

「好當然好，不過……」她抬起頭往他看去。「給夫子留個好印象總是好的。」

他像是微微笑了聲。「那又怎麼樣，我明年便要走了，不管考不考得上，又有什麼好的？還不如趁著有時間陪陪你們，若是可以，我都想請一年的假。」

她心裡一陣難受，是啊，他明年就要走了。

有一陣的靜寂，她慢慢露出笑來。「又不是再也見不到，我以後掙大錢了，說不定就帶著爹娘來京城定居呢！」

「我就一定會在京城嗎？」他好笑。

親生父親都在京城，他又是極有可能考上進士的，不留在京城還能會在哪裡？但她不想再說這件事了，說道：「你也去理兩件衣服出來，明兒還要早起，早些睡吧。」

他看她一眼，想說什麼又沒說，站起來走了。

馬車是在飛仙縣僱的，是輛很簡陋的青布馬車，說好一兩銀子去到齊東縣，至於回來的話，自是又在那邊僱車。

杜顯夫婦又說了一通叮囑的話，杜黃花也來送他們，好像是什麼大事一樣，路上吃的乾糧也備了好些，看到車夫不耐煩了這才放他們走。

此時正是初夏，沿路碧綠一片，偶有高低起伏的山頭也是連綿綠色，杜小魚來到這個時空從沒有出過遠門，說不盡的新奇，掀開車簾看個不停。

杜文淵興致沒有那麼大，只含笑看著她。

半路都有茶鋪，兩人會下來要些茶水，就著自己帶的乾糧填肚子，趕車的也是慣來兩處走的，晚上領著他們去相熟的客棧。

三天工夫一下子便過去了，終於來到她所期待已久的齊東縣。

比起飛仙縣，齊東真是大了兩倍都不止，來往商客眾多，衣著打扮、語言腔調各有特色，明顯是來自於不同的城市。街上商鋪更不用說，珠玉寶石、時鮮花果、糧米油鹽、奇巧器皿，應有盡有，看得人眼花繚亂。

「也不知道那賣兔子的商隊在哪裡？」杜小魚東張西望，興奮的道：「我們先去萬老爺的藥鋪問問。」

萬炳光開的藥鋪叫懷仁堂，也有大夫坐館，在齊東縣的興安橋那邊，兩人問著路一路找過去。

藥鋪的夥計早就得掌櫃吩咐，曉得他們跟萬老爺是認識的，便詳細告知情況。

那賣兔子的商隊要明日才到，與其他商隊一樣，一般白天都會在紅瓦巷集市口，跟其他商隊或單獨來進貨的商人交換貨物，縣裡感興趣的百姓也會去買些各自喜好的小玩意兒，待三日便會離開。

杜小魚聽完道謝一番，打算去紅瓦巷集市先看看情況，誰料天色已晚，那邊竟已經散場了。

兩人只好先去找客棧，準備第二日一早再去。

齊東縣來往商人多，客棧生意興隆，有條小巷從頭到尾都開著客棧，數一數倒有七家，便挑了個看起來乾淨安全、價格也不貴的住下。

在樓下順便用完晚飯正要出去閒逛會兒的時候，門口走進來一個人，也是要房間住的。

聽著聲音有點耳熟，杜小魚回頭一看，立時皺起了眉毛。

冤家路窄，那小販子竟然也來這兒買兔子了，還要住同一家客棧！

她不曉得，這家客棧在齊東縣本來就口碑好，回頭客甚多，小販子已經來過很多次，自然會選這一家。

「死丫頭，居然是妳！」小販子跟她目光對個正著，那天被她一嚇，真個是幾天沒睡好覺，就怕那些兔子染上什麼病，結果好好的，根本就沒事，他這才放下心來，打算再多買些養著，現在看到競爭對手在，哪會有什麼好心情？

杜小魚反唇相稽。「你這個黑心腸的，兔子死光了又來買？」

「我告訴妳，妳別想買到什麼兔子，識相的，趁早給我回去！」小販子也不甘示弱。「那些商隊可是跟我相熟的，絕不會賣給妳一個小丫頭！」

「咱們走著瞧。」杜小魚再不理他。

兩人出了門口，她臉色微微沈下來，小販子說得倒是沒錯，他經常來此購買兔子，跟商隊確實有交情，若是價格出得相當，那些商隊應會賣給他的。

可要是提高價錢，自己又吃虧，反倒讓商隊漁翁得利。

杜文淵看出她的憂慮，說道：「如今養兔子的人多，沒有他，也會有別的競爭對手，要想爭得那些兔子，得有其他優勢才行。」

「你說的沒錯，可是咱們能有什麼優勢呢？」一無人脈，二無錢財，若說有些長遠見識，可別人未必能信。

「那些商隊都是走海運的，所交易的貨物俱是他國特產，我問妳，對於走海的商隊來說，什麼最為重要？」

說到這個，杜小魚立時想起鄭和下西洋的事，可他們朝也不知道有沒有發生，不管怎樣，一個商隊若想靠航海掙錢，不過是安全二字，若是回不來就算有再多的貨物又能如何？而要得到更多的資源，還必須去得更遠，那就更為危險。

「要有可靠的航運路線、堅固的船隊、有經驗的船員，最好還有護衛，對了，懂他國語言的人也必不可少。」

她一下子說出這麼多，杜文淵微微一愣，忽而笑道：「妳倒是想得周到，不過既然是商隊，船、船員、對外交談的人自然有。」

「那麼就是航海路線了，可跟咱們有什麼……」她說著頓住，驚訝地盯著杜文淵。「難道你有航海圖不成？」

「孺子可教也。」他眨眨眼。

杜小魚上前拉住他袖子，極度懷疑。「你怎麼可能會有？哪兒來的？你又沒有出過海！」別說出海了，最遠就來過這個齊東縣。

「我是沒去過，可別人去過啊。」杜文淵點點她額頭。「咱們朝的造船技術高超，出海的人多著呢，不然哪有妳這些兔子賣，不說別的，就師父當年還帶兵飄洋出征過吳球島，如今吳球皇帝每年都派人前來朝貢……」

這些事她真是一無所知，杜小魚聽得入迷。「那海那邊有些什麼國家啊？吳球島又是哪裡？那邊的人是什麼樣子？」

杜文淵便把從林嵩那邊聽來的事情一一說了。

兩人後來又去逛了下齊東縣的夜景，這地方果然不愧為南來北往商旅的集中地，到了晚上依舊熱鬧，商鋪門前都掛著彩燈，如同元宵節一般。

而風月場所因為有別國女子的表演，更是夜夜爆滿，絲竹聲響不停，悅耳歌聲傳遍大街小巷。

「真是好熱鬧。」杜小魚手裡拿著兩串魚丸，這兒小吃也多，肚子都吃撐了，早知道晚飯應該少用些，這樣的地方真想多待兩日，不過家裡事情多，還是買完兔子就回去吧。

杜文淵沒聽到她說話，正看著遠處高樓上的燈火，心道，不知這樣的光景比起京城來又是如何？

之後，他將要面對一個完全不一樣的世界了！

杜小魚看著他的側臉，雖然有那麼一絲迷茫，可是仍是那樣自信，相信他不管去到哪裡都會過得好好的。

「二哥，咱們回去吧。」她推一推他。

兩人便往客棧而去。

第六十七章

第二日一大早買了些包子點心，吃完便急匆匆趕去紅瓦巷。已經是人山人海，集市擠得滿滿的，各種叫賣聲都有，有賣藥材的，有賣胭脂水粉的，此起彼伏。

「那商隊在哪兒啊？」杜小魚急道，全是人，哪分得清哪個是哪個，路也不太好走。

「跟著他不就是了。」杜文淵往前一指。

她便看見小販子正死命往一個地方鑽，不由哈哈笑起來。「這傢伙倒是積極，比咱們還早，二哥，快帶我跟著。」她力氣小哪擠得過別人，杜文淵就不同了，可是練過的呀！

小販子在人群裡鑽來鑽去，很快便擠到一處地方。那裡早已停著一批馬，馬背上安放了很多東西，旁邊一群人正圍著商談貨物的價格，十分喧鬧。

小販子衝其中一人擺擺手，歡快的叫道：「黃老哥！」一個身材高大、臉色黝黑的人走過來，大力拍拍他肩膀。「你來了啊，又是要買兔子吧？咱們這次多帶了些，已經有人在挑了，你快過去。」

小販子聽到有人早來了，忙忙地往裡面走。杜小魚兩人趕緊跟過去。

那大個子攔上來。「你們幹什麼的？」

「買兔子。」

大個子上下打量他們兩眼，只見是個年幼的小姑娘跟一個未及弱冠的少年，便皺了下眉，懷疑道：「是你們要買兔子？」

杜小魚點點頭。「我們是跟著剛才那個人過來的，他是咱們飛仙縣的，我們家已經託他帶過好幾回兔子。」

聽她一言道出小販子的來歷，大個子把手放下來，誤解了其中的意思。「哦，原來你們是一起的。」他手指了指前面。「那個油布搭著的地方便是。」

只二十步遠的距離，他們走進臨時搭建的布棚，只見裡面已經有四個人，再看地上約莫有四、五十隻兔子，花色不一，除了黑色的、黃白的等等，竟還有淡紫色的，杜小魚興奮地跑上去，伸手就要去拿。

小販子見到她居然找來了，立馬擋住杜小魚。「這兔子不是妳想買就能買的，還得問問別人。」

杜小魚嗤笑一聲。「也不是你的，輪不到你來指手畫腳，這兔子既然要賣，誰都可以看，你給我讓開！」

小販子最氣不過她盛氣凌人，一挽袖子就要推她，誰料還沒碰到衣服，就覺得手臂一痛，再一看，竟是被那個少年牢牢抓住。

「哎喲，哎喲，快放手，疼死我了……」感覺骨頭都要斷了，小販子站都站不穩，慢慢往下蹲去。

杜文淵這才哼了一聲，把手放開。

杜小魚衝他豎了下大拇指，果然帶個保鏢就是好啊！

其他三人見這少年身懷功夫，也不敢惹，自動避得遠遠的。

「這兔子怎麼樣？」見她對那對淡紫色的兔子愛不釋手，杜文淵問道：「可是想要這個？其他的呢？」

「其他的自然也要。」她點了其中幾對。「這些、這些，可以買都買下來，不過怎麼沒見藍色的兔子呢？」

小販子雖不敢再動手，但在心裡暗自咒罵——叫你們一隻都買不起來，敢惹爺爺！有得你們後悔的！

大個子也進來了，笑著道：「各位挑好沒有？如今天氣熱，這太陽眼瞅著就要出來了，這小東西可禁不起曬。」

小販子仗著跟他認識，連忙指著那對紫兔。「這個我看上了。」

這紫色兔子乃是稀有品種，其他人自然也想買，大個子衝他們微微一笑。「不知道你們能給出什麼價？」

「一兩。」

「一兩五錢。」

小販子不屑地哼了聲。「五兩銀子，我要了。」

有個人便不想再買，杜小魚只先看戲，另外一人道：「七兩銀子，我要。」他是做皮毛生意的，這兔子的皮毛極為漂亮，雖比不上狐皮等華貴，但也遜色不了多少，若是多多繁殖定然可以帶來大筆利潤。

小販子急了。「十兩。」

「十二兩。」

「十五兩。」

不一會兒，那對兔子的價格已經提升到二十五兩，杜小魚也有些著急了，她身上統共只有四十兩銀子，他們再這樣提高價錢，就算想買也買不起。

小販子臉色灰敗，他到底爭不過人家做大生意的，最後只得放棄，那對兔子經過另外二人的哄抬，一下子漲到了五十兩。

見杜小魚的表情，小販子心裡又高興了，他買不起，那死丫頭一樣買不起，不由嘿嘿冷笑道：「窮酸鬼非學別人來買兔子，我看妳一隻也買不回去！」

這有什麼好幸災樂禍的？一樣的處境，虧他還想到去諷刺別人！杜小魚懶得跟他講話。

大個子正要跟做皮毛生意的商人成交買賣，杜文淵開口道：「不知道東郡海西沿岸的航海圖能不能換這對兔子？」

大個子手一抖，吃驚地盯著他。「東郡海的航海圖？」

「沒錯，沿途路經高琉、扶懷山、吳球島……」

大個子迫不及待打斷他。「你有這路線圖？真的假的？」

「當然是真的。」杜文淵從懷裡拿出一塊雪白滾黑邊、摺疊好的布來。「你可以請你們當家的來瞧瞧。」

「好，好，我這就去，你一定不要走。」說完忙不迭地去了。

不一會兒就帶了個膚色同樣黝黑的中等身材的男人進來，大個子指著杜文淵。「他說他有路線圖。」

這商隊的頭領叫方勝，聞言瞧了眼杜文淵，很是懷疑。「拿來給我看看。」

杜文淵沒有把這塊布給他，而是從懷裡又掏出一張紙來。「這是西沿岸最前的一段路線，你可以看看。」

倒是精明，方勝拿過來打開一看，半晌都沒有說話，他看得很仔細，拿手指在上面戳戳點點，一會兒點點頭，一會兒又是恍然大悟的表情。

「當家的看這路線可是真的？」

方勝移開紙張，露出驚喜的表情。「確實是真的，但你這是從何得來？」

「請恕我不能告知，當家的若覺得不能入手，便也罷。」

方勝笑起來，手一揚。「小兄弟請隨我來。」

小販子見形勢不對，怎麼這勞什子的路線圖一出來，他們的表情全都變了，忙叫道：「我們還要買兔子呢，黃老哥，這兔子的事……」

杜文淵淡淡道：「這兔子我們全要了，不知當家的意下如何？」

「自然可以，老黃，這些兔子全裝裝好，一會兒給小兄弟帶走。」

當家的發話，大個子自然照做。

其他人見沒戲便自動走了，只留下小販子一個人恨恨地瞪著杜小魚，他這次竟然白來一趟，沒想到全被這兄妹倆買走了！

杜小魚也沒料到路線圖那麼強大，看來東郡沿海那邊不太好航行，而又有不少國家，特產也多，所以那些出海的都想去吧？

「小姑娘，妳且在這裡等等。」大個子招待她。「妳哥哥跟我們當家有事相商。」

「好的。」杜小魚笑著坐下來，看著那麼多兔子，很有滿足感。

「妳別得意，今日不過是妳運氣好！」小販子丟下一句話，又看看大個子。「我算明白了，你們眼裡也就只有銀子！」說罷氣沖沖而去。

大個子好笑。「都一把年紀了還看不清，咱們做生意的沒有銀子還怎麼活下去？」

半炷香工夫後，方勝才送杜文淵出來，還讓大個子給抬了個小箱子給他們，杜小魚打開來一看，發現竟有著十幾錠大銀子。

「這是航海圖換的？」

「嗯，一共一百五十兩，還有這些兔子。」杜文淵道。「可惜師父記不全，所以我只繪製了一小半的路程，不然賣一千兩也不算貴。」

杜小魚看著他笑。「你早存了來此換錢的打算了吧？」

杜文淵拍拍她的頭。「有錢花就該偷著樂，問那麼清楚幹什麼？這錢夠妳把兔舍擴大了吧？咱們家房子也該翻新一下。」

「說得沒錯，娘生下弟弟妹妹來，臥房就不夠了。」

「對了，剛才幫妳問了，藍兔都被京城的人預先訂購，他們不會賣的。」

杜小魚有些遺憾，但有這對紫色的也算很好的收穫。「時間還早，咱們去買些東西帶回家吧。」

兩人說說笑笑地往縣裡逛去了。

到了下午手裡東西都提不下，又有幾十隻兔子，僱了兩輛馬車才堪堪塞好，急匆匆往家行去。

「齊東縣的東西果然好，看這簪子多漂亮啊，娘戴上能年輕幾歲。」杜小魚欣賞著精心挑選的禮物。「還有這胭脂，顏色太正了，咱們縣裡肯定要貴幾十文錢。」

「看妳恨不得把所有東西都搬回家呀！」杜文淵挑起眉。「妳很喜歡這樣的地方嗎？又大又繁華，那京城豈不是更喜歡？」

在前世她確實是嚮往大城市的，那裡機遇更多，發展更快，所以拚了命地去掙錢，可是結果如何呢？

如今雖也在掙錢，可到底有些不一樣，她除了為自己也為家人，其實住在什麼地方反而並不在意，想著她笑了笑。「大的城市東西多，買的時候是很盡興，不過要說喜歡倒也說不上，京城嘛，想去看看可以，但背井離鄉……」

她忽地頓住，想到他便是要去京城，當下改了口。「京城自是好的，賢士名流雲集，但不是我這種小農可以去的地方。」

「小農？」杜文淵哈的一聲笑起來。「妳何時有這等低於旁人的意識了？」

「怎會沒有，我本來就是小農！」杜小魚嘟囔一句，她還有平等自由的精神哩，可見到那些官又能怎樣，免不得要跪拜啊！

所以嘛，待在小地方有小地方的好處，京城裡有皇帝王爺、公主世子，更有富商貴胄、太太小姐一大堆，聽說隨便扔一塊石頭都能砸到一個官，實在不是什麼好地方，想像下可以，住那裡沒有靠山可有點兒難。

看來她並沒有去京城居住的意思，杜文淵側過頭，把他那頭的車窗簾一拉，遮蔽住陽光，閉上眼睛不說話了。

見他閉目養神，杜小魚自也不再說話，只看著外面一掠而過的風景出神。

馬車一路行到家門口才停下來，杜顯聽到聲音忙忙地跑來接，見那麼多東西不由驚訝道：「不是說去買兔子的嘛，這些都是啥？」

「難得去趟齊東縣少不得買些禮物啊，不然別人會說咱們小氣！」杜小魚笑嘻嘻的指著大包小包。「喏，這給娘的，這給爹的，還有大姊的、吳大娘的、美真姊的、秦大嬸的……」

「記掛這麼多人，她們可要高興壞了。」

幾個人進去屋裡，趙氏看他們倆臉色發紅，滿頭大汗，起身倒了涼茶遞過來。

這幾天特別熱，陽光照得馬車頂熱辣辣的，像坐在一個蒸籠裡，杜小魚把茶幾口喝光就急著看兔子，發現有三隻直接被熱死了，不由肉疼，又慶幸那對貴重的兔子沒什麼事，趕緊把牠們分散放在兔舍裡，又去一個個的餵水。

「妳歇歇吧，我來弄。」杜顯道：「看衣服都濕了，快去洗個澡。」

她也確實渾身不舒服，便轉身去了臥房，換身衣裳休息會兒叫來杜黃花、吳大娘等人，把禮物一一分了，眾人極為歡喜，又問起齊東縣的風土人情來。

聽到那裡如此繁華熱鬧，都很是嚮往，尤其是秦氏，恨不得把縣裡那個小院子搬到齊東才好，不過那邊的房價又不能比了，起碼得貴一半的價錢。

眾人走後，杜小魚才想起那個箱子還沒有給爹娘看，總要說清楚的，便把杜文淵拿航海圖賺了一百五十兩的事情說了。

杜顯驚得目瞪口呆，一百五十兩可是好大一筆錢，忙把兒子叫來，說這路線是林嵩提供的，錢是不是也要給他云云。

杜文淵便說不用，林嵩本也是隨意提到，是他留心繪製，再說，他師父最不缺的就是銀子，但杜顯還是叫他改日買些東西送過去以表心意，又跟杜小魚說寒瓜都賣掉了，一共賺了十八兩銀子。

去年雖只有一畝地，但卻賺了十二兩，今年比起來算是少了，主要原因是今年種寒瓜的人比較多，而且有聰明的也會提前發苗。

「看來兩畝地足夠了，明年也不用多種。」照這個趨勢下去，可能以後寒瓜的價格會逐年降低，杜小魚拿起地上的狗盆裝了些午時剩下的飯菜給小狼吃，走到外面的時候「咦」的一聲，哪兒跑來一條狗？竟大搖大擺躺在他們院子裡睡覺，而小狼居然還給牠舔耳朵。

「這條黑狗是小狼的媳婦。」杜顯指著笑起來。「你們沒走兩天牠就給領回來了，那會兒瘦得不成樣子，最近吃得好了才像樣點。」

杜小魚抽了下嘴角，色膽倒挺大，敢私自把媳婦帶回來讓他們幫著養。

她走過去用些力拍了下小狼的頭，輕罵一聲臭小子，把狗盆往地上一放。

小狼過來聞了聞沒有吃，而是瞧著牠媳婦兒，黑狗慢悠悠爬起來，先是張開大嘴打了個呵欠，這才低頭進食。

還是個會體貼的！看這討好的小模樣，杜小魚實在好笑，又仔細打量起那條黑狗來，身形龐大比小狼小不了多少，雖然寄人籬下，可自打她過來後，那黑狗愣是沒瞧她一眼，真有不為三斗米折腰的氣勢。

「這狗也沒跟爹討食嗎？」也不見牠搖頭擺尾。

「都是送過去才吃的。」杜顯道：「也不知道打哪兒來的，過來後整天靜悄悄的，從沒聽牠叫喚，妳娘瞧著不惹事便讓留著了。」

杜小魚點點頭不管了，多養條狗也不算什麼，小狼有個伴也好。

過不了幾日，林嵩終於回來了，還帶了個大夫過來，說是他們老家有名的大夫，只有杜小魚跟杜文淵曉得，這必是個高明大夫，御醫都有可能。

杜顯感動萬分，林嵩回家一趟還想著他們家女婿的事，大老遠的把人帶過來，這可不是一般的情誼。

林嵩便說大夫本來就有事要出遠門，路過此地順道來看一看而已，這便領著去了白家。

大夫姓古，大長臉，表情不怒自威，就杜小魚看來，覺得他是個做官的差不多，那威嚴令人心裡發怵，像專門逼供的。

不過一開口就不同了，饒是個外行也聽得出來他是個比較特別的大夫，問題的角度都很古怪，白與時詳細答了，古大夫沈吟會兒稍後便給他把脈。

出來的時候，白氏夫婦急著詢問，古大夫一語不發，只開了張方子就告辭走了。

這下可把白家的人急壞了，只以為不行，後來問過林嵩之後才知道，這古大夫只要不說準備後事那就是好事，讓他們家按著方子來。至於到底如何，古大夫隻字不提，但對白家來說，白與時死不了就是最大的恩惠，對著林嵩千恩萬謝。

林嵩不太搭理，說是看在杜顯家的分上才會如此，白家又來謝杜家，結果自不必提，閒說兩句趙氏便藉口要休息下逐客令。

白家也有自知之明，一般情況下便不再登門，兩家雖為親家，可除了杜黃花夫妻外，形同陌路。

杜顯雖覺得白士英為人還不錯，但看到他們家女兒白蓮花到底軟不下心，也說不出緩和的意思。

第六十八章

六月天氣炎熱，趙氏挺著個大肚子更是難受，杜小魚便每日給她搧風，煮些降溫的茶水喝喝，好舒服地度過夏天。

最近來他們家探望的鄰里說得最多的一句話就是，趙氏的肚子好大！

杜小魚對這個不太懂，但是看那些人的表情，好像比起一般人確實大了一點，心裡也很是高興，難道真是個大胖兒子不成？

趙氏卻是忐忑不安，她自個兒懷過孩子很清楚，肚子大不大跟孩子是男是女一點關係都沒有，別人這麼說也是順耳話。雖然她也期盼著是個男娃，到時候借著喜氣就能給杜顯坦白那件事，可希望越大失望越大，她並不敢懷著那樣強烈的心願，只求老天可以垂憐。

杜小魚曉得她心思，也不提男娃不男娃的，只在每日睡前心裡祈禱一番方才入睡。

家裡頭的母羊這幾天要生產了，肚子大得不得了，她隨時也在注意，這日給李錦交代完事情出來，就聽羊棚裡發出奇怪的羊叫聲。

跑出來一看，原來那隻羊竟然已經生下來一頭小羊，還在繼續努力。

她大樂，興沖沖地跑去幫忙，不過顯然沒有用武之地，母羊一鼓作氣產下了四隻小羊，母子平安。杜小魚幫著把小羊的臍帶弄斷，趙氏聽到好消息也跑出來瞧。

「快弄些溫鹽水給牠喝，這幾天記得不能喝冷水。」趙氏忙提醒。「草料多放點兒，嘖嘖，牠倒是爭氣，生了四頭出來。」
杜小魚聽從吩咐，去廚房弄來鹽水。
母羊喝了點水又開始舔舐牠的孩子們。
羊可不比人，那四隻小羊只一會兒工夫就能站起來，圍在母羊肚子下面喝奶，又咩咩地叫著，引來旁邊的牛也「哞哞」叫起來。
「咱們院子可真熱鬧。」趙氏笑道：「那隻狗要也生了，不知成什麼樣子。」
小狼的媳婦也懷上了，杜小魚聞言笑起來，是啊，到時候再多幾條小狗滿院子的瘋跑，可不成動物園了。
「羊生了啊？好，好！」杜顯提著個木桶走進來。「幸好上回沒宰了吃，不然就虧了，生了幾頭啊？」
「四頭呢。」
杜顯也很高興，把木桶往地上一頓。「晚上把這些田螺炒了吃了，她娘，給妳換換口味。」
田螺？杜小魚奇道：「爹不是去看水稻田了嘛，怎的跑河裡抓田螺去了？」
「就是水稻田裡的啊，前些天我就發現了，今兒一下子多了好多，不吃白不吃，好些人在抓呢。」
水稻田裡會長田螺嗎？杜小魚跑到木桶旁邊，伸手撈出一個田螺仔細瞧了瞧，半晌道：「爹，這哪是田螺啊，長得都不像啊！」河裡的田螺她認識，以前也常吃的，但河水污染後就不吃了，而且又有什麼寄生蟲的報導陸續出來，就更不敢吃了。

杜顯皺了下眉。「這不都長差不多嘛，都是螺。」

「那可不一樣。」杜小魚眼睛一轉道：「書裡說有些螺不能瞎吃的，裡面有什麼蟲，吃了會生病。娘現在有身子，爹您敢給她亂吃東西啊？」

杜顯嚇一跳。「還有這回事？那不成，不成，咱們不吃了。」說著就要把那些螺倒掉，被杜小魚伸手阻止。

「砸碎了給雞吃吧。」她嘿嘿笑道，對雞來說可是好東西啊！

「也好，那我回頭再去抓點。」

「對了，這螺以前也有嗎？」杜小魚注意到他之前說的話，前些天發現的，才過幾天就多了很多，她隱隱覺得有些不對勁。

杜顯想了下，撈出一個螺看看。「倒是沒有那麼多的，妳剛才這麼一說，我現在瞧著確實長得不一樣，個頭大了些。」

「殼的紋路也不一樣。」杜小魚心裡一動。「爹，我跟您去水稻田看看。」

「天都要黑了，還去啊？」杜顯看看天色。「要不明天再去吧？」

「還有一會兒呢，我就想看看那些螺有多少。」說罷推著杜顯往外走。

兩人便朝著水稻田去了。

他們家現在種了八畝水稻，連著一片碧綠，杜小魚把鞋子脫了，跟杜顯兩個人踩在稻田裡，低頭找著那種螺。

果然很多，扒開底下的泥，每走一步就能發現十幾個。

杜顯看了會兒心裡也有些慌。「剛才沒注意竟然有這麼多，泥地下都是的，到底從哪兒跑來的啊？」

杜小魚這時已經拔了棵水稻出來，臉色極為不好看，驚呼道：「爹，這東西吃水稻，您快來看，底部已經被咬開了，用不了多久全稻田裡……」

「什麼？」杜顯大驚，俯下身來。「不好，得快些把牠們抓了，我回去拿木桶過來！」

杜小魚也跟著去了，第一時間就去通知了杜黃花還有吳大娘等平日裡交好的鄰里，讓他們再去互相轉告，隨之跑到鍾大全家裡，把他跟李錦叫來一起抓螺。

八畝地還是很多的，就他們兩人不曉得要抓多久呢，豈能不叫人幫忙？

一時間，村裡炸開了窩，各家各戶都提著傢伙跑到水稻田裡來，直忙到第二天，杜小魚實在吃不消了回家躺一會兒，他們家是到了晚上才收工的，旁的水稻田多的人家足足花了兩、三天工夫才抓光那些螺。

全用人工消滅害蟲，沒用對症的農藥，自然是累得要死要活。

不過幸好發現得早，也算萬幸，聽說別村的田裡也有，沒有發現的人家損失極為慘重，因為這個，杜家被傳好名聲，說他們友愛鄰里、不藏私，及時通知村人才免去災害，是以最近走動的人又多了些。

到了七月份，家裡的黑狗生下了三隻小狗崽，一時間狗叫聲、羊叫聲此起彼伏，還好兔子一般是不出聲的，不然噪音準得超標。

那條黑狗如今也養熟了，杜小魚發現牠比小狼還要聰明，擋著道了，如果斥責牠一下，下次就絕不會再趴在同一個地方，記憶力相當好。

她也試著去訓練牠，不過這狗太高傲，愛理不理，看在好吃的分上偶爾才會低頭一下，小狼看到牠備受主人重視，有時候也會吃點乾醋，衝著黑狗咆哮兩聲，結果黑狗一露出牙，立馬就蔫了。

典型的怕老婆！

小狼只得用法子討好主人，這日也不知道從哪兒抓來一隻黃鼠狼，杜小魚剛跨出門口，就見一個黃色的東西啪地落在腳邊，把她嚇得倒退了好幾步。

小狼蹲在地上搖頭擺尾，好不得意。

「黃鼠狼！」杜小魚看清楚後驚叫一聲，這狡猾的傢伙可不好抓，黃鼠狼會絕技臭屁熏人，小狼居然能抓到，厲害啊！她當即去廚房拿了幾塊肉賞給牠。

小狼高興得蹦來蹦去，不料被後面的杜顯連著拍了好幾下，嘴裡還不停斥責。

「爹，您幹啥打牠啊？」她瞧見林嵩也跟著一起來了，又笑著打了聲招呼。

杜顯臉上露出驚恐之色，幾步走上前來，雙手合攏，對著黃鼠狼口裡唸唸有詞。「懇請大仙原諒狗兒無知，不知大仙法能無邊……」

杜小魚呆呆的聽著，大仙？是在叫黃鼠狼大仙嗎？

她再也忍不住大笑起來，她爹也太迷信了，一隻黃鼠狼都能稱為大仙，牠除了偷吃東西，在田裡四處亂竄外，還會做什麼好事呀？需要對牠如此尊敬？指不定是來偷他們家養的雞，才會被小狼咬死的呢！

「還笑，惹到大仙要倒楣的！」可杜顯不那麼認為，這個時代的人相信道術，相信有些動物會修煉成精，比如狐狸大仙，當即皺起眉道：「這狗是妳看管的，如今闖出大禍來了，妳也快誠心拜拜。」

杜小魚抽了下嘴角，她才不想去拜。

在一旁的林嵩這時彎下腰把黃鼠狼撿起來。「既然是大仙，我給牠想法升天去。」說罷轉身走了。

杜顯可不會去攔林嵩，杜小魚覺得好奇倒跟了上去。

林嵩拎著黃鼠狼在前頭慢悠悠地走著。

「林大叔，你把牠拿走想幹啥？」

「能幹啥，吃了唄，進了五臟六腑還不助牠升仙？」林嵩輕描淡寫道。

杜小魚噗哧一聲笑了，林嵩是在戰場歷練過的人，自然不會怕什麼黃大仙，她道：「黃鼠狼好吃嗎？」

林嵩道：「還可以，烤來吃不比妳的兔肉差，怎麼？妳也要試試？」

「那當然，林大叔敢吃我也敢吃，不過大叔，你剝皮的時候能不能小心點？那皮毛值錢的呢。」

原來是看上這個了，林嵩搖搖頭笑起來。

兩人很快就走到武館，前院有好些個弟子在打拳舞劍，林嵩教出了三個突出的弟子，平時都由他們代替他教，有不懂的再加以教導。

最近他已經不再多收弟子，任別人再多交多少學費他也不肯收，杜小魚知道他是在為離開做準備。

後院西角落生起火，幸好夏天已經過了，烤肉尚能接受。

林嵩把皮毛拿給杜小魚，讓她自個兒回去弄乾淨，再拿鐵叉把黃鼠狼叉了在火堆上面慢慢烤起來。

黃鼠狼學名黃鼬，牠的皮毛最適合製作毛筆，也就是所謂的狼毫。

這麼張皮夠做好多筆了，杜小魚看了下，琢磨著找人訂做兩支，一枝給杜文淵，還有一枝給章卓予，也欠著他幾回人情了，私下從未送過東西呢。又想了下，要不再弄一枝讓杜黃花送給白與時？

最近他的畫也日漸有些名氣，都有人專門上來預定，她點了下頭，問林嵩。「林大叔，做毛筆的話筆桿子用什麼好？」她對這個真不瞭解，好像一般都用竹子的？

「那名堂可多了。」林嵩也不在意，隨口道：「光竹子就好幾種，白竹、紫竹、斑竹、湘妃竹……貴重的又有用玉的、象牙的。」他頓一頓，抬頭瞅她一眼。「妳要做毛筆？」

「是啊，做了送給二哥。」

林嵩眼神一閃，略低下頭去，不再說話了。

杜小魚看出他有些不自然，主動道：「我曉得您是我二哥的舅舅。」

林嵩手一動，手裡烤肉差點碰到火苗，他知道杜顯尚且不清楚這件事，卻沒料到杜文淵竟把實情告訴了他的小妹。

「二哥有您這樣的舅舅是他的福氣，之前那麼些年是我們家做得不對，林大叔您大可不必覺得愧疚。」

她如此坦蕩，林嵩也沒什麼好瞞了，看著她道：「文淵很信任妳，看來也是有理由的。」一小小年紀這樣灑脫，實屬少見。

杜小魚這時站起來向他斂衽一禮。「林大叔能做到承諾，讓二哥多待幾年已經很是難得，小魚謝過林大叔。」

林嵩一擺手。「坐下吧，我與妳爹已有交情，人非草木孰能無情？文淵在你們家一住十幾年，強求他離去只怕會怨恨我這個舅舅，還不如讓他自己決定，兩人各退一步罷了。」他正色道：「明年不管他能否考中，都要隨我去京城，到時候好好撫慰妳爹娘吧。」

杜小魚點點頭，方才露出憂色。

烤肉已成，林嵩拿來調味料撒在上方，扯下條後腿遞給杜小魚。

肉噴香，果然不遜於兔肉，杜小魚吃得滿嘴流油，稱讚不已。

見她不拘小節，林嵩很對胃口，陸續撕下肉送來。

不一會兒，兩人吃了個精光。

「林大叔，我有一事一直想不通，能否給我解答解答？」杜小魚拿手巾擦乾淨，開始閒話起來。

林嵩喝了一壺酒，興致頗高，應允。

杜小魚問的是杜文淵娘親的事情，聽聞他的親生父親乃是京城的尚書大人，不曉得二品夫人為何會來南洞村的別院生產？實在太令人匪夷所思，就算娘家是富商，這等重要大事只怕公婆頭一個也不會准吧？

林嵩聞言長嘆一聲。

說到自己的親生妹妹，他除了悔恨還是悔恨，當年要不是因為他，妹妹也不會結識杜文淵的父親，也就不會甘願嫁給別人做妾了！

偏他妹妹的性子又不是軟的，嫁去之後與嫡妻相鬥不止，饒是丈夫寵愛，可成日要應付朝廷之事已經焦頭爛額，又哪裡有空還來管這些家事？而她公公早已去世，婆婆又是個成天吃齋唸佛的，只坐山觀虎鬥，鬧得家宅不寧。

還是她娘家父母曉得了情況，又見她已懷上孩子，怕這樣下去會惹來禍事，便勸服她回娘家生養。

那嫡妻竟也同意，這才接到南洞村的別院來。

誰料生下孩子沒幾天就遇到火災，真正是世事難料。

林家父母哭得昏天暗地，後悔要把自家女兒接回來，若在京城，就算不如意，但也不至於就丟了性命，而林嵩最痛恨的還是杜文淵的父親，他的好友李瑜。

要不是他當年招惹妹妹，豈會有後來這些事？明明已有嫡妻偏還貪心，自家妹妹也是太天真，憑著一腔熱愛就往火坑裡跳。

後來的十幾年他愣是沒有理李瑜，饒是他諸多道歉、諸多討好，但私底下還是一直在尋找外甥的。直到辭官幾年後，偶然一個機會遇上某個當鋪的掌櫃，他見到林嵩身上的玉珮覺得眼熟，說起以前也曾見過，這才找到北董村來。

雖說對李家怨恨，可到底是杜文淵的親生父親，若不讓他認祖歸宗，又如何對得起過世的親妹妹？

但這些倒也沒有跟一個小姑娘詳細說來，林嵩只揀了些大概，杜小魚聽完目瞪口呆，原來杜文淵的娘不是正室，竟是個姨娘！

在這個時空，嫡庶等級分明，一個家族裡，庶子庶女都是低於別的兄妹一等的，聽說李瑜的正室夫人有三個孩子，二男一女。

那麼，杜文淵回去可有好日子過呢？對於一個突然冒出來的庶子，一個曾經跟自己爭寵的女人生下來的兒子，那位主母到底會如何對待？

杜小魚覺得情況很不樂觀，但也瞭解杜文淵為何沒有提及這點，是不想她為此擔心吧？既然他不說，那麼，她也只得裝作不清楚了。

這日杜小魚進縣裡去訂製了三枝毛筆，筆桿子打算用青玉，雕刻些花紋，這樣既好看又實用，送人正好。

不到三天就做成了，杜文淵回來的時候便送與他。

他愛不釋手，拿在手中把玩會兒，問道：「是黃大仙身上的皮毛做的？」杜顯為這事斥責了小狼好幾天，叫牠不要再逮黃大仙，是以杜文淵剛一到家就聽說了這事。

杜小魚噗哧樂了。「可別給爹聽見了，他就怕沾惹到晦氣，娘現在懷著身子嘛。」

杜文淵會意地輕點下頭。

「對了，還有一枝筆你帶去給章卓予，算我答謝他的。」

杜文淵接過來一看，皺眉道：「怎的一模一樣？」言語裡有些不滿。

杜小魚指了指他的毛筆上端。「你看得一點也不仔細，這兒明明不同好不好？」

雖然花紋是相同的，因為他們兩人明年都要去考鄉試，便讓人雕刻了白鷺蓮葦的圖案，乃一路連科的意思，寓意科舉順利，但杜文淵的筆桿上方赫然多出來三個字。

「小魚贈。」杜文淵輕聲唸出來，不由笑了。「我自然曉得是妳送的，可要不要把名字刻在上頭啊？」

杜小魚撇撇嘴。「剛才說一樣，現在又嫌我多此一舉了？」

「那倒不是。」他手指撫過那三個字，聲音略略低柔下來。「好罷，我就用這枝筆去考鄉試。」

「一定會中的！」她捏起拳頭微微一晃，又看著杜文淵正容道：「其實我刻上名字還有一個原因。」

杜文淵作出洗耳恭聽的樣子。

「將來二哥去了京城，若是遇到挫折，還請記得有我這個妹妹，也許幫不上什麼忙，但是至少還能寫寫信。」她聲音壓低，小心地說道，自從曉得他是個庶子之後，心裡一直不太放心，雖然他即將成為地位顯赫、尚書之家的兒子，可真正為他著想疼愛他的又有幾人呢？前途的艱難，希望他可以傾訴出來。

她眼裡俱是關心，像窗外初秋的陽光那樣令人覺得溫熱，杜文淵眼睛眨了下，露出整齊的牙齒，展現出一個極為開朗的笑。

「我會記得妳說的話。」他慢慢道：「但彼此彼此，妳有困難，一樣可以寫信給我。」同舟共濟，即便以後不在一條船上，但是心仍然可以在一起。

兩人相視一笑，什麼話也不用再多說。

第六十九章

田裡的金銀花此刻已然有開花的趨勢，那纖長泛黃的花苞，像一個個小小的希望，凝結在杜小魚的心裡，她高興極了，每日在那畝地巡視，一會兒看看枝葉可有異樣，一會兒除草，一會兒再澆澆水。

因為是新種下去的金銀花，不然第一茬開花應是在六月中旬，看來第一年它可能只開一次，而且也不一定枝枝都開，所以收穫應是不多的。

但也很不錯了，在這半年裡並沒有遇到什麼災害，健健康康地生存了下來，杜小魚覺得足夠幸運。

她拍了拍身上沾到的泥土，站起身準備回家吃飯，跟隨身邊的小狼卻忽然警惕地豎起耳朵，朝著一個方向盯著，一動不動。

這是很奇怪的現象，牠一般都不會如此，杜小魚忙抬頭四處看了下，可什麼都沒發現，只有風輕輕吹送，田裡靜悄悄的，顯得很正常。

「走，回家去了。」這傢伙還疑神疑鬼的，杜小魚好笑。

一人一狗往前走了段路，小狼還是時不時回頭，她笑罵：「幹什麼呢……莫不是又起色膽了？你家裡可是有娘子的。」但她說著忍不住也看了眼，這下子卻是一愣，有兩個人影正從她那畝地裡竄出來，可惜隔得太遠，看不清楚，只一會兒工夫就跑遠了。

她皺起眉，是誰呢？來她田裡想幹什麼？

難道……心裡閃過一個念頭，她眉毛擰得更緊了。

用完飯，收拾好碗筷，她鄭重其事地問道：「爹，在金銀花那邊的田附近搭個草棚，一晚上時間夠不夠？」

杜顯奇怪道：「好好的怎麼想搭草棚？」

「我回來的時候看到有人鬼鬼祟祟的，不放心。」杜小魚把心裡擔憂說出來。「這花如今還不能摘，過幾天就可以了，賣賣也能值幾個錢，而且採取很方便，沒什麼動靜，我怕有人看不慣咱們家，起了歪心思。」

「怎麼會啊，妳這孩子想多了。」杜顯不贊同。

倒是趙氏問道：「妳搭草棚叫誰去看呀？大晚上的不冷清？」

「自然我去了，帶著小狼也沒事的。」杜小魚拍拍小狼的頭。「一般人都怕牠，有個風吹草動也躲不過牠的耳朵。」

「胡說八道，妳一個小丫頭哪能睡在外頭？」杜顯搖著頭道：「別亂想了，誰那麼黑心會來摘妳的花？好了、好了，妳也累了一整天，早些休息。」

杜小魚心知說服不了他，這個爹心裡頭就沒有「壞人」二字，當下只得嘆口氣，悶悶道：「那好吧。」

嘴裡雖這麼說，出去後卻帶著小狼又走到那畝地，令牠守在這邊。

小狼頗通人性，聽懂了果真沒有跟過來。

一晚上始終睡得不太踏實，似乎半夜還聽到狗叫聲，但她身體上真的累，愣是清醒不過來，迷迷糊糊直到天微亮才沈睡過去。

早上起來見杜顯表情訕訕的，欲言又止的模樣，她心裡起了疑，問道怎麼回事。

杜顯嘆一聲，臉上露出慚愧之色。

趙氏瞟他一眼道：「妳爹只以為妳想錯了，大早上的跑去田裡瞧，還想說說妳哩，說咱們村鄰里關係好，結果……」

「難道真的被偷了？」杜小魚急道：「被偷了多少？有沒有踩壞了？」她最怕的還不是偷花，怕那些枝葉被人弄壞，那損失可就大了，會拖累之後幾年的收成。

「沒有多少，我去看過了，枝葉也沒壞。」杜顯見她著急，忙說道：「只有外面一圈被人摘了些，幸好有小狼在，唉。」他又嘆氣。「怎麼真有那麼壞心的人，咱們家又沒害過人，種些藥草就惦念著偷，實在太不像話了！」

杜小魚一時不說話，低頭拿起饅頭蘸了些新炒出來的肉醬往嘴裡塞。

杜顯見她有些生氣，湊過來道：「我一會兒就去那裡搭個棚，晚上看管幾天的話他們應該就不會來了。」

「種些草藥也麻煩。」趙氏感慨一聲。「你看種水稻、種麥子哪會有這些事？」

是啊，人心不古，就會想著不勞而獲！

這還是頭一年呢，要是以後長得好，能開幾次花，別的人豈不是更加眼紅？杜小魚低頭想道，早晚也得僱人守著，不過如今規模不大，真要請了人來看這一畝地委實有些浪費。

還是先想個別的法子……

小狼還是有用的，不然也不至於就偷掉一點，她抬頭往院子裡看去，只見那條黑狗正懶洋洋趴著曬太陽。

要是弄兩條狗，不，再加三條小狗去看的話，應該萬無一失了吧？

杜顯很快就開始弄草棚了，家裡本就有上回建設兔舍多下來的材料，所以到了下午的時候便已經搭好，雖然有些簡陋，但如今的天不冷不熱，睡幾晚上湊合絕對可以，杜小魚搬來一張凳子，對杜顯歉意道：「爹暫時幫我守幾個晚上，還兩天就能收了。」

「還跟爹客氣啥？妳娘那裡，妳晚上就跟她一起睡好了。」杜顯笑笑，拍了下臨時搭建起來的木床。「挺好的，被子也暖，有爹守著，旁人斷不敢來偷了。」

杜小魚點點頭，挽住杜顯的胳膊。「爹最好了，我晚上讓小狼陪您，爹儘管睡，要是小狼叫了再起來便是。對了，要不要帶把刀在身邊啊？」

「妳當是什麼偷天大盜啊？」杜顯呵呵笑起來。「一個村的聽到我聲音肯定嚇跑了，哪敢露面？」

杜小魚想想也是，到底不是什麼大錢，肯定是哪個陷入窮困的人家。

要是實在過不下去，哪怕問她來借錢呢，也許可以幫他們的，何必要用偷？實在是下下之策啊！

告別杜顯後，杜小魚回來跟趙氏睡一個炕。

「外邊不冷吧？」趙氏看看天色。「聽著好像有風呢。」

知道她心疼相公，杜小魚歉意道：「本應該是我去看的，爹白天勞累一整天，還得去外邊守著……」

「妳爹就是累死也不會讓妳去看，姑娘家家哪能出去睡？被人曉得了要嚼舌頭的。」趙氏收回擔心的神色。「也就兩天工夫，妳爹撐得住，明兒咱們燉肉湯給他補補就是了。快睡吧，我看妳昨晚上也沒睡好，臉色那麼白。」

杜小魚點點頭，在趙氏的肚子上撫了下，忽地笑道：「在動呢，娘。」

「肯定是個潑猴一樣的。」趙氏笑起來。「比你們幾個都皮。」

「有我這個姊姊在，再皮我也能治。」

「妳就等著欺負妳弟弟妹妹呢。」趙氏戳戳她的頭。

兩人說笑一會兒便睡下休息了。

杜小魚第二天發現金銀花還是被偷掉了一些，但杜顯愣是沒有告訴她，便猜想他可能看到是誰了，之所以不說，還是因為太善良。

她便決定不再追究，過一天就開始收了，為了那麼點錢去拆穿她老爹也不值得，但以後金銀花豐收了，定然不能再讓他看守。

幸好這兩天沒有下雨，當金銀花的花苞變為淺白色時便是最好的時機，而採摘的最佳時間則是在巳時之前。

她上午摘了三大籮筐，看著好像很多，其實一曬乾最多三、五幾斤而已。

杜顯幫著搭建花架用來曬製乾花，這新鮮的金銀花必須要當日曬，不然時間久了會變黃變黑，直接爛掉。

「這些能賣幾個錢？」杜顯看著這片白色的花苞，想到小女兒成天的忙累，也不知道付出這麼多值不值得。

「約二十多錢吧。」杜小魚隨意道。

杜顯愣了下。「才這麼點啊？」她不是一向只願意種些值錢的東西嗎？

「金銀花的收成到第三年會翻十倍左右。」隨著聲音響起，兩個人走進院子，章卓予朝杜顯行一禮，笑道：「杜大叔，小魚的眼光您可不能不信呀！」

「章公子，」杜顯驚訝萬分，沒料到他會突然上門來，忙招呼道：「來、來，快進屋坐，小魚，還不沏茶去？」

他是把萬府的人都當成大恩人了，杜小魚站起來抖一下衣裳走進廚房，不一會兒端了茶水上來，就聽杜顯在說——

「哪兒用得著親自送這些吃食，不過是枝筆而已，你們萬府的恩情，咱們怎麼也報答不了啊。」

「新買的碧螺春，不知道好不好喝。」杜小魚適時地插嘴，省得章卓予不曉得怎麼回杜顯的話。

章卓予衝她笑笑，喝幾口。

「嗯，挺不錯的。」

肯定沒有他們萬府的好，杜小魚坐下來看著桌上的食盒，忽地笑道：「你該不是又想吃撥霞供了吧？」專門跑來送吃的，沒那麼閒吧？

杜顯一瞪眼。「妳這孩子，章公子都說了妳送他一枝筆，禮尚往來，妳倒把說成跟妳一樣那麼貪嘴的。」

杜文淵在旁邊笑了兩聲。「師弟既然來了，爹一會兒宰隻兔子吧。」

「那是當然，你們好好招待章公子，我就不打攪了。」杜顯站起來去臥房那裡找趙氏說話去了。

「小魚，妳嚐嚐這個，五味記剛出的糕點，姑娘們都喜歡吃呢。」章卓予打開食盒，指著兩碟水晶糕介紹。「這個是花生仁的，這個是核桃仁的……」

倒是挺好看，杜小魚拿兩個品嚐了下，點頭稱讚道：「真好吃，謝謝你。」

章卓予臉色微微一紅。「是我應該謝謝妳，筆做得很漂亮，我會帶去京城的。」

雖然每三年一次的鄉試是在南北都兩地舉行，但濟南府顯然離京城比較近，是以他們都被劃分去京城考試。

杜小魚愣了下，隨後道：「那我先預祝你高中了。」

兩人對望一笑，杜小魚拍掉手上屑末。「我出去看看，一會兒再來。」

今兒陽光好，金銀花當天曬當天收，如今已經有一會兒時候了，得翻個身曬曬另外一面，傍晚再收起來，過幾天後，還得再拿出來晾曬半日才能拿去藥鋪賣錢。

章卓予正要跟著出去，杜文淵攔住他道：「巴巴的送這些來，莫不是真為了上咱們家吃撥霞供？」

「自然是為謝小魚送筆之情了。」

「她欠你，也欠你們萬府人情，送一枝筆又算得了什麼？」杜文淵盯著他瞧。「你專門來一趟到底是為何？」頓一頓又道：「我家小妹年紀還小呢。」

聽到最後一句話，章卓予霎時滿臉通紅。「這、這個……」

他來送吃的其實並沒有多想，只是覺得好久沒有見到杜小魚，正好她又送了筆給他，如此便來了，如今被杜文淵一問，往深裡一想，他卻難以回答。

杜文淵輕聲一笑。「你這麼緊張幹什麼？我不過是開玩笑而已。走吧，我帶你看看她養的兔子去。」

杜顯一會兒出來宰了隻兔子，晚上吃了撥霞供，飯後煮些涼茶去熱，也不會上火。

時間一天天過去，很快就到八月。

趙氏臨盆的日子算起來就是這個月底了，杜小魚見她有些焦躁，時不時地往門口看，心知必是想著娘家那邊的人。

說來也怪，信帶過去幾個月了一直沒有回應，難道是惱了趙氏不提前通知杜黃花的婚事不成？可送信的人應該會提到趙氏有喜才對啊。

正想著呢，外面有清脆的鈴聲一下一下傳來，叮叮噹噹。

那鈴聲一直到院門口才停下來。

杜小魚覺得奇怪忙跑過去瞧，誰料一到門口，就見嘩啦一下從牛車上下來六個人，她愣了一下，方才轉過頭大聲叫道：「娘，舅舅、小姨他們來了。」

趙氏捧著大肚子走出來，嘴唇興奮地抖動著，就差要哭了。

趙冬芝第一個衝上來，扶住她。「這會兒曉得想咱們了？怎麼黃花成婚的事也不早提一下，還以為妳不把咱們當家人呢！」

「冬芝，這事都過去這麼久了，還提來做什麼？」陸氏當然想到是有些內情，便把話題推開，笑著道：「哎喲，這肚子這麼大，月底就要生了吧？咱們是掐好時間來的，冬芝啊想待到妳把孩子生下來再走。」

趙大慶跟大兒子提著一大堆東西下來。

進了屋，趙冬芝就往外面一包包掏東西，有雞蛋、紅棗、龍眼乾、栗果、小娃兒穿的衣服鞋襪、小軟帽子等，應有盡有，堆了滿滿一桌子。

孕婦分娩前有個習俗，娘家會送禮到女婿家，便稱為「催生禮」。

這次趙大慶帶著媳婦、妹妹掐著時間來，就是來送這個禮的，代替去世的娘親準備這些事，難怪趙氏眼淚汪汪，感動不已。

杜顯聽到鄰里傳話，說趙氏娘家來人了也趕緊回了家，與趙大慶等人相互問禮一番，方才圍著坐下閒話長短。

趙大慶見自家妹妹養得白白胖胖，心知沒有受到絲毫委屈，便放了心。

這幾天，趙氏因為有兄妹在身邊，心情歡悅，徹底放鬆下來。

不過最近田裡忙，就要秋收了，趙大慶夫婦也不能久留，待了幾日後便要跟大兒子回去，趙氏依依不捨，但也不好挽留。

趙冬芝母女倆倒是打算留下來，等她生完孩子再走，而趙梅也不肯走，最近看杜小魚養兔子種花，她倒瞧出樂趣來了，說要跟著小姑一起回去，陸氏叮囑她不要給人添麻煩，見她答應了，這才應允。

眼看趙氏臨盆的日子近了，杜顯又去村裡口碑好的穩婆周氏那裡送了回東西，讓她這幾日千萬別出門。

周氏收了好處自然盡心盡力，這日趙氏肚子剛開始疼，杜文淵便去找周氏，她東西早已準備好，一提就跟著來了。

杜小魚忙著在廚房燒水，趙冬芝說姑娘家不適宜在房裡陪著，因此只留杜黃花跟她二人幫穩婆，黃曉英、趙梅也在外面候著或在廚房裡弄些事情做。

杜顯心神不寧，在院子裡走來走去，雖說已經經歷過幾回，可還是緊張得很。

「你娘又要遭罪了。」他緊皺眉頭。

身為兒子，自是要安慰幾句的，杜文淵便說有小姨在，周氏又是村裡最好的穩婆，叫他不要擔心。

很快院子裡就圍了好些人，吳大娘、秦氏等都來了。

杜小魚從未有過這種感覺，既緊張又期盼，既害怕又歡喜，一顆心七上八下都要開始發麻，這時只聽小嬰兒哇地一聲啼哭，接著周氏在裡面喊道：「恭喜杜老弟啊，恭喜恭喜，是個女娃娃。」

眾人紛紛前來道賀。

杜小魚有些許失望，正要去看趙氏，卻聽周氏驚訝地叫道：「啊，居然還有個，趙大妹子，妳懷了兩個娃啊！」

外面立時靜了下，但片刻又迸發出一片歡呼聲。

雙胞胎可是極為少見的，杜小魚也呆住了，難怪每每都說趙氏的肚子大，原來裡面有兩個孩子，怎麼就沒有想到這一層呢？

「是個男娃，恭喜啊！」周氏聲音陡然拔高，比起之前的恭賀聲顯然多了很多真心，一男一女，多圓滿的喜事啊！

杜顯高興得直搓手，杜文淵笑道：「恭喜爹了。」

杜小魚再也忍不住，敲著門就進屋去了。

趙氏滿頭的汗，整個人好像從水裡撈出來一般，杜黃花拿著手巾給她小心擦拭，一臉的心疼。

「娘，您怎麼樣？」看她臉色慘白，杜小魚還沒來得及看娃，忙道：「我去把紅糖雞蛋水熱熱。」早就煮好放著的。

「我去弄，妳陪著姊姊。」趙冬芝笑著推門出去。

杜小魚探頭往大炕上看，只見兩個瘦小的娃娃並頭躺在一起，臉都皺皺的，實在談不上好看，但此刻在她眼裡就跟天使下凡似的，她顫著聲音道：「娘，您看他們多漂亮啊，娘，一男一女呢，我有弟弟也有妹妹啦！」

趙氏瞧著她，慢慢流下淚來，哽咽道：「是啊，是啊，妳總說家裡冷清，這下可好了。」

杜黃花抹了下眼睛，拿出兩串錢謝周氏，送她出去。

隨後，杜顯跟杜文淵也進來了，杜顯心疼娘子，噓寒問暖，杜小魚拉著杜文淵看弟弟妹妹。「你猜哪個是弟弟？」

兩個娃簡直一模一樣，哪個猜得出來？

趙氏笑道：「右邊那個是男娃，文淵，你抱給你爹看看。」

這句話似有深意，家人都在周圍，她卻只讓杜文淵抱起來，杜小魚眼睛微微一紅，低頭掩飾。

杜文淵卻沒有絲毫猶豫，含笑彎腰抱起男嬰，只見他的眼睛睜得好大，那樣黑那樣天真，令人忍不住便生出憐愛之情。

這就是他的弟弟啊，又小又柔弱，杜小魚出生的時候他也不過五歲，印象太模糊，唯有這刻，那種難以言說的情感在心裡慢慢流淌著。

沒有血脈之情，卻一樣可以親密無間！

「來，來，快給爹看看。」杜顯見他抱那麼久，忍耐不得，連聲催促。

杜小魚撇撇嘴。「還有妹妹呢，爹您重男輕女啊，非得要抱弟弟哼，我先說好了，妹妹的名字我來取，再也不准叫什麼黃花、小魚！」

眾人一陣笑。

「好，好，妳取，妳取，爹總算曉得妳原來一直在怨恨爹呢。」

「是啊，我順便把自個兒名字也改了。」杜小魚順竿子往上爬。「又都不愛吃魚的，叫什麼小魚？」

「妳這孩子淨會胡說，妳爹取的可改不得。」趙氏笑罵她兩句。「妹妹給妳取也便罷了，不要得寸進尺。」

「好吧，好吧。」杜小魚只得妥協。

這一整天都圍著看兩個娃兒，給他們換新衣服，分辨哪個是哪個，一家人晚上喜得都睡不著。

還是趙冬芝跟黃曉英淡定些，幫著煮飯，料理些家務。

過了三日，又要「洗三」，這禮節是用艾草水給娃擦洗身子，保佑身體健康，是一種祈福的儀式。

農村裡不像富人家講究，不用設什麼酒席，只煮一大鍋肉湯麵，叫「喜麵條」，給交好的鄰居們每家送去一碗，壓壓災。鄰居把湯碗還回來的時候，裡面擺幾個紅雞蛋，有圓滿富貴的意思。

感情好一些的，再放些個銅錢，比如吳大娘跟秦氏，不過趙氏沒想到借他們牛配種的高家居然也放了二十八文錢，心想這家人倒是挺大方，對他們當家的印象也不錯，有心以後多走走。

又過三、四天後，趙冬芝母女倆也要走了，他們家兩個男孩特別皮，她那個相公又是個悶嘴葫蘆，不捨得打罵孩子，這幾天也不知道鬧成什麼樣兒，又是農忙，肯定是手忙腳亂。

趙氏感激她這些天的幫忙，叫杜顯買些東西讓她帶回去，趙冬芝也不肯要。

送走她們後，家裡又有些空蕩蕩。

不過等弟弟妹妹能走了，就會熱鬧起來的。

「爹，娘，我給妹妹的名字取好了。」這日晚上，杜小魚得意洋洋地來到趙氏的臥房，順便抱起妹妹，輕輕點她的鼻子玩。

她如今抱孩子很有心得，經常哼的就是——「搖啊搖，搖到外婆橋……」

「叫啥名字啊？」杜顯好奇地問。

「叫清秋，妹妹是秋天生的嘛，所以名字裡有個秋，至於清，清之一字意義廣闊，乾淨、清爽，個性高潔，為人清廉……」

趙氏聽她滔滔不絕。「好吧，清秋聽起來也不錯，她如今像個潑猴似的，以後長大了真希望性子能冷靜些。」

那會兒一直在肚子裡踢的絕對是她的妹妹，因為這些天就她最皮，晚上老是哭鬧不止，白天又喜歡睡覺，把人折騰得夠嗆，反而弟弟要乖得多，很少哭嚎，吃飽了就睡，醒著也安安靜靜的。

杜顯笑道：「都好，妳弟弟的名字叫文濤，妹妹叫清秋，都好聽。」

文濤是延續杜文淵名字中的文之一字，杜小魚嘿嘿笑了兩聲。「那就說定了，妳以後叫杜清秋。」

杜清秋好像聽懂似的，兩隻手臂晃著，「格格格」地笑起來。

「看，她喜歡這名字呢！」杜小魚又得意了，抱著清秋原地打轉，以前她不喜歡玩空中飛人，這會兒抱著孩子卻玩得歡。

「小心啊。」趙氏看她小胳膊細細的，生怕抱不穩，忙叮囑道。

「沒事，咱們家小魚有力氣呢，看小葉子多高興。」杜顯看著直樂，「葉子」是杜清秋的小名，杜文濤的小名叫「福蛋」，又道：「福蛋要不要玩啊？」

福蛋只睜大了眼睛看著他，一派安靜。

「這孩子真是少見的乖，我看以後跟文淵一樣是個會唸書的。」

聽他這麼說，趙氏心裡暗嘆一聲，真想把那件事坦白相告，但見女兒還在，便忍住了，低頭撫摸著小兒子的臉。

屋裡杜小魚、杜清秋姊妹倆的笑聲，一陣陣傳遠。

第七十章

九月份收割了滿滿一院子的紫花苜蓿，拿了些新鮮的給牛羊兔嚐嚐鮮，其餘全都要曬乾存放起來。

這些牧草，就家裡一隻牛、幾隻羊、還有些兔子，餵養幾個月足足有餘，到了明年，苜蓿又要開花，這回能收四茬，完全吃不掉。

杜小魚想了下，跑院子裡把那隻大公雞抓起來扔進雞圈。

趙氏瞧見了道：「又想弄些種蛋出來啊？這麼多還不夠妳吃的？」家裡母雞陸續孵小雞出來，如今的雞舍比起以前來，那是大了幾倍不止，裡頭有二、三十隻雞。

「不吃，讓牠們下蛋。」杜小魚嘻嘻一笑。

趙氏不太瞭解，搖著手邊的木床，那木床也是杜小魚想出來的，極為精緻，可以來回搖晃，娃兒躺在裡面很容易睡著。

「下那麼多蛋又得拿出去賣，哪兒忙得過來呀?!」

如今有兩個娃，她是一刻都脫不得身，田裡的農活杜顯要時時照看，家裡雜七雜八的事都落在小女兒身上，雖說大女兒時常來幫手，可到底嫁出去的人，總不能還像以前當閨女時一般。

杜小魚笑了笑。「有時間就去賣，沒時間攏著自個兒吃唄，文濤跟清秋每天兩個，吃起來很快的。」

趙氏想想也是便不管了，搖了會兒木床又抬起頭來。「那小錦的工錢妳再給他往上加些，我看他累得慌，光每天打掃那麼些東西都得來回跑好幾趟，還得一隻隻小心照看著。上回有隻黑兔子眼睛不好了，不也是他發現的？他衣服還穿著打補丁的哪！」

這個少年話雖不多，趙氏對他的印象卻是很好，勤勉有加，從沒有偷懶的時候。

「加了，現在一個月一兩銀子呢！」杜小魚笑道：「娘難道覺得我是那麼苛扣的人？」她絕對是賞罰分明的人好不好？

前段時間家裡事多，兔子那邊她都沒空管，全是李錦一個人負責的，趙氏說的眼睛有問題也是那會兒的事，幸好發現得早，不然那純黑兔子指不定就瞎了，為這事她當即就加了李錦的工錢，只不過忘了告訴家人而已。

「哇哇……」清秋的啼哭聲這時忽然響起來，也不知道小小的身子蘊藏了多少力氣，聲音實在太響了。

「小清秋，姊姊來啦！」杜小魚俯身把她抱起來，手輕輕拍著後背，但她仍然哭個不止，便問趙氏。「是不是餓了啊？」

趙氏轉身解了衣襟。「怕是的，也隔了會兒了。」說著臉色有些發愁，兩個孩子太能喝了，這點奶怕以後會不夠。

杜小魚瞧出來了，笑道：「下回要不要煮點米糊給他們試試啊，老是喝奶怪膩味的。」雖說有牛有羊，可擠奶她不會，再說也不曉得有沒有什麼細菌。

趙氏噗哧笑出來，藉了這個由頭。「也好，以後等稍微大些就能喝米糊了。」話雖這麼說，可催奶的東西沒少喝，杜顯隔段時間就煮些豬蹄花生湯，趙氏的臉便更圓了，有時候攬鏡自照，連說再不能這樣吃下去。

吳大娘跟秦氏也總過來探望，一來就各自抱上一個娃娃逗玩。

「哎喲，這娃真乖，真真是羨慕死人了！」秦氏在小文濤的臉上親了又親，她自個兒一直沒懷上，媳婦也沒懷上，是真的羨慕趙氏能生出兩個孩子來。

杜小魚在院子裡磨苜蓿粉，這牧草除了牛羊兔，雞也是能吃的，聽說吃了以後生下來的雞蛋跟別的不同，以前也沒有養過雞，這回倒是可以試驗了。

餵的時候把苜蓿粉摻和在穀糠裡面便是。

吳大娘聽秦氏這麼說，笑道：「那方子沒去給妳媳婦試？」

「天天喝著呢。」秦氏說到就來氣。「不過我又不是逼著她，非得今年要生孩子，結果被她娘曉得了，以為我欺負人，上門找來吵架。唉，要不是看在媳婦明事理，我早跟她鬧翻了！」

「妳媳婦人還是好的，妳能忍就忍下來，家家都有本難唸的經啊。」

秦氏撇撇嘴。「我覺著吧，妳家裡就沒有啥經，咱們村裡，我瞧妳是最舒服的了，媳婦賢慧，親家又明事理，又有兒孫享福。」

吳大娘手一攤。「可是我比妳窮呀！」

趙氏笑起來。「是啊，是啊，我們就數妳最有錢，村裡哪個不羨慕妳？有幾家能去縣裡買院子是不？妳就知足吧，到時候妳媳婦生下孩子來，也一樣沒啥經唸了。」

秦氏舒坦了些，好奇地問：「對了，那林大哥我瞧著怎麼最近都不收弟子了？我本來還想建議他去縣裡開武館呢。」

趙氏臉色稍變，見福蛋要睡著了，接過來放在木床裡，才說道：「他怕是要回老家的，家裡老人都在呢。」

林嵩跟他們家交好，看來是真會走的，那麼找媳婦的事鐵定不成，秦氏只好打消主意，暗道他們杜家以後可是少了個靠山，又有些擔憂。

需知這村長還在呢，還有邱氏，那邊杜顯的生母，誰曉得會出什麼壞主意？

「那個周家，就是那二丫的家裡，她大姊真慘。」秦氏又說起一件事。「他們家把親事給訂了，去給人做填房呢。」

其他二人都露出驚訝之色，再怎麼窮也不能讓孩子去做妾了，都紛紛感慨周家女兒的苦命。

杜小魚在外頭聽見了也是一樣的想法，又替二丫擔心，怎麼會有這樣的父母？

天氣越發涼了，他們家打算開始做熏兔子。

杜小魚在兔舍察看，如今白兔子已經非常多，除去對望月樓的供給，餘下的還有七十來隻，黑兔子正在做實驗，殺的很少，不過發現跟黃白兔子交配出來的黑兔子同時繼承了兩者的優點，已經作為種兔開始培育。

至於那對淡紫色的兔子，現在才五個月，還未到繁殖的時候。

「李錦，這些牧草都是乾的，大兔子的話，每日只要餵一把就行了。小兔子，一籠給半捆，跟別的放一起餵。」她現在不喊小錦了，這一年多，可能因為吃得好一些了，李錦已經高出她很多，跟章卓予差不多的身高。

當然，她自己也是在長的，不過到底是姑娘家，現在才剛剛搆到杜文淵的肩膀。

李錦記下了，認真地點點頭。

「這是新配好的藥水，我看有隻兔子掉毛，你給牠搽一下，若是效果好的話告訴我一聲。」她指了下左角落的一隻大白兔子，沒看錯的話，應是得皮炎了。

李錦應了聲，接過白色的小瓷瓶。

杜小魚朝他看一眼，見他還穿著有補丁的衣服，想到才給他加了工錢，忍不住道：「你把銀子攢著是要娶媳婦啊？」

李錦一愣，意識到她的意思時，臉唰地紅了。

見他很不好意思，杜小魚也覺得自己唐突了點，嘿嘿笑了一聲。「那個，我娘看你老穿成這樣……叫我給你加工錢呢。」

李錦臉越發紅了，又不好直接出去。

「算我管閒事，你掙的錢肯定有別的用途吧？」杜小魚撓撓頭。「其實我也有錢藏著沒花，以後想做點別的投資嘛，都花了要用可就沒有了不是？」她還心心念念藍兔子啊、油菜花啊、馬車啊好多東西。

李錦看她尷尬，又急著替他同時替自己解釋，不由笑起來。

他很少笑，雖然長高了，五官也愈加清晰，是個極為清秀的少年，杜小魚微微一愣，也笑了。「反正當我沒問便是。」

「我想將來有自己的店鋪。」李錦卻一頓一頓說道。

沒料到他竟這樣坦白，杜小魚再次愣住，半晌才點點頭。「那好啊，有這樣的理想很好，你以後肯定能開個鋪子的。」又問。「你想開什麼鋪子啊？」

李錦不說話了，他彷彿看到娘親成年累月地坐在院子裡，坐在昏暗的光線下，坐在冬日冰冷的炕頭，坐在夏日酷熱的屋子裡繡花。

他想起娘親說起那些錦緞時的興奮，那些嚮往、那些喜歡，他的外祖父家以前便是開錦緞鋪的，可娘親捨棄了這樣一個家族嫁給了他貧寒的父親。

「錦緞鋪。」他輕聲吐出來，聽上去卻那樣沈重。

「錦緞鋪？」杜小魚鼓勵他。「你一定可以成功的，我給你多借些書看看吧。」要做什麼生意，首先得要去瞭解嘛。

李錦看她一眼，那個理想終於在今日說了出來，他嘴角揚起，總算輕鬆地笑了一回。

因為溫度還不夠低，也只熏了四隻兔子，杜小魚打算親自去縣裡擺攤子賣，可正值秋收又是種冬小麥的時候，杜顯抽不開身，最後便讓李錦陪著一起去。

他今日總算沒有穿打補丁的衣服，趙氏看到了笑起來，心知小女兒肯定說了這事。

杜顯打量他一眼，讚道：「早該換一身了，多俊的小哥啊！」

誇得李錦的臉一陣發紅。

「好了，爹，沒見人家臉皮薄。」杜小魚把兔肉用細繩捆了，給李錦提上，自個兒提著根秤，跟杜顯夫婦道別一聲便朝村口而去。

時至今日，她也認識好些村民了，之前去幫人家治療兔子，這村裡各家各戶都有自己的活動圈子，一家連一家，不認識都難。

到了車上，便是七嘴八舌。

「倒是很久不見妳去縣裡了啊，這是又換新花樣了？」

「咦，是熏兔子啊！」

又有養兔子的人打招呼。「小魚姑娘下回得空來我家看看，生了好幾窩，妳看看哪些好做種兔的？」

「……縣裡有人賣兔肉十三文一斤搶生意啊，小魚姑娘，這樣下去，咱們養兔子可就賺不了多少錢了。」

說什麼的都有，杜小魚稍作回應，腦子裡只在想兔肉降價的事，古代人口增長緩慢，到一定階段，最近幾十年差不多都不會有什麼變化，如今養兔子的人增多，降價是必然的事情，主要原因還有幾個，交通不便利、沒有真空包裝袋、宣傳計劃執行不利等。

不然像熏兔子、醃兔子完全可以賣到別的地方去。

這麼看起來，只有皮毛是可以穩定的，皮毛存放時間久，就跟綾羅綢緞一樣，各處流通都不是問題。

「兔肉至多降至十文錢一斤，到時候養的人少了，又會回漲，基本就十三文錢左右搖擺，至於你們想不想繼續養下去，只能自己考慮了，不過皮毛的價格不會下跌。」杜小魚最後給了一個結論。

車上一時安靜下來。

但很快又開始說起各種八卦，娶媳婦、嫁女兒、掙大錢、窩裡鬥、打架、生孩子……其中有一個倒是引起了她的注意。

杜堂在縣裡賭錢輸了銀子，被人打一頓趕了出去，說打的人還罵罵咧咧，意思是杜堂還欠下賭場大筆銀子的意思。

對這個人，杜小魚除了厭恨還是厭恨，當初要不是杜文淵救她，她早淹死在河溝裡了。他心狠手辣，李氏對他們家做的這些事，背後絕對有杜堂的功勞。說到底，無非是杜家那幾百畝田罷了，杜顯被趕出家門，長子不在，他這個位居第二的兒子自然最有可能繼承。

無非就是這樣吧。

真希望他染上賭癮，戒也戒不掉，到時候自食惡果！

辰時末，牛車終於到達縣城。

龐誠自打娶了媳婦後便不再擺攤賣杏仁茶了，一來岳母覺得擺攤沒面子，二來他已經得到歷練，秦氏便出錢在縣裡開了家雜貨鋪，讓小夫妻倆看管。

杜小魚尋到雜貨鋪，問他借擺攤的物什。

龐誠忙要帶著去，他娘子胡氏笑道：「你坐著吧，我帶他們去。」

胡氏較之以前長胖了點，觀之可親，想來龐誠對她定是極好的，這樣的人就算要他欺負人也欺負不來呢。

院子裡也收拾得很乾淨，那小推車完好地擺在雜貨間裡，胡氏叫李錦推了出來，笑道：「這口鍋拿下來換個長木板，兔肉在廚房剁好放上去正好。」

她想得真周到，一隻兔子很重，一般人家大抵是不會買一整隻的，杜小魚只留下一隻完整的，其他的叫李錦按重量切成大塊小塊，再取些出來切成更小的小塊給人品嚐，當然，刀也還是要帶過去，以防別人有什麼要求。

「姊姊，這兩隻兔腿你們晚上吃吧。」借了東西自然也要答謝。

胡氏也不推辭，笑著收了。

三人出來院子，杜小魚要去集市口，便跟胡氏道別，說晚上再來還小推車。

尋了個位置站好，杜小魚清一清嗓子就叫開了，擺攤子賣東西對她來說駕輕就熟，從一開始的賣香乾到賣寒瓜，早就熟悉得很了。

李錦瞧著她，眼裡有驚訝也有敬佩，這段時間的相處，他越來越瞭解她的作風，雖然年紀小，可是做事爽利果斷，從沒有害怕的時候，假如他也能做到如此，那麼開店鋪也是遲早的事情吧？

他深呼吸了一下，也隨著她喊起來。

聲音先是很小，但很快就蓋過了她，杜小魚微微笑起來，這個少年總算沒有那麼拘謹木訥了。

新鮮的吃食總能吸引到人，最近兔肉在縣裡流行，但還沒有熏兔肉這種吃法，立刻便有人上來嘗試。

杜小魚對此很自信，任他們隨意品嚐免費的兔肉。

「這多少錢一斤啊？怎麼賣的？」比起一般的熏肉，這熏兔肉有種特別的香氣，光是聞著就令人流口水，很快就有人想買了。

「二十八文錢。」

「這麼貴？」那人驚道：「現在兔肉才十三文一斤，妳這可不是貴了一倍多？」

「那怎麼同？誰不知道豬肉二十文錢一斤，可是酒樓裡的那些菜哪樣不貴？」經過大廚的手，價格提升數倍都很正常，她這算是便宜的。

「妳這小姑娘口氣倒大，又不是高明的廚子！」

「就是，賣得也太貴了，與其這樣，還不如吃豬肉去。」

杜小魚只是笑。「你們若是做得出來一樣的味道，我自然不賣這個價錢，好不好吃、騙不騙人都明擺著。」

眾人沒了反駁的言辭，覺得貴自不肯買，有錢的也不少這點錢。

一會兒工夫賣出去兩隻。

到午時，街上變得冷清清的，都去用午飯了，杜小魚也正想收攤，這會兒卻來了一個人說要買熏兔肉。

「要多少？」杜小魚瞧瞧他。

那人隨便看了下，一指那隻完整的熏兔。「就這個了，多少錢？」

杜小魚拿秤看了重量。「九斤整，兩百五十二文錢。」

那人二話不說，扔下錢提了兔子就走。

杜小魚看著他背影，忽地一笑，問李錦。「你覺著這人奇怪不？」

李錦不解。

「肯定是望月樓的，你看他這身打扮不像是家境富裕的吧？可是一買就是一整隻兔子，而且兩百五十二文錢，正常的都會叫人去掉零頭。」杜小魚搖搖頭。「何況，他都沒好好挑，還趁著人那麼少來咱們這兒買，不就是怕人看見是望月樓的？」

聽她一番解釋，李錦恍然大悟。「他們買了去是想看看怎麼做的？」

「肯定是這樣，他們現在嫌棄我那滷兔肉賣得貴，如今又見出了熏兔肉，自然要看看情況如何，若是他們自己能做，絕對不會跟我購買的。」

李錦皺眉道：「那會不會……」

「他們會不會做我不曉得，反正他們的大廚若真的那麼厲害，我也只好認命。」杜小魚見最後一隻兔子也賣掉了，笑道：「咱們把推車還給龐大哥去吃飯吧，餓死我了。」

見她絲毫沒有擔憂，李錦點點頭，兩人還了車去小飯館，用完飯下午便回去了。

沒料到賣得這麼快，杜顯很高興。「看來下回得多做些，我這就去多宰幾隻兔子。對了，那毛掌櫃沒來跟妳繼續談契約啊？」

他以為賣得好，望月樓就會再次購買。

杜小魚哼了聲，把那事告訴他們聽。

杜顯立時又有些不放心。「哎喲，那他們要是也做出來，可不是就搶了咱們生意？還是看看情況再說吧。」

「可不是那麼容易做的，妳姥姥的那個法子也是一代代傳下來的，裡面又加了柏樹葉，旁的人哪做得出一樣的味道？」趙氏板著臉。「這望月樓無情無義，見咱們之前的契約就要到期，還想搶這口熏兔肉的飯，小魚，到時候可別再賣給他們，我看索性就自個兒擺攤賣都比賣給他們的好。」

「娘子說得對，那方子咱們不說出去他們想不到，柏樹葉的事也就咱們家清楚，是了，我下回多摘些曬了存放起來。」杜顯接上話。

「我也是這麼想，沒時間的話，大不了僱人去賣……」杜小魚道。

趙氏眼睛一亮。「我看也行，等到時候看。」這熏兔肉做起來也麻煩得很，他們家現在是手忙腳亂，僱人賣倒是個好辦法。「就是那兔子也重，運來運去，費時間呢。」

杜小魚嘿嘿笑道：「買匹馬便是。」

古代馬匹貴，一般人家是用不起的，但就她手裡這麼多錢完全足夠，牧草也夠吃，若是僱人賣熏兔肉，擴大生意，那麼便是最好的時機。

其他二人很是驚訝，都沒有想過要買馬，一時都怔住了。

趙氏擺擺手。「先就這麼一說，這會兒想這些還太早。」

杜小魚便不提了。

第七十一章

今年新收的稻米聽說收成稍許高了些，也不知是不是應用了改良熟糞的關係，但不管怎麼樣，壞處沒有的話，自然要繼續使用下去的。

天氣如今已經開始轉冷，杜顯根據杜小魚的提議，在幾個大糞坑周圍堆放些玉米稈子跟亂草，為了保護裡面的熱氣不散出來，最上面還得蓋上稻草，用泥抹了封閉起來。

十一月往後更是要用暗火熏熱，現在倒還不至於，只這樣保溫已經足夠。

杜顯弄完之後淨了手，進屋抱起福蛋玩，一邊跟趙氏說話。

「豬就在龐老哥家買，他反正會殺豬，到時候三頭豬總夠了。雞嘛，家裡頭有，別的等我明兒去縣裡買，咱們認識的人少，不像吳大姊，十二桌我看差不多了。」

是在說滿月酒的事，趙氏點點頭。「大哥妹子那裡我早前就叫著不要來了，娘已經不在，他們也盡了心意，別來回跑著折騰。咱們自家吃吃，請幾個人也算過去了，十二桌只怕都多呢。」

她跟杜顯兩個都是不愛結交人的，整個村子裡統共不曉得有沒有十家來往，遠的一年說不上幾句話的也不會來。

兩人商量會兒，杜黃花從廚房出來把飯菜擺好。

又是豬蹄花生湯，杜小魚看得膩味，但試來試去也只有這個最催奶，所以趙氏經常要喝，杜顯拿起勺子先就盛了一碗放趙氏面前。

杜黃花這就要回去，趙氏叫住她。「妳也坐一起吃了，都弄好了還走？」

「是啊，吃完再回去，反正曉得妳在這裡，還怕找來不成啊？」杜顯拍拍凳子。「來，來，快坐。」

杜小魚進去給盛了飯，盯著她看道：「難道那邊還說妳了？他們要敢抱怨這些，妳就索性回家裡來住。」

兩個娃，加上杜清秋實在太鬧騰了，趙氏晚上都睡不好，白天老打瞌睡，有回抱著福蛋睡著了差點摔地上，杜小魚又要煮飯什麼的，杜黃花便經常來帶帶孩子。

聽她有質問的口氣，杜黃花忙道：「沒有，一句話都沒說我的，還常常主動叫我來呢。」說著便坐下來捧起飯吃。

他們倒是敢！杜小魚哼一聲。

趙氏又問起女婿的身體狀況，聽起來不錯便更加放心，只不過飯也吃不安寧，才喝完湯那邊福蛋又餓了。

兩個娃是輪流著使喚人。

杜小魚有時候看著挺怕的，那會兒覺得他們是天使，但後來越發覺得杜清秋是魔鬼，不過能怎麼辦呢，再吵鬧也得疼愛啊！

只盼能快點長大，好想看看長大的樣子，也不曉得會像誰？

過了幾日便到滿月。

早上一起來，杜小魚就去幫著兩個娃穿衣服，都是杜黃花做的，杜清秋的是一套繡著玉瓶插牡丹的大紅薄襖。瓶子象徵平安，又是花開富貴，寓意極好，那紅色襯得小清秋的臉也紅通通的，喜氣洋洋。

福蛋那套繡的是白鶴銜銅錢，雲中飛，男娃不外乎如此，都是希望前途遠大。

「真是好看。」趙氏摸著兩件小襖。「到時候妳嫁人，非得讓妳姊繡件嫁衣出來。」

杜小魚頭大，好好的怎麼突然就扯到她頭上來了？她不敢接話，給小妹套上同樣精美的小鞋子，抱著先出去了。

趙氏怔了會兒，才抱起福蛋往外走。

請的大廚、幫工都已經來了，院子裡前後大致擺好桌凳，等人來了，萬一不夠的再添便是，反正都是問左鄰右舍借的，方便得很。

趙氏交代一番，要什麼樣的菜式等等，這些人便開工了。

一時間院子裡喧鬧無比，擇菜的、砍肉的、洗東西的、來往跑著端盤子的，杜小魚都不知道站哪裡，後來還是走去自個兒房間了。

「原來跑這兒來了。」杜文淵抱著福蛋進來。「我說人怎麼不見了。」

「亂成一團，小妹一會兒得嚇得哭了。」杜小魚把小清秋舉著搖了搖，卻見她只管閉著眼睛睡，便恨恨道：「真是個壞蛋，就曉得晚上吵娘，你看，眼皮子撥都撥不開，白天淨攢著力氣打算晚上鬧呢！」

看她打又打不得，氣得牙癢癢的樣子，杜文淵大笑起來。「以後只怕更頭疼，還是福蛋好呀。」

「是啊，還是咱們福蛋好。」杜小魚湊過去在福蛋臉上親了下。「臉好滑，真是比雞蛋還滑呢。」

她的臉近在咫尺，杜文淵騰出一隻手剛想去捏一捏，到半途收了回來，輕咳一聲道：「師弟聽說妳在賣熏兔，叫妳下回賣一隻給他嚐嚐。」

杜小魚笑了。「他要吃還用買？我豈會收這錢，過兩天賣的時候送兩隻去萬府。」

「他說最好午時來，或者休沐日。」

「哦，他是不是要請我吃飯呀？」貌似還欠她一頓飯的，雖然那是他自說自話，不過杜小魚也覺得應該送隻給他嚐嚐，倒是忘掉了。「那要不明兒去？你反正也要去縣裡的。」

「隨便妳。不過……」

見他頓住不說，杜小魚奇道：「有什麼事你要吞吞吐吐的？」

杜文淵瞧她一眼，最後道：「罷了，是我多想了，沒什麼。」他覺得萬家可能有把萬芳林嫁給章卓予的意思，怕杜小魚真的跟章卓予發生些什麼，到時候遇到阻礙，可又覺得一切都還沒有確定。

杜小魚看看他，也沒問，一會兒左右鄰里都來了，一般都是要看看過滿月的娃的，便拉著杜文淵一起出去。

個個都誇兩個孩子好，什麼有福氣啊、長得俊啊、看著就是命好啊等等，反正怎麼美好怎麼來，趙氏也陪著他們說說笑笑。

杜小魚閒著無事，幫著端盤子放菜。

「小魚妹妹，我也來幫妳。」

白家到底是親家，雖說兩家關係不和睦，但表面上總要走一走的，所以崔氏等人也來了，白蓮花自然也在其中。

杜小魚冷聲道：「不用，妳一邊待著去，記得別在我娘跟前晃，省得她心裡不高興。」

白蓮花抿了下嘴，都這麼久過去了，他們家始終都不肯原諒她，明明大哥跟大嫂感情那麼好的，可是他們為什麼就要記著這件事呢？

「小魚，妳就這麼恨我？」她微微湊上來。「咱們兩家人好好的不行嗎？難道你們要一直這麼對我？」

周圍都有人來回走著，杜小魚壓低聲音道：「妳別逼我說什麼難聽的話，來便來了，吃完便走，咱們兩家也就只能這樣過下去了。」

白蓮花面色慘然，輕聲道：「妳……你們到底要怎麼樣才會原諒我？」

這樣的狀況不在她設想之內，原以為杜黃花嫁過來便好了，可是並不是如此。她內心裡知道，就算是大哥，也從未真的原諒過她，杜小魚等人更不會，也許只有杜黃花才是最體諒她的那個人吧。

其他的，又有誰能瞭解她的苦心呢？

杜小魚不知如何作答，原諒她嗎？到底要以什麼樣的方式？她真的想不出來，當無法原諒一個人的時候，只怕任何方式都是難以起效的。

恭賀的人漸漸多了，很快就要開席，杜小魚又去幫著分配酒。

喜事嘛，酒必不可少，每桌都備了幾罈子。

祝辭四起，數一數來人也有十桌，前院放了六桌，後院四桌，熱鬧紛紛，饒是杜清秋睡得死過去一樣也終於醒了。

趙氏給他們餵了奶，讓杜小魚抱去木床上。

「餓了吧？把這些先吃了。」杜黃花端了一個大碗過來，裡面雜七雜八什麼都有，肉圓子、魚片、筍子、豆角，滿滿地堆起來。

杜小魚正抱著福蛋，聞言張開嘴。

杜黃花噗哧笑起來。「當妳是娃娃呢，還要我餵。」但也挾了個肉圓子放她嘴裡。

「沒見我忙呢。」她裝腔作勢搖著娃。

自從杜黃花嫁人後，兩人很少有親密的時候，有時候都覺得生疏了，但這樣吃頓飯下來，彷彿又回到了以前的時光裡。

「姊什麼時候回來住住吧。」杜小魚撅起嘴道：「現在我一個人睡大炕好不習慣。」

杜黃花眼睛微微一紅，戳戳她腦門。「這麼大了還黏人。」

「妳有了相公就不想我了啊？」杜小魚撇一下嘴。「我就曉得妳是那種見色忘親的人，來了沒一回住家裡的。」

杜黃花哭笑不得。「這麼近……」又不是出遠門。

「別聽她胡說。」趙氏這會兒走進來。「好好的住家裡，別的以為黃花跟她婆家、跟相公不和呢，有得嚼舌頭根，妳啊，就會想些歪主意。」

原來還怕這個，杜小魚拍拍腦袋，這些村裡的人啊真是太八卦了，成天盯著人家家裡的事幹啥呢？

「家裡這些碗碟什麼的也不用收拾了，這些天也累著妳了，用完飯快些回去休息休息。」趙氏對杜黃花道：「田裡也忙得差不多，妳爹最近也要開始閒了，妳不用總過來。女婿畫那麼多畫，妳幫著搭把手，叫他不要太勞累。」

杜黃花點點頭，應一聲走了。

趙氏看看碗。「飯吃好了？飽了沒？我來看他們，妳再去吃點。」

杜小魚打了個呵欠，覺得很疲累，搖著手道：「我想睡會兒。」說完也不脫衣服，倒頭就睡下了。

趙氏上去給她蓋好被子，安安靜靜地守著三個孩子。

廚房裡的火坑從早到晚得燃著，就算打開門窗，有時候也還是有些熏人，杜小魚尋思著，另建個專門做熏肉的屋子，也能大量生產。

如今速度有些慢，幾天才能供應五、六隻，這日挑了四隻，便跟杜文淵去了縣裡。

時間還早，他們先去集市賣熏兔。

起先嚐過的人覺得味道好，早就給旁的人說過了，因此他們的小推車一過來，立時就有人圍上來買。

賣得還剩半隻的時候，望月樓的朱管事來了，道：「杜小姑娘又來賣兔肉啊？」完全換了副嘴臉。杜小魚瞧瞧他。「朱管事有什麼事嗎？」

「杜小姑娘經常跑來縣裡賣，難道不覺得勞累？這一來一回兩個時辰可是折騰得很啊，又沒有幾隻，一會兒工夫就賣完了，又得回去……」

磨磨唧唧的不就想讓她放在他們酒樓賣？杜小魚哼了聲。「怎麼？你們大廚做不出這熏兔的味道？」

聽她嘲笑的口氣，朱管事真想掉頭就走，前段時間可都是他給臉色看，如今倒好，顛倒過來了，在人手底下做事不容易啊！明明是掌櫃的意思，可非得要他去做黑臉。朱管事笑笑地說：「杜小姑娘的熏肉手藝哪個比得過，我們大廚都說好呢。」

這倒是實話，他們收購了兔肉叫大廚做成熏兔，結果就是弄不出一樣的味道來，好吃也還是好吃，可就是少了些什麼。

而他們酒樓各種成本加起來，絕不會比外面擺攤的賣得便宜，若是想做熏兔，定然不能比杜小魚做的差，不然誰來他們酒樓吃這個？

也就是貪心所致，不然井水不犯河水，她賣她的熏兔，礙著望月樓什麼事？杜小魚把最後半隻兔子賣了，就要收攤子走。

「不是還有兩隻嗎？」朱管事問道。

「這是送人的，朱管事，你有什麼話請直說，我還有事呢。」

杜文淵在旁邊也不插話，幫著把秤、刀等物什收起來。

朱管事搓搓手，有點兒焦躁，對一個小姑娘低聲下氣還真是不習慣，早知道當初就不得罪她了。「妳看，這熏兔放咱們酒樓賣如何？還是跟那些滷兔子、醃兔子一樣，省了妳很多功夫，對大家都好。」

杜小魚好笑。「敢問你們多少錢一斤收啊？準備簽幾年啊？滷兔肉要減去幾文錢啊？」

這個毛掌櫃早示意過了，朱管事道：「肯定不虧妳，二十五文錢收，其他的嘛，好商量，都好商量。」

比她自個兒賣的少了三文錢，一隻十斤就相當於三十文了，想都不用想，杜小魚冷下臉。「我就直說了吧，這熏兔我不打算賣給酒樓，雖然來回麻煩，可也不是每天都來的，咱們家不缺這點錢，我樂意多久來賣就多久來賣。」

朱管事一聽這事要黃了，臉色也不好看。「妳可是跟咱們簽了契約的，還有幾個月呢，現在私自賣兔肉，可不要怪我們去衙門告妳！」

「煩勞朱管事回去好好看清楚契約，上面一個字都沒有提到熏兔肉。」杜小魚挑了挑眉。「朱管事不用再說了，凡事昨日因今日果，你把這話帶給毛掌櫃，想必他也不會怪你辦事不利，告辭。」說罷果斷跟杜文淵推著車走了。

朱管事看著她背影，猛地跺了兩下腳，甩著袖子回酒樓。

「妳這跑來跑去賣確實有點兒麻煩。」杜文淵此時說道：「不去僱個人用用？」

「我是這麼打算的，就等準備充足了。」

兩人說著來到萬府，今日是書院放假的時間，章卓予自然在。

下人通告後，他興沖沖地跑出來，見到杜小魚真的帶著熏兔來了，眉開眼笑道：「妳倒是來得快，我還當要等到明年呢。」

「是我疏忽，本就應當送來給你嚐嚐的，你這就拿去下飯吧。」

章卓予讓人拿了。「晚上再嚐這個，我跟大舅說一聲，我請你們去外面吃。」萬家雖然飯菜也可口，但有長輩在，到底有些拘束。

杜小魚笑著道好。

跟萬炳光請示後，章卓予便要跟他們出去。

將將萬芳林帶著丫鬟從園子裡繞過來，在路口遇上了。

「萬姑娘。」杜小魚很久沒有見到她，開口打招呼。

萬芳林看到杜小魚，勉強笑了笑，道：「小魚，好久不見，妳是來找表哥的？」

「來送熏兔……」

「啊！」萬芳林霎時變了臉色，呆呆地看著杜小魚。

杜小魚恨不得敲自己腦門，上回就是因為殺兔子掙錢的事萬芳林才哭的，真是哪壺不開提哪壺，怎的就忘掉了呢？

「表妹，我們正要去吃飯。」章卓予見情況不好，忙轉移開話題，他很是懊惱，明明知道表妹心善，竟然還要杜小魚送熏兔上門，可不是讓表妹看到了難過，讓小魚尷尬？

杜小魚也連連點頭。「對，對，吃飯，萬姑娘，妳吃飯了沒啊？咱們一起去吃吧？」

萬芳林抿緊了嘴唇，這次卻沒有哭，轉身往內院走去。

「表妹！」章卓予不知道她是怎麼回事，追上去兩步，又跑回來。「小魚，我去看看表妹，妳在這裡等一會兒，好不好？說好請妳吃飯的。」

杜小魚還沒答，杜文淵道：「不用，我們先回去了，吃飯的事改日再說。」說完拉著杜小魚就走。

章卓予一時愣住，有種說不清的感覺湧上心頭，令他皺了眉頭，但只往門口看了會兒，終於還是把目光投向了裡面。

兩兄妹隨便找了家館子吃飯。

杜文淵點了三個菜後就不說話了，偶爾拿起面前的茶喝上兩口。

見他臉色有些陰沈，杜小魚很奇怪，問道：「你怎麼了？」

「師弟跟他表妹感情很好，兩人稱得上青梅竹馬。」

這句話真是莫名其妙，杜小魚好笑道：「這還用你說嗎？我當然也看得出來。」萬芳林很依賴章卓予，章卓予也很疼愛這個表妹。

「妳知道便好。」杜文淵手指點了幾下桌面，一般人家的姑娘大了都會避嫌，可萬家並沒有，萬芳林也十二歲了，依然跟她表哥天天見面，除去在書院的時間，簡直可以說是朝夕相伴，兩家到底是何用意，仔細想想便能明白。

可杜小魚不明白，她壓根兒就沒想過這些，所以杜文淵的提示其實是沒有絲毫用處的。

兩人用完飯，杜文淵明日又要去書院，所以杜小魚一個人回了家。

第七十二章

回來看到小清秋還在睡，杜小魚俯身抱起她，搖著玩，嘴裡道：「別給我死睡，聽到沒有，眼睛睜開來，就曉得白天睡睡睡……」

「唉，昨晚上又鬧了好久，妳讓她睡吧。」趙氏伸手打個呵欠。

杜小魚見趙氏又犯睏。「妳要不要去睡一會兒？我看著他們倆，要是餓了想喝奶，再來叫娘。」

趙氏點點頭正要進去，卻聽院門外有人道：「大妹子在不在啊？」他探頭往裡看了看，正好瞅見杜小魚在堂屋，笑起來。「小魚，快來給開下門，咱們家的牛剛生了頭小牛出來呢！」

卻是高鐵來了。

杜小魚忙跑出去把木門拿下來，見高鐵手裡還提著兩罈酒，便想到吳大娘之前說的話，要是高家的牛生了小牛，少不得他們家的酒吃，還真被她說中。

「高大叔真客氣啊。」她笑嘻嘻道：「這是你們家自個兒釀的？」

「是啊，不過妳爹酒量不行，我就拿了罈糯米酒來，這個妳也能喝兩口，帶點甜味兒的。」高鐵邊說著進屋了。「還有這罈，你們擺多久都沒事，這個有點味重，我也只能喝半碗，非得林英雄這樣的人才能喝上幾碗，拿來招待客人最好。」

還帶了兩種不同的酒來，趙氏道謝兩聲，笑道：「高大哥真是細心，樣樣都考慮到，倒教我們不好意思，白收你的酒。」

「怎麼是白收呢，咱們家得了頭小牛呢，不知道長得多俊，可把我家娘子高興壞了。這酒也是她挑的，趕明兒還想請你們來吃頓飯。」

「哎喲，使不得，兩罈酒就夠咱們臉紅的了。」趙氏招呼道：「高大哥你快坐坐，提過來也挺重的吧？」

高鐵呵呵笑。「不算啥，這點都提不動，我老高也完了。」

杜小魚這時端茶上來，問道：「高大叔，你們的酒釀了都拿去縣裡賣的嗎？」後來雖說跟他也見過幾次了，可都是在熱鬧哄哄的場面，沒能說得上話。

「是啊，都拿去縣裡的酒樓賣的，每隔一個月，幾個月送一趟，有些酒要釀一年左右，就得更長點，反正好了就送去。」高鐵撓撓頭。「也不常釀，平日裡還是種田為主，咱們家也好些田呢，幾張嘴等著吃，這酒就我大兒子跟他媳婦弄，我偶爾搭把手。」

對於酒這個東西，杜小魚不太瞭解，印象裡她以前只喝過些果子酒，像葡萄酒、鳳梨酒等，忙又問：「你們釀不釀果酒的啊？」

趙氏看她一眼，這小女兒是逮到啥都要問個不停。

「果子酒倒不釀，果子太貴了，咱們自個兒又不種。」高鐵搖搖頭。「不過聽說有些地方有，還有花酒呢，又香又甜的。」

「咱們這山上有杏子啊，等五月份就熟了，高大叔不想試試？」

高鐵聽了笑起來。「好，那明年我去山上看看。」

聽得出來他也沒有放在心上，只是這麼隨便說說，杜小魚便也罷了，杏子酒她倒是想喝呢，不過自己不會釀啊。

「小魚，拿一籃子雞蛋給妳高大叔。」趙氏覺得高家太客氣，還是想著要回禮，靈機一動想到這個，笑道：「高老哥，這雞蛋不一樣哩，是用你送的那些種子養出來的，你怎麼也得帶回去嚐嚐。」

「我送的種子？」

「就是牛喜歡的那種草，給弄碎了拌在雞食裡餵的，那雞蛋黃的顏色現在可好看呢。」杜小魚說完去櫃子裡提了個籃子出來，如今雞養得多，都存了幾籃子，她打算明兒拿些醃成鹹雞蛋。

高鐵聽了覺得驚奇，便沒有推卻，又閒聊幾句，只母女倆在家，他也不方便久坐，便告辭走了。

晚上杜顯回家叫了林嵩來吃飯，兩罈酒都打開來嚐。

那烈的自然給林嵩喝，父女倆喝那罈不易醉的，結果一吃，果然好喝，帶點甜味有點兒澀，兩人都喝了一大碗，杜小魚還拿筷頭蘸了給弟弟妹妹嚐鮮。

小清秋好似很愛吃，嘴巴咂吧個不停，兩隻手搖來晃去，格格格地笑。

「以後妹妹大了，喝酒就推她出去。」杜小魚哈哈笑。「看她的樣子，肯定會喝酒，瞧，頭伸那麼長，還要呢。」

「我看妳是醉了，渾說個什麼，女孩子家家還去給妳爹擋酒啊？」趙氏挾了塊酸菜放她碗裡。「臉那麼紅，快些吃點東西回頭睡去。」

杜小魚也開始覺得有點頭暈，這酒好上口，倒是還有點兒後勁，扒了幾口飯就回房了，一直睡到日上三竿才起來。

卻見吳大娘竟也在，正跟趙氏兩個人說話。

她揉著眼睛，先去看了眼弟弟妹妹，才去廚房熱點餅子吃。

「……剛才那些人都是姜家派來的，妳是不曉得，姜家大公子前日闖了大禍，把知府大人一個遠房親戚給打殘了，如今正關在大牢裡，是死是活還不曉得哩。」

姜家大公子？杜小魚忙豎起耳朵聽，不知道吳大娘為什麼會說起這個，姜家再怎麼惹上麻煩，跟他們家又有什麼關係，為何要早上跑來講這些？

趙氏恍然大悟。「難怪來找林大哥呢，可是想要他去說說情？」

「可不是？這知府大人多大的官兒啊，咱們縣主見著了也得小心問候著，姜家大公子是不知天高地厚啊！」吳大娘搖搖頭。「仗著自己家錢多，兩兄弟在縣裡橫行霸道的，這會兒算是遭到報應了。」

原來是來求林嵩的，杜小魚對姜家當然很厭惡，要知道白蓮花就是借了姜二公子的馬車啊，反正也不是個好東西！

「林老弟估計是不會肯的，」吳大娘說著更加好奇了，一拉趙氏。「趙妹子，妳說這林老弟到底是啥來歷啊？我一直琢磨著覺得不對，就算是打死老虎為村裡除了害，可真能去找縣主說清這種事？太奇怪了！」

趙氏低頭喝茶掩飾自己的表情，並不作回答。

兩人正說著，外面一陣腳步聲，像是好些人路過，吳大娘出去看了會兒，回來道：「看來是真的沒同意，那些東西又給抬回來了。姜家老爺太太都出面了，唉，那太太哭得真慘，指不定他們家大公子活不了。」

杜小魚不太想聽這事，提著雞蛋出來。「娘，咱們把這些醃了吧，再放下去怕會壞呢！」

「好，好啊。」趙氏不想騙吳大娘，正好藉機不說了。

「妳們醃著，我這會兒也該回去了。」吳大娘笑道：「一會兒我媳婦兒得抱著土旺來找，三個娃可不得鬧成一團。」

好像是回應她一樣，福蛋「哼哼唧唧」的聲音響起來，又是餓了。

趙氏奶著，杜小魚混著泥拿鹽抹雞蛋，一邊道：「娘覺得最近吃的雞肉怎樣啊？是不是好吃了一點？」

「好像是鮮美了些，難道也是餵了那牧草的緣故？」

「那當然，趕明兒那些羊肉也比一般的好吃。」杜小魚笑道：「要是哪家羊肉館看上的話，咱們再多養些。」

趙氏瞟了眼院子裡五隻狗。「唉，咱們家真要嫌小了，這院子就被牠們霸占了。」

小狼的三個孩子如今也大了，一字排著曬太陽也夠壯觀的，杜小魚哈哈笑起來。「牠們可厲害呢，能看守田，帶出去不也沒人敢欺負嗎？」

「妳啊，僱個人為好，要是當真咬傷了人又不一樣了，賴到咱們頭上，到時候怎麼說？到底狗不比人。」

「這我曉得，到時候看吧。」杜小魚應一聲。

一晃眼冬至過去。

村子裡又開始飄著過年的味道，家家戶戶的屋簷下都掛上了自個兒醃的臘肉香腸，窮一點的酸蘿蔔也有幾排，沒事就聚在一起嘮嗑。

陰雨天氣斷斷續續，一直持續到十二月二十三，農曆祭灶神的日子，天上的雲層才一掃而空，露出金燦燦的太陽。

灶神是傳說中的司飲食之神，聽說掌管著一家的禍福，杜小魚家也不例外，堂屋裡端端正正貼上灶君，供桌上更是擺滿了吃食，多為甜食，湯圓、糯米糕、芝麻糖之類。

先焚香，再每人輪流上去叩拜一番，最後燒個紙馬給灶神當坐騎，歡送灶君上天，儀式就算結束了。

從這日開始基本就已經是新年，家裡陸續做了各種菜屯著，什麼獅子頭啊、蛋餃啊、蒸臘腸、紅燒大肉等等，擺滿了灶檯，平日想吃就擱灶上熱一熱。

杜小魚直覺自己又長胖了一圈。

年後，她覺得時機差不多了，得把熏肉房造出來，而兩個娃一眨眼就能長大，便決定把房子也順帶翻修擴建。

她甚至還畫了張草圖出來，雖然不是學建築的，什麼結構學並不懂，只是按照喜好把樣子大致弄了。

屋子造成兩進，周圍圈個高牆出來，前院後院都比較大，第一進的房子一排五間是主屋，中間是待客的堂屋，右邊往左邊數，第一間是杜顯夫婦住，第二間是大廚房並飯堂，最左邊兩間分別是杜小魚跟杜文淵的。

豎著兩排東西廂房共有四間，兩間放雜物，兩間做客房，將來有親戚客人來也好留人住，不用老是借吳大娘的屋子。

兩進屋中間隔一個庭院，她打算種些梅樹、棗樹，自個兒的那個花圃移植過來，到了春、夏天奼紫嫣紅，添點美景，多點生氣，味道也香。

後面第二進就是她的兔舍了，一長排占四間，最左邊則是熏肉房，東西兩廂暫時空置，將來也指不定再養些什麼，後院再建兩個大一點的羊圈、雞圈。

這是比較大的工程，杜顯看得嘖嘖有聲。「咱們真要住這麼好的房子？我看跟村長的也差不了多少了。」

其實也就五十兩銀子左右，鄉下地方空間大，那些材料也不需要用多好的，杜小魚道：「既然要重新造，當然一下子弄弄好了，難道過幾年再麻煩一回？一勞永逸嘛！正好上回二哥才掙了一百多兩銀子的，放著也是放著，又生不出錢來，用了拉倒。」

「她娘妳看呢？」

趙氏倒是喜歡，這房子寬敞，安排得也恰當，將來兩個娃大了也住得舒舒服服，便笑道：「我覺著挺好，要不就照著小魚的意思來吧。」

「不過推了重新建，咱們住哪兒？」杜顯感覺不太妥當。

「就住吳大姊那兒吧，肯定不會嫌棄。」趙氏笑著道。

她們可是交情深厚的朋友，就算住久也不用不好意思，杜小魚也覺得這法子行得通。

事情說好之後，杜顯便開始往家裡搬木材，找上回給林嵩造武館的人商談價格等事情，杜小魚這日看兔肉熏好了就帶上李錦去縣裡，結果坐上牛車後才發現白蓮花居然也在。

她臉色不太好，像一整晚沒有睡似的。

要是平日裡看到杜小魚，白蓮花總會來說上兩句話，這次卻像沒有看到，杜小魚自然也樂得如此，反正也不想跟她有什麼接觸。

到了縣裡各人下了車四散開來，杜小魚正要去集市口，白蓮花這會兒又走過來，但猶豫會兒臉色變了幾變還是轉身跑開了。

怎麼回事？杜小魚有些納悶了，這行為有點兒反常，但要去賣熏兔肉也懶得多想，跟李錦照例去龐誠家拿了車就往集市而去。

縣裡的人也都習慣了她隔幾天來，沒有規律的賣法，要想吃熏兔肉的每日這個時辰就來看一看，有就買，要是等一會兒還是沒人，那便是不來了。

好在味道好，別人也不是很介意，但做買賣還是不要三天打魚兩天曬網的好，今兒就有人說了：「想吃妳的熏兔肉還得日日等著，別弄得耐心都磨掉了，妳這再好吃也不行啊！」

杜小魚熟練地把兔腿包好，笑起來。「過兩個月就好了，到時候我們僱人天天來賣，還請大嬸您多幫襯幫襯。」說著多放兩塊肉進去。「以後還有熏豬頭肉呢，保證一樣美味，您記得要來嚐嚐啊！」

「都這麼說了，我哪還會不來？你們家熏肉做得特別香，我家娃最愛吃哩。」她笑嘻嘻地拎著走了。

午時前，六隻熏兔肉賣完了，杜小魚跟李錦在街上逛了一圈。

街上什麼鋪子都有，不乏錦緞鋪，光西邊這條街就有兩家，整個縣加起來怕得有四、五家的樣子，競爭還是挺激烈的。

錦緞名堂很多，絲錦羅綾紗綢絹，每一種又得分無數的層次，其中又有花樣、色彩、質料、出產地等多種需要考察的地方，往深裡研究，真是老大一個高深的學問。

不知道李錦為什麼會想開錦緞鋪，她是覺得很難，因為得學習好多好多東西。

走了會兒，她停在一家小飯館前，這家生意冷冷清清，用午飯時間卻只有兩個客人。

在杜小魚以前生活的地方有好多滷味店，她覺得挺好的，一來空間大，可以賣好多種滷味；二來衛生，也好清理，比在集市口方便。

以後若要租個鋪子賣熏肉，這處地方倒不錯，可惜這家飯館經營不善，浪費了好地段。

李錦不知道她要做什麼，此刻見停住不走便有些好奇。「妳想在此處用飯？」這家生意看起來很不好，飯菜絕不會好吃。

「在看鋪子呢，也許將來賣熏肉用得著，你也可以早些打算打算，開錦緞鋪不也得要店鋪？環境是很重要的，還有門面裝飾、裡面的格局，無事看看學學。」
真是時刻都惦念著生意，李錦笑起來。「妳不餓嗎？」
「餓啊，走，這就去吃飯。」
兩人去了一家飯館，還是上回跟杜文淵來的，覺得味道不錯，點了幾個菜將就吃了便去到萬府。
這時候已過午時，章卓予早已去書院了，萬府夥計都跟她熟識，向萬老爺請示一下，便讓她自個兒去書房找書。
李錦還是第一次看到這麼多書，忍不住發出驚嘆。
杜小魚對這兒擺書的順序極為熟悉，很快就找到了幾本與錦緞相關的書籍，又尋了些做生意的門道書遞給李錦。
「真的可以借？」
「當然，萬老爺很大方的，只要不把書弄壞了就成。」
「不會壞的，我會小心翻閱。」李錦忙道。
杜小魚曉得他為人謹慎，這書不用說壞了，只怕連絲皺摺都不會有，就像兔舍裡放的那些東西，全都擦洗得乾乾淨淨，沒有一處損壞的。
「這些夠你看一陣子了，下回我再帶你來借。」
李錦皺眉道：「這樣白白看他們家的書，總覺得有些……」
「沒關係，我們家每年都會送些節禮過來的，大不了以後多送些，當替你向他們家道謝了，怎麼樣？」杜小魚笑嘻嘻道。

「從我工錢裡扣便是。」他認真道。

「好吧。」對於較真的人也沒什麼好爭的，他心裡舒服便是。

李錦抱著一打書，高興地跟杜小魚出去了。

回村裡的時候還早，她在臥房換了套下地的衣服，跟趙氏說一聲就去了金銀花地。

春天到了，野草迫不及待長出來，為避免分去營養，得把它們都剷除了。

剛剷了兩行地，就聽後面有腳步聲，她還當是杜顯，正要讓他一會兒挑些熟糞來，回頭一看愣住了。

「妳來幹什麼？」也不知白蓮花又有什麼話說。

「小魚，以前是我做得不對，妳就原諒我吧，好不好？」白蓮花嘴唇微微發抖，聲音沙啞。「我是真心喜歡大嫂的，不是想害她。」

看樣子剛才哭過，那眼睛紅通通的，杜小魚皺了下眉，有種很怪異的感覺。「妳到底想幹什麼？就是讓我原諒妳？」

白蓮花點點頭。

「我不原諒妳又如何？妳還不是好好的。」杜小魚哼一聲。「少來演戲了，掉兩滴淚就算了，那還需要坐牢砍頭這種刑罰嗎？妳現在毫髮無傷得感謝我姊，像妳這種人就算死了，我也不會原諒妳的！」

白蓮花只覺一盆冷水澆到頭上，遍體發寒，可心裡又像燒著一把火，她費盡心力做了這些事，卻沒有討到任何一點好，忽地哈哈笑起來，坐倒在田裡道：「妳……你們不原諒便罷了，我不要你們原諒，我做的沒有錯，我沒有做錯，哥哥現在身體好了，就要去考秀才了，我沒有錯，我不會讓這一切毀掉的！」

那樣子像瘋魔了般，杜小魚道：「妳要發瘋去別的地方，別來我這裡。」

白蓮花像沒聽到似的，耳邊只迴旋著一句話——「妳要是沒辦法讓林嵩出面，別怪我毀妳大哥名聲，到時候別說考秀才，抓起來殺頭都有可能！慫恿妹妹下藥強姦良家婦女，哈哈，好大的罪名！真是衣冠禽獸、斯文敗類！」

她身體不可控制地抖動起來，整個人縮成一團倒在地上。

不行，絕不可以，絕不能讓他這樣做！

杜小魚駭然，難道白蓮花還有羊癲瘋的毛病？

正當要上前察看，她卻從地上爬起來，眼睛直瞪瞪地看前方，面色白得跟牆壁一樣。

「妳莫不是真的瘋了吧？」這樣子實在嚇人。

白蓮花沒有說話，轉過身慢慢走了。

走得像個扯線木偶，似乎瞬間，所有的生氣都沒有了，如同失了靈魂。

陽光鋪天蓋地的灑下來，杜小魚絲毫不覺得溫暖，看著這個背影，她心裡直冒冷氣，總覺得有什麼要發生了。

可是她沒有開口去叫住她，只是看著她慢慢地、慢慢地走遠。

第七十三章

事實上，杜小魚預料得沒有錯，兩天之後，白蓮花消失了。

家人找了一整天都沒有找到她，只聽村裡人說早上看見她坐牛車去了縣裡，後來便沒有回來，那麼，也就是說是在縣裡不見的。

基於這點，正當白氏夫婦要去衙門報案的時候，雲河下游發現了兩具屍體。

白蓮花是其中之一，另一個則是姜家的二公子姜鴻，兩者看起來都是淹死的，不同的是，姜鴻的肚子上插了一把匕首。

這件事迅速成為飛仙縣最大的八卦，一時之間，眾人紛紛猜測，多數人都覺得最大的可能是白蓮花想嫁入姜家未果，遂洩憤殺之，最後畏罪投河身亡。

對此，杜小魚不知作何反應，聽到崔氏淒慘的大哭聲，她發現自己並沒有一絲仇恨得報的喜悅。

白蓮花死便死了，於她來說，什麼都不會改變。

變的，只是這世上少了一個人，從此再不會有人纏著她叫她原諒，再也不會有那個偏執狠毒的姑娘，人死如燈滅，再不會有了。

她步入靈堂，看見白士英低垂著頭默默流淚，崔氏雙手捶著地嚎啕哭喊，而杜黃花跟白與時則立於棺木旁，他們寂靜無聲，可面上的表情是悲痛無比的。

白蓮花也很安靜，她穿著黑色的壽衣躺在那裡，眼睛閉著，嘴唇也抿著，可她並不平靜，即便有妝容掩蓋，仍看得出來她是不甘心的。

她從沒有想過自己就此會死吧？

她只想殺了姜鴻滅口，永遠封住這個秘密。

杜小魚輕嘆一聲。白蓮花，妳這一生到底是在為什麼而活？倘若有靈魂，此時是否覺得此生像是一場荒唐的夢？

「小魚。」杜黃花走上前來，輕聲道：「這東西妳可知道是什麼？蓮花她一直抓著，費了好多氣力才取出來。」

竹木編就的精緻籐椅已經變形了，如同消逝的過去。

「應是她最喜歡的東西，姊，妳放她衣服裡，讓她帶走吧。」她說完轉身走出了靈堂。

身後崔氏的哭聲越來越小，終於聽不見了。

喪女之痛，白髮人送黑髮人，同為娘的趙氏感同身受，此後便不再執念那件事，白蓮花的喪禮，還叫著杜顯去幫忙搭把手。

可是崔氏到底一蹶不振，她從來都以為只可能失去兒子，誰曉得兒子好了，女兒卻死了，之後便生了場病，躺在床上幾天才能起來，話一下子少很多，變得極為沈默。

這段時間，杜黃花壓力不小，要照顧深受打擊的公婆，要看著田，要料理後事，幸好白與時從旁協助，總算熬了過來。

但他們的家好冷清，整個院子像落入冰窖似的，雖然人都在，可總是有些空空蕩蕩的感覺。

這日，杜黃花熬了藥端來臥房給白與時喝，算算時間，已經連喝了半年多，也不知還要多久才能完全康復。

白與時喝完藥，把碗遞給她，見她拿了又要出去，伸手拉住她道：「我有些話想跟妳說。」

白蓮花死後，他幾乎不太說話，杜黃花體諒他，從不為此生氣，此刻見他表情凝重，便坐下道：「好。」

「最近我想了好些事，最後悔莫過於沒有同蓮花說實話，假若她知道我心裡如何想，也許便不會發生這樣的事。」白與時長嘆一聲。「蓮花這幾年都是被我害苦了，我救了她，可是也束縛了她，我該早些同她說這些話的。」

「怎會怪你？你若不帶她出去找大夫，這輩子也不會心安。」

「不，我曉得蓮花為此內疚，可是我從來沒有想過要好好開解她，甚至在她做了那件事之後，我也沒有認真地同她講，我雖然沒有原諒她，可是我也沒有恨她……在我心裡，她始終都是我最疼愛的妹妹，不管她做出什麼事，這一點都不會變，但是我沒有說，蓮花必定以為我不再疼她了。」

他悲從中來，掩面哭泣。「假如我知道她會死，絕不會那樣做的，我會像小時候一樣陪著她，給她講書裡的故事，帶她出去賞花，跟她一起放風箏……可是沒有這樣的機會了……蓮花……蓮花她其實就是一個傻孩子啊！」

杜黃花聽得也流下眼淚來。

白與時哭了會兒，拉著杜黃花的手道：「所以趁著還有機會，我也有話要同妳講。

「我不是妳想像中那樣好的人，蓮花她害了妳，我本可一死以了結這件事，可是我沒有，我也本可以跑得遠遠的來躲避這件事，蓮花沒有我，是不能脅迫妳的，可是我也沒有。如今想想，這是我做的最自私的一件事。」

「不……」

「黃花，妳聽我說完，我們成親也有一年多了，越到後來我越是明白，其實我心底是慶幸的，慶幸我作了這樣一個決定。然而，這是錯的，不是嗎？黃花，妳嫁給我心不甘、情不願，是蓮花逼妳！所以，妳若是要走，我絕不會以此要脅，我不想錯到底，也耽誤了妳的一生。」

杜黃花的眼淚決堤般淌下來，哽咽道：「你說的話都是真的？」

「自是真的，妳現在大可不必勉強留在這裡，和離的話……」她的情意他不是看不出來，若是他身體健康，自然是水到渠成，可是在那樣一個情況下，又怎麼可能沒有怨恨？

「可是，與時，我到現在還沒有後悔。」

沒有後悔，便證明她的決定沒有錯，至少這一年裡是如此，所以，即便是當初如此不堪的開始，又如何呢？

她第一眼看到他就喜歡上他了，得知他活不長的時候不知有多心痛，家人的反對、時好時壞的折磨、目光的交流、偶爾聽來的他的消息，絲絲縷縷早就把她像蠶繭一樣包藏起來，掙脫不開。

只不過，她沒有勇氣，即便她心裡清楚，哪怕他活不長她也想同他在一起，可是她沒有勇氣那樣做。

因為家人不會允許。

因為誰都會說她是個傻子。

然而，卻發生了那樣的事，那天，她嚐遍了人生中所有痛苦的滋味，她想到了無數的去路，或生，或死？

但最終她還是回來了。

娘叫她選擇，她決定嫁給他，可是誰能說她這個選擇裡沒有絲毫自私的念頭？

假如她立時死了，也許可以擺脫恥辱；假如她躲開了，也許可以不用面對；假如她不死也不嫁，敢於面對白蓮花的脅迫，難道就不能活下去嗎？

無數的選擇，她卻選了這條路，是的，她也是自私的。

她背叛了家人的期盼，她拋棄了禮義廉恥，她最後甚至原諒了本該仇恨的白蓮花……

她跟他一樣，他們走的是一樣的路。

白與時凝視著她，那雙眼睛裡含著太多的過往、太多的情緒，慢慢地，他讀懂了，他也明白了。

兩個人靜靜的對望著，彷彿在走一條很艱難的路，終於爬上了頂峰，那種釋然的感覺。

「娘子，」他伸手握住她肩膀，露出淡淡的笑。「蓮花一直都想看我考上秀才，妳呢？

妳希望我將來如何？」

杜黃花笑道：「你喜歡做什麼，我便喜歡什麼。」

「好，那就幫我準備行李吧，我要去考院試，假如考上了，娘一定會好起來的。」他看著她，堅定的道：「黃花，妳相信我，我們會過得越來越好。」

她點點頭，兩人擁抱了會兒，她抬頭道：「那要不要文淵給你作保？」

「不用麻煩他了，估計正忙著今年的秋闈呢，咱們大伯也是秀才，上回不是他給文淵作保的嗎，妳忘了？」

「說的也是。」杜黃花笑笑，打開衣櫃給他收拾行李，又問。「你身體吃得消嗎？要不要等明年再說？」

「沒事，就幾天工夫還撐得住，我自己曉得的，若是去京城那麼遠，暫時還不行，要再調養一段時間。」

看來確實沒有強撐，杜黃花放心了。

聽到白與時要去考院試，崔氏也稍稍振作起來，這幾日給他準備好些吃的，又請了白士宏過來，要他在路上多多照顧。

杜小魚聽到這個消息，自然也為他們高興，雷雨過去，總會迎來陽光，希望白蓮花能死得有所價值，假使能換來兩家的平和，那再好不過。

又兩日後，白與時出發去濟南府了，杜黃花送來兩件新的小衫子，這樣的天氣穿正好。

「長得真快啊，都那麼大了。」杜黃花抱著福蛋，逗弄著玩。「我聽說雙生子都長得小呢，可見是瞎說的。」

「他們兩個那麼會吃，長得小才怪。」杜小魚往清秋頭上彈栗子玩，她最近被折騰得夠嗆，所以想出這招來，不重又能出出氣。

杜黃花噗哧笑道：「被娘看見要說妳了，欺負妹妹。」

「誰說的，現在娘都對她恨得牙癢癢，妳不曉得，她不只晚上吵，還喜歡摔著碗玩，都不曉得被她打掉幾只了！」

「哎呀，那長大了還不比妳還皮呀？」杜黃花笑得越發燦爛。

杜小魚看她一眼，覺得有什麼不同了，但又說不上來，只看著她笑，心裡覺得很輕鬆，這會兒問道：「妳打算什麼時候去萬府啊？」都一年了，她真怕杜黃花又作出什麼不理智的決定。

「等相公回來，我就去萬府。」

沒料到她這麼爽快，杜小魚笑道：「那就好，當妳又要拖到什麼時候。」

「不會的，我會好好跟師父學。」

杜小魚微微一愣，說道：「好呀，把容姊氣死了最好！」

「妳呀！」杜黃花戳戳她腦門，兩人都笑起來，各自抱著一個娃去外面散步，陽光明媚，萬物復甦，新的一年真的開始了。

過了幾日，杜黃花便去了萬府，她嫁為人婦，萬太太體諒，許她學十日休息兩天，也不至於讓他們夫妻長期分居。

崔氏對此雖有些不樂意，但兒子支持是一方面，又想著杜黃花在萬府一年能掙幾個銀子，而將來學成更不消說，到底兒子考沒考上秀才都不曉得，就算考上了，還要唸好幾年書通過科舉才有前途，以後又要上京，那些個藥錢費用也是不小一筆支出，他們家那點種田的收入實在不值一提，也就不管了。

到了三月底，縣衙門口貼出院試的榜單，白與時榜上有名，排列第六，縣學的廩生名額是二十名，他自也在其中，每年有四兩銀子的補貼，舉家歡喜，白家在經歷喪事之後又宴請四方，家裡氣氛總算好了些。

但想起白蓮花沒有看到今日景象，白與時不免傷懷，攜了杜黃花去墳上祭奠一番，以慰妹妹在天之靈。

從山上回來，夫婦倆直接去了杜家。

杜顯招呼女婿，兩人走到院子裡說話，杜黃花則跟娘和妹妹坐在一處。

「福蛋前兩天咿咿呀呀會說話了呢，姊妳猜，他頭一個字說什麼了？」杜小魚笑得前仰後合。「還以為是個悶蛋，沒想到這麼貪財。」

「他說什麼？」杜黃花好奇道，湊過身子問。

趙氏橫一眼杜小魚。「聽妳妹妹胡說，就她一個人在胡謅呢！怎麼後來就沒聽他說呢？只會叫娘哩。」她得意洋洋，福蛋沒事就娘啊娘的喊，把杜顯氣得牙癢癢的，至今都不會叫爹呢。

「誰要扯謊這些，我在他面前數錢，他看得歡呢，叫著『錢錢錢』的拍手。」

杜黃花噗哧笑了，捏著福蛋的臉道：「那妳可不是多個伴？以後等福蛋大了，兩個人正好一起掙錢去！」

杜小魚瞥一眼趙氏。「福蛋才沒有逍遙的命，以後等著跟二哥一樣唸書吧，娘都想好四歲就送他去張夫子那裡了。」

以後杜文淵走了，福蛋可就是家裡的命根子，肩負著光宗耀祖的使命呀！

杜黃花不便評價，心知趙氏在這方面向來嚴苛，看對二弟的態度就曉得，只笑道：「福蛋聰明著呢，唸書肯定也厲害。」

杜小魚也不再說這個話題。「姊，妳這會兒回萬府，容姊為難妳沒有？她要是再像以前這樣，妳可不要怕她！萬太太如此待妳，可見妳在她心中的地位，不用怕什麼偏袒，容姊繼續胡作非為下去，萬太太遲早會叫她滾蛋的！」

杜黃花笑了笑道：「師父有意讓我接管紅袖坊，本是容姊負責採購布料的事已經交給我管了，如今正在學呢，師父叫玉娘教我。」她皺皺眉頭。「裡面學問真多，光是那些料子的名字我都記不住，其實我怕做不來這些，要說刺繡確實喜歡，可是將來跟人買賣布料我委實不行。」

杜小魚聽了卻大喜，這可是一個肥差，難道容姊犯下了什麼大錯不成？是了，上回杜黃花的二師姊好像提到什麼輕紡，容姊的臉色立時就變了，這二者有關係嗎？

「姊，萬太太要妳管這個也是看中姊的老實。購買料子貓膩太多，許是別的人她不放心，萬太太這樣看重妳，姊可不能辜負她呀，不懂的，慢慢學就是了。」

趙氏聽了也如此說，叫杜黃花要順萬太太的心。

杜黃花也只得答應了，日後認認真真學習布料的知識，她本就是個勤勞刻苦的人，世上事最怕沒有恆心，但凡有，無水滴不穿石，就是勞累了些，人漸漸瘦了。

見她這樣用心，萬太太更加喜歡這個弟子，叫之多休息，教得也格外認真，杜黃花兩邊學習都不落下，容姊嫉妒不已，背後少不得更多了些動作。

家裡新買的四隻小羊都已經長大了，杜小魚有日跟杜顯專門僱了車拉兩頭拿去縣裡賣，她從不相信天上會掉餡餅，所以任何事都是主動出擊。

街上有兩家羊肉館，羊肉鮮嫩大補，秋冬最為適用，但平日裡吃的人也很多，像羊肉夾餅就是一種深受好評的早點，常常見人在攤子前圍了一圈在買。

可見羊肉雖不比豬肉，市場還是很大的，像街上最有名的魚羊鮮館，他們每日消耗的羊就絕不會少於五隻。

杜小魚主要的推銷對象就是這家飯館。

在價格上她要得並不高，羊肉大概一百三十斤左右重，多要幾文錢都是好大一筆錢，所以推銷的時候只側重於羊肉的鮮美，而價格與旁人要得一樣多，這種好事，開羊肉館的自然要試試，羊肉真的好，他們就賺了，羊肉一般，他們也不虧。

最後順利把兩隻羊都賣掉了，一共賺了三十九錢銀子，這兩頭羊差不多養了一年，除去吃掉的牧草費用和買小羊的費用，純收入還是有一兩多銀子的。

杜顯喜得眼睛都瞇在一起，感慨道：「看來啥都比種田賺得多呀！」

「也得看種什麼，像我那金銀花若是種得好，不比養羊少。」

「哎，但是累啊，看妳每天都往田裡跑，叫我看，乾脆就養羊算了，田裡種些草，爹給妳看著。」杜顯瞅瞅她，個子都到他脖子了，已經是個大姑娘的模樣，忍不住道：「妳一個姑娘家，還是在家裡繡繡花，以後要相夫教子的啊。」

杜小魚聽了差點想翻白眼，嘟囔道：「才幾歲啊，就想我嫁人？」

「別說幾歲，爹還記得妳剛生出來的樣子，這不一眨眼就大了，兩、三年更不當回事了。」

沒有共同語言了，看來長大了也不是什麼好事，這才十一歲，再過一年不得經常在耳邊提？杜小魚想著就有些心煩，一路上也沒再說什麼話。

杜顯倒是很高興，回去便跟趙氏說賺了多少銀子，說好過幾天再來買幾頭小羊養。

福蛋被他們的說話聲吵醒了，兩隻手揮舞著，嘴裡亂哼。

趙氏哄了會兒，忽然叫道：「他爹，福蛋會叫你啦，快，快來聽聽。」

杜小魚也激動地跑過來，只見福蛋果然噴著口水，一邊手舞足蹈地道：「地，地，地地……」的，口齒不清，像是叫爹又不像，不過臉倒是朝著杜顯的。

杜顯大喜，抱著福蛋親個不停。「叫爹啦，叫爹啦，福蛋，來，再叫給爹聽聽，爹帶你出去玩兒。」

杜小魚噗哧一聲笑起來，她爹都一把年紀了，這樣說話看起來好傻。

那邊趙氏卻眼睛一紅，低頭抹了把眼淚，再抬起頭的時候，卻好像已經下了什麼決定般的平靜。

說起來如今都已經四月了，杜文淵再過三個月便要去京城趕考，這一去便要面對長久的分離，而杜顯跟杜黃花卻都還不曉得呢，到時候突然說出來，兩人必定承受不了。

看她的樣子，定是想坦白的了。

第七十四章

果不其然，趁著杜黃花回來的日子，趙氏就把一家子叫到一起，其中當然不包括杜文淵。

杜顯見他娘子一臉肅然，也不知道出了什麼事。

趙氏醞釀一番方才說話，把前因後果講了個清清楚楚，說她當日生下死胎，說她娘如何巧正好撿到杜文淵，說她隱瞞他們決定把杜文淵當親生兒子養育，還說了林嵩就是杜文淵的舅舅，以及杜文淵秋闈過後要去京城的事，無一遺漏。

這些話不亞於驚雷劈在杜顯跟杜黃花的腦袋上，兩個人都驚呆地以為自己聽錯了，趙氏再次確認他們才回過神來。

杜顯被矇騙了十幾年，他向來為之自豪的兒子竟然不是自己的，氣得差點當場吐血，而杜黃花相比起來顯然鎮定得多。

「相公，是我對不住你。」趙氏走到杜顯面前，慢慢跪了下來。「這件事是我做錯，是我騙了你。」

姊妹倆見趙氏下跪，趕緊要上前去拉，卻被趙氏阻止了。

杜黃花只好求杜顯道：「爹，娘也不是故意的，她當時……肯定很難過，所以才會養了二哥，爹您就原諒娘吧！」

「是啊，爹，那會兒您跟大姊都不在娘的身邊，要是你們在的話，也會跟娘一起承受這種痛苦。可是娘一個人忍著不說，就是怕爹跟大姊傷心啊，爹！」

兩個女兒的話讓杜顯又生出愧疚來，當初因為水淹了路他不能去陪娘子，沒料到就發生了這樣的事，趙氏一直也很想生個兒子，他們對那個孩子是抱有很大的期望的，他本以為心想事成，真有了兒子，結果原來他的孩子早就死了。

娘子該有多心痛啊，懷胎十月不比他這個父親，她的痛苦肯定比他深得多，杜顯長嘆一聲，上前扶起趙氏。「娘子，算了吧，如今我們已經有了福蛋，過去的事便罷了，我不怪妳，文淵他既然有好的前程，我為他高興。」他看看杜黃花跟杜小魚。「到時候，咱們高高興興的，別讓他傷心、讓他為難，他本來就應該有個自己的家。」

杜小魚聽了差點落淚，此時此刻，杜顯仍然在為杜文淵的心情著想，他是真的愛這個兒子啊！

趙氏也哭起來。「相公，我真的對不住你，我早該告訴你的。」

杜黃花在旁邊安慰，兩個人哭成一團。

雖然此事已經挑明，看似都能接受，但杜顯還是憔悴了，這些年來的付出，這些年的養育，一天天看著他成長，在他身上寄託了多少希望，有朝一日卻轉眼成空，任誰也不能平靜的面對。

杜文淵回來那兩日，杜顯的心裡跟刀子扎一樣難過，可他竭力隱藏著，假裝跟平日裡一樣，誇兒子兩句，問問書院裡的事。

不過感情是相互的，十幾年的相處，這個兒子對他又豈會不瞭解？還是看出來了。

「爹跟大姊是不是都知道了？」他問起杜小魚。

杜小魚點點頭，把那天的情景描述了一下。「爹如今心裡很難過，你當不知道吧。」要是說出來，便連假裝都不能了。

杜文淵嘆了口氣，其實越到秋闈，他也越覺得焦慮，每當想起要跟他們離別，心就像空了一塊似的。

他無法忘掉娘的教誨，雖然嚴苛了點；無法忘掉父親的疼愛，雖然有時候囉嗦了點；無法忘掉大姊的體貼，雖然他們之間曾有過隔閡；也無法忘掉和妹妹的心意相通，雖然她看起來沒有他那麼留戀。

他是無法忘掉這一切的。

然而，他不得不走，所以說什麼都顯得有些蒼白。

見他沈默，杜小魚道：「你過得好，爹跟娘就欣慰了，好好考鄉試吧，中了舉人他們一樣會覺得驕傲。」畢竟是他們養育出來的，哪怕不是親生的又如何？

杜文淵終於露出笑來。「好，我會盡全力的。」

天氣漸漸有些溫熱，再做熏兔的話可能會壞掉，於是暫時停產一段時間，而且他們家決定建造新房了。

這些天忙著把東西都搬到吳大娘家裡，家具什麼的倒還容易，就是兔子比較麻煩，幸好院子還有空間，又是春夏交接時，不冷不熱，便在前院裡搭了大棚安置兔子。牛羊雞也是頗為頭痛，圈了個簡易的木欄圍在後院。

過幾日清空了便開始動工。

杜顯每日都去監管，看看可有哪裡造得不合心意的，這些立時就要指正，等都弄好可就麻煩了，所以基本一整天都不在家裡，全是杜小魚在照顧趙氏跟兩個孩子，不過杜黃花回來一趟也會幫忙打理，也算過得去。

今早杜小魚在金銀花的葉子上發現了蚜蟲，頓時頭痛不已。

這種蟲極為恐怖，因為繁殖太快，常常一群群地聚集在嫩葉部分，吸取汁液，引起枝葉枯萎乃至整株死亡，給農作物造成了重大的損失。

當務之急，只能手工消滅，幸好發現得早，數量並不多，不過當她忙了半日之後，抬頭看看前方，立時心灰意冷。

蚜蟲實在長得太小了，用手一隻隻捕捉簡直慢得跟烏龜一樣，不說手疫了，眼睛都盯得發痛，她抓了那麼久竟然才只清理了幾行，兩畝地的話給她幾天工夫都不夠。

她想著趕緊跑到水稻田裡找杜顯。

水稻倒是好好的，看來蚜蟲不喜歡水稻，可能太硬了，遠沒有金銀花來得鮮嫩。

聽她一番描述，杜顯驚道：「是小麥蟲啊？怎麼跑去吃金銀花了？以前專門啃小麥呢！幸好已經收掉了。」他們家種的是冬小麥，三月份就收割了。

「那爹有什麼辦法嗎？完全捉不乾淨。」

杜顯道：「用大蒜水試試，我們以前就用那個的。」他臉上露出些憂色。「不過也不能全部弄死，還得一個個的捉。」

兩個人忙忙地跑回家，剝了幾十個大蒜頭，搗鼓碎了再用水泡。

泡好水之後，兩人各拎著個木桶，帶著草木灰就去金銀花田了，拿著瓢往枝葉上面澆，又抓一把灰抹在上面，倒是見蚜蟲都掉下來或者直接死在枝葉上。

杜小魚總算放了心，忙到傍晚才收工。

可惜這蚜蟲的戰鬥力出乎意料，第二天她拎著清水本想把昨天撒在枝葉上面的東西都洗乾淨的，結果發現蚜蟲居然又爬了過來。

雖然沒有昨日多了，但不除掉又不行，可那些大蒜水的殘液不能一直留在枝葉上面，得用水沖掉，等她做完這些的時候，整個人都累得脫了力，可還要滅掉新飛過來的蚜蟲。

真有種欲哭無淚的感覺，她耷拉著腦袋走回去。

「怎個了，蟲沒除掉？」趙氏抱著小清秋在哄，見女兒表情頹喪，安慰道：「等妳爹回來了，再叫著去弄，唉，妳快休息休息，飯也要好了。」

正說著，杜黃花端了一盤毛豆鹹菜炒肉片出來，看杜小魚一身泥，笑道：「快去洗洗吧，要吃飯了。」

杜文淵今兒也回來了，看到杜小魚，笑道：「跟個小泥猴一樣，怎麼了？」

「有小麥蟲呢，大蒜水都除不掉。」杜小魚懊惱得很。「一開始有用，過了一晚上就不行了。」

杜文淵也給她想辦法。「要不試試大蟲吃小蟲？」

杜小魚奇。「什麼意思？是有蟲會吃小麥蟲嗎？」她在農書見過利用天敵消滅害蟲的事，就是不知道這蚜蟲的天敵是哪種蟲。

「這我也不清楚。」

杜小魚無語了，那不得一個個試？可這山裡多少蟲啊，誰知道是哪種，想著就看著杜文淵笑。

飯後，她死纏爛打的拉著杜文淵去山坡上跟她抓蟲。

兩人撲了半天，弄了幾十隻蟲放在紗布做的網兜裡，杜小魚想先看看有沒有效果就暫時抓這麼多回去試試。

結果發現還真有用，裡面有一種瓢蟲，一放出來就好像掉入了米缸裡的老鼠，那叫吃得歡快，全部準確的找到有蚜蟲的枝頭，一個個飛在上面半天都不挪動一下。

但凡離開的，杜小魚湊上去一看，蚜蟲被吃得乾乾淨淨，連個渣都沒有剩下。

她忍不住拍起手，叫道：「真有用啊，都吃掉了！好，咱們再去抓！」興沖沖拉著杜文淵又去了山坡上。

不過杜文淵後日便去書院了，杜小魚就跟杜顯兩個人抓瓢蟲。

這幾天也不知道有沒有超過一百隻，反正兩畝地的上空全部飛著瓢蟲，就等著逮蚜蟲吃，蚜蟲嚇得再也不敢來了。

解決這個憂患後，金銀花的花也陸續盛開了。

比起去年的數量增加了一些，但它今年開的月份早，明顯還會再開一次，這樣算的話，足足多了一倍多。

不過今年她可不想再讓杜顯在晚上看守了，上回就被人偷掉，還瞞著不說，所以她請了個短期僱工，也就七、八天的時間，每晚十五文錢，若是看守不好被偷的話，損失要在工錢裡面扣，這點都提前說明了。

人是吳大娘介紹的，姓華，叫華小順，住在村北，看著比較老實，身材也算魁梧，便叮囑他每晚巡邏四方，走動著守，加上還有小狼幾條狗，更是容易得多。

華小順果然也盡職，這些天都沒有被偷掉，聽他說，還是有人起壞心的，偷偷摸摸地想摘些回去，幸好幾條狗比較敏銳，叫起來，他循著聲音過去，那些人就嚇得逃走了。後來幾天倒是沒有人來了，可能曉得有人守著。

杜小魚很滿意，說以後打算多種幾畝，專門請他看，工錢自然也會增多。華小順本來就閒在家裡，只有幾畝薄田，自有兒子在照看，有差事請他做當然滿口答應，這樁事也算解決了。

金銀花曬乾賣了之後，又是賣寒瓜，一家子天天忙得腳不沾地，很快就迎來了六月最炎熱的天氣。

而這時，他們家的新院子也差不多建造好了。

這個院子占地很大，黃牆黑瓦，看起來頗有氣派。

最近幾日就在往裡面搬東西，兔子是第一批弄回去的，要是再晚一些，怕被太陽直接曬死。如今新的兔舍通風寬敞，可以容納上千隻兔子，以縣裡的消耗程度來講，絕對是足夠了。

接下來又是運那六十來隻雞，牛、羊等。

家具是最後搬的，等到廚房上空飄起炊煙的時候，已經是六月底了。

書院已經放假，目的是讓想學生們稍微休息一陣，準備秋闈的考試，而這兒離上京有半個月左右的路程，其實七月中旬便要出發了。

每個人的心裡都凝結著濃濃的離別愁緒，杜黃花給杜文淵做了好幾身新衣服，杜顯有心想跟兒子多相處相處，可是又怕耽誤他看書，常常在門外徘徊，最後還是轉身離開了，反而趙氏最為淡定些，只每日燒些拿手好菜犒勞。

杜小魚拿不準杜文淵離開前具體是怎麼安排的，這日便端著一碗祛暑的涼茶進來找他說話。

杜文淵正看著書，她把涼茶擱在桌上。

見她猶猶豫豫的樣子，他問道：「想說什麼？」

「那個，過不了幾天你就要去京城了，是直接就不回來了嗎？還是等放榜了再說？」她自然希望是後者，這樣還能多留一個月呢。

「跟師父說好了，等放榜了再回去。」

杜小魚便笑起來，連連點頭。「嗯，嗯，這樣好，你若考上舉人了，到時候咱們家裡好好慶祝慶祝。」

杜文淵沒接話，看著她笑了笑。

「那你看書吧，我不打擾你了。」她隨之退出了房間。

趙氏正看著兩個孩子，如今都有十個月大了，福蛋嘴裡整天哼哼唧唧，爹啊娘啊的叫，偶爾也會喊聲姊姊哥哥，但不太動，只能在床上滾滾。小清秋卻是相反，不說話，就是會動，喜歡到處亂爬，稍不注意就得摔下來。

有時候誰上去抱她，還會被搧耳刮子呢！不給她玩的話，就扯著嗓子哭鬧，總之是無比野蠻。

這會兒又要抓著木床，小腳跨出來想往地上跳，被杜小魚抓著打了兩下屁股。「倒是不怕死的，這麼高下去都敢！」說罷把她抱在木床中間。

現在熱得很，底下都鋪著草蓆，兩個娃只穿了件短褂，露出雪白的圓嘟嘟的手腳，看上去特別可愛。

趙氏拿著蒲扇搧風，問道：「文淵還在看書呢？」

「嗯，剛才我問他去秋闈的事，他說考好了還回家一趟的。」

趙氏聞言嘆口氣，心裡不好受。「妳爹想陪他去京城呢，也不曉得方不方便。」

「有什麼不方便的，一日為父終生為父，就讓爹陪二哥去吧。反正田裡也不太忙，再說，也不能做熏肉。」

「也罷，可惜天氣熱了，路上也不能帶什麼吃的。」

杜小魚笑道：「坐著馬車去的，到京城那條官道兩邊肯定有好多館子，還怕他們沒東西吃呀？」

趙氏想想也是，便不再說。

聽到能陪兒子一起上京城趕考，杜顯倒是很高興，這幾天把事情處理處理妥當，田裡該上的肥料都上了，草也除了，一些瑣事也都辦好，十日後便隨林嵩還有杜文淵前往京城。

隨行的還有章卓予，以及幾個書院裡的同窗，一行十幾人，五輛馬車，熱熱鬧鬧地走了。

杜顯此刻已清楚這件事，對林嵩的態度自是不大一樣，除了以前的崇拜之情，還夾雜了些別的，但不管怎麼樣，他都該接受事實，如此一想，相處起來也沒有那麼尷尬。

第七十五章

自他們走後不到半個月，金銀花又陸續開花了。

一年兩次曬乾了足足有四十斤，按一斤五錢收購的話，有二十兩銀子的進帳，這已經比種麥子水稻合算得多。

她去縣裡萬家開的藥鋪賣掉之後，又去魚羊鮮館看了下，想問問他們對上回她賣的羊有什麼評價。

管事見到她來極為高興，當時也沒問住在哪兒，只當她還會來賣的，結果卻隔了這麼長的時間。這羊肉確實好，切肉的師傅都說比一般的肉有彈性，後來煮出來之後也是頗為鮮美，當下就說有羊的話他們館子還要。

杜小魚藉機提高了下價格，每斤貴兩文錢，第一次是想他們有興趣嘗試，既然她的羊肉比別人的好，要貴些是正常的，怎麼的也要把苜蓿草的錢賺回來。

她的牧草也是占著田的分額的，若是野生的也便罷了。

管事遲疑了會兒，回去跟掌櫃商量了下又跑回來道：「貴兩文錢我們館子願意買，可妳要是得寸進尺，下回還想提價，這事就算了。」

「還請放心，我就提這一次，主要我的羊吃的不是一般的草，這價錢是因為草的關係才提價的。」

「哦？」管事點點頭。「原來如此，難怪跟一般的羊有些不同。」他頓一頓。「你們家還有幾頭？咱們館子全要了。」

「沒幾頭了。」

管事有些失望。

杜小魚笑道：「我們會多養一些的。」說罷跟管事告別便走了。

其實苜蓿草在後世的畜牧養殖中應用很多，一般的豬羊牛雞等的飼料中都會添加，並不算什麼，只不過現在還沒有流行開來。

自打杜顯父子倆走後，趙氏老是念叨不止，她到家後就聽又在說了。

「也不曉得妳爹跟文淵有沒有到京城了，唉，剛才聽吳大姊說安平縣鬧馬賊呢，他們去京城是不是也要經過那邊的？」

沒有電話就是悲劇，要是讓人送信回來也得跑幾十天，不能及時報平安，杜小魚笑道：「這都幾天了呀，肯定到京城了，現在二哥估計在閉門唸書呢，要不就是跟爹在京城遊玩，娘不要亂想，再說，安平縣也是有衙門的，難道縣主不派人鎮壓？哪需要咱們擔心這些事。」

趙氏稍許放下心，嘆道：「妳爹頭一次去那麼遠的地方。」

「對了，我倒忘了說了，林大叔武功那麼好，娘還怕他們遇到危險啊？」

趙氏想想也是，笑了幾聲。「娘是不習慣。」

「是啊，娘是想爹了。」杜小魚乘機打趣。「爹肯定也想娘呢，所以娘也不用覺得太辛苦，還有爹一起分擔呢。」

趙氏搖搖頭。「妳這孩子連娘都拿來說笑。」

杜小魚嘿嘿一下，跑到院子裡給幾隻羊添草去了，一邊大聲道：「那館子還問咱們買羊呢，我看得多養幾隻。」

「好啊，都妳作主了。」趙氏的聲音傳來。

杜顯父子倆終於回來了。

家裡歡聚一堂，趙氏、杜黃花備了滿桌子的好菜。杜顯夫婦小別勝新婚，兩個人有說不完的話，杜文淵則跟白與時探討鄉試的內容，直到夜深才各自回家。

京城桂榜其實早就出來了，杜文淵榜上有名，名列十二，但消息傳到飛仙縣，已經是半個月之後的事情。

一時間，杜家門口熱鬧得彷彿集市似的，人來人往，恭賀的人絡繹不絕，有平常交好的鄰里，有村裡的鄉紳，有不認識的舉人、秀才，有來說媒的，有來送禮的，杜顯一家迎來送走，忙得沒個停歇的時候。

隨後又是宴請各方，弄了三天三夜。

縣主也設了鹿鳴宴，邀請縣裡幾個考中的舉人和地方鄉紳聚會，章卓予這次沒有考上，前者來恭賀的時候，杜小魚看到他頗為失意，還安慰了一番。

但他到底年輕，以後有的是機會，很快便又重新振作起來。

就在眾人羨慕杜家有個舉人兒子的時候，李氏那邊也終於有動靜了，兩邊再怎麼不和，杜顯始終是杜家的人，那麼杜文淵也是杜家的孫子。

李氏正要搞些手腳脅迫杜文淵回杜家的時候，村裡爆出了一個令人震驚的消息——

原來杜文淵竟不是杜顯夫婦的親生兒子，只是寄養在他們家而已。

村民又再次沸騰了，杜顯家門口更加熱鬧，每天都有人探頭探腦，而他們家的人只要一走在路上，就有人指指點點，在背後說著八卦。

「嘖嘖，原來那兒子不是他們家的，真是竹籃打水一場空，唉，早知道我那一籃子雞蛋就不送過去了！」

「是啊，我還想把我們家閨女……」

「別作夢了，那杜文淵的親生父親乃是京城裡的大官，你想巴結都沒門！」

「喲，那他們家給人家養了孩子，還是有好處的嘛，到底也養了十幾年不是？總有感情的，總要報答的不是？」

「白眼狼還少嗎？去了京城，哪還會記得養他的人？」

「這可不一定，咱們還是少得罪他們家為好。」

聽著各種各樣的閒言閒語，杜顯的背又開始駝了，唉聲嘆氣。

「爹，您管他們說什麼啊，我們好好過我們的日子，二哥走了，還有大姊，還有我，還有福蛋跟清秋呢！」

杜顯摸摸她的頭。「爹怎會不曉得，只是捨不得妳二哥啊，他在京城帶著我到處吃喝玩樂，書都沒怎麼看，我知道他心裡也愧疚。罷了，我是不能留他的。」他站直身子，露出笑來。「小魚，妳說得對，我還有你們這幾個孩子呢，文淵他該往好的地方去，我們這樣的身分，對他的將來也沒有什麼好處。」

聽到最後一句，杜小魚不免心傷，但還是說道：「爹想通就好，咱們回去吧。」

杜文淵今日就要走了，聽說他的父親是兵部尚書，杜家哪還敢阻攔，乖乖地把族譜拿出來，是林嵩親手把杜文淵的名字在族譜上劃掉的。

門口停著一輛掛著珠玉錦緞簾子的暗紅色馬車，林家此時也知道真相，杜文淵的外祖母與小姨都來了。

兩個人裝扮富貴，頭上珠釵環繞，但臉色並不好看。

杜小魚也理解，當年杜文淵失蹤的時候，林家派了許多人出來尋找，趙氏當時住在娘家又豈會不曉得？隱瞞了這麼多年，她們沒有怨恨是不可能的。

如今沒有發作，定是看在杜文淵的面子。

杜顯見這架勢心裡有些發虛，杜文淵叫他一聲爹，扶著他到堂屋的大椅上坐好，趙氏也已經坐著了。

「叩兩個頭就走吧，你父親在京城巴巴地等著呢。」杜文淵的小姨林氏說道，語氣很是冷淡。

這話不禮貌，但林家老太太也沒有攔著，一語不發。

杜顯忙站起來。「哎，文淵你這就走吧，不用叩頭了。」到底是他們家做錯，林家顯然滿心憤怒，又何必再讓他們不高興。

林氏聽了輕笑一聲。「說得是，又不是真的父母，這筆帳我們家還沒……」話未說完，被林嵩斥責道：「就妳話多，在外面等著去！」

她像是極為害怕這個大哥，立時閉了嘴，但卻狠狠瞪了趙氏一眼，聽說就是這個瘋婦死活要搶占姊姊的兒子。

杜小魚上前拉住杜顯的手，叫他坐下來，輕聲道：「二哥要是不拜而別，他心裡也放不開的，爹，您就受他這個禮吧。」

杜顯無奈，只得又坐下來。

杜文淵端端正正給杜顯還有趙氏叩了三個響頭。

「我一輩子都不會忘記爹跟娘的養育之恩。」他鄭重其事地說道，雖然是被撿來，或者哪怕說是強占，可奇怪的是，他心裡竟沒有一絲一毫的怨恨。

也許是生母已經死了吧，自己又是個庶子，所以即便生在那個家，都不會像現在的生活來得那樣簡單開心。

但如果換一個可能，如果他的生母未死，那也許又不一樣了。

人的情感啊，總是那麼複雜……

可不管怎樣，他是不會忘記這份感情的，永遠都不會。

拜別杜顯夫婦後，杜文淵說要跟杜小魚說幾句話。

兩人來到外面，他從懷裡拿出一塊玉珮遞過來。

杜小魚認出是當初趙氏藏著的那塊，不由吃了一驚，疑惑道：「你這是幹什麼？這可是你娘留給你的。」

「我有舅舅送的那塊，這個妳收下。」那兩塊玉珮自那日後一直由趙氏收藏著，昨夜她還給他了。

杜小魚搖搖頭。「不行，我不能要。」

「我沒什麼東西好送妳，對我來說，這是最貴重的。」杜文淵很認真地道：「這次去京城不知何時才能回來，玉珮當是信物。總有一日，我們還會相見的，到時候妳若想還給我也可以。」

將來再還？既是信物，若是還了，豈不是兄妹感情破裂？

見她神情變了下，杜文淵笑起來。「好吧，其實沒妳想的那麼嚴重，我只是覺得，若是你們以後有機會來京城，想見我的話，亮出玉珮即可，不然下人未必會通報不是？」

這倒是有可能，京城大官的家不是想去就能去，想見誰就見誰的，她點點頭，終於伸手接了玉珮。

他撫一撫她的頭髮。「妳代我好好照顧爹娘。」

「那還用你說？」杜小魚撇撇嘴。

他笑了下，目光凝在她臉上，彷彿想記個清楚，好一會兒才轉過身打算離開。

「二哥，你還沒告訴我，你的本名叫什麼呢。」她在身後問道。

「李源清。」他腳步頓了頓，帶著幾分茫然，這個名字好陌生，可是自己以後就是他了，成為李源清，成為京城李家的庶子，那樣一直生活下去。

杜小魚走到門口，看著他進入車廂，看著馬車絕塵而去。

杜顯、趙氏，還有杜黃花，早就流了一臉的淚。

她沒有哭，用那麼長的時間來緩衝，她早已有足夠的心理準備，只是覺得胸腔裡有些空空的，無所適從。

可過段時間就會好的吧？

他們家經歷過那麼多事情之後，終於走上了正常的軌道。

不過杜小魚沒有想到的是，林嵩的武館居然沒有關，他專門請了人過來繼續教導那些弟子學武，而且那人也是身材魁梧、武功高強，一點不比他差，還有定居北董村的意思。

村裡便又有幾家送孩子過去學，也算是好事。

只是那些閒言閒語一時還散不掉，有人猜測林家給了他們家很多錢財當養育費，有些說是什麼都沒有給，事實上確實沒有，林家不告他們算是好的了，杜顯夫婦哪有可能收別人東西。

這段時間，一家子都有些懨懨的，好在時間是良藥，再壞的情緒也會漸漸淡去。

天氣涼了，新造的熏肉房總算派上用場，杜顯最近都在忙著宰兔子、清理兔皮、看著熏料，要麼又是洗豬頭，杜小魚則找人打造了個大推車，到時候可以寄放在龐誠家裡，賣熏肉的時候推出來，十分方便。

一個月後，熏肉都做好了，杜小魚那會兒也已經通過吳大娘找了對合適的夫婦僱工，說清楚價錢後，那對夫婦每日便拎著去縣裡賣，杜小魚還是在家裡幫著趙氏帶弟弟妹妹。

這日，院門有人叫道：「有人在家不？給我開下門嘞！」是高鐵，杜小魚快步走出去，把鐵鏈子往下一放，笑著叫了聲高大叔。

高鐵手裡拎著一罈子酒，滿臉春風的道：「小魚，妳猜這是什麼？」

「酒唄，還用猜？」

「叫妳猜是哪種酒。」高鐵得意洋洋。

杜小魚撓撓頭，這是來的哪一齣？她對酒又不瞭解，除了白酒、黃酒、米酒，還有什麼酒？高家具體是做什麼酒的她都不記得了。

高鐵哎呀一聲。「妳這笨丫頭，是杏子酒！」

杜小魚驚訝地叫起來。「大叔你真的去山上摘杏子了啊？」當初看他好似都沒聽進去的，以為不會做呢。

兩人往屋裡走去，高鐵笑道：「不是我摘的，我只是回去跟我兒子媳婦說了下，結果沒想到我媳婦兒就聽進去了，後來還去山上摘到些杏子，也不多，好些人搶呢。我們家以前也沒做過，就說試試，結果還真釀出來了。」

「那可是好事。」趙氏從後院走進來，剛餵完雞。

「可不是，味道還挺好，前幾日有人來看酒，就聞到味道了，讓我們拿來試試，結果他喝了就說要我們好好釀，以後有了就送到他們酒肆去，價錢還給得挺高。」高鐵笑得眼睛都瞇起來。「這可不是小魚妳的功勞嗎？這罈子酒是拿來給你們嚐嚐的。」

杜小魚忙擺手。「跟我一點關係沒有，我又不會釀酒的，這杏子嘛也是我饞嘴才隨口一說，還是高大叔你們的手藝好才釀得出來呀！」

高鐵更高興了。「反正沒有妳，咱們也不會去嘗試，你們家的酒以後我們就包了，來來，妳們喝了試試。」

趙氏便拿來幾個碗。

酸酸甜甜很可口，杏子味濃郁，又有酒香，果真是好喝，杜小魚連連誇讚。

看她的表情，高鐵笑咪咪道：「就是專門給妳們這些太太姑娘喝的，男人喝這個就有些不像話了，實在沒多大勁道。」

又聊了會兒，提到他們家可能還準備種些杏樹試試，後來就告辭了。

晚上那倆工夫婦倆回來，興奮地說熏肉很好賣，一家子人就都放了心，添了幾個菜，正好把那罈子酒拿出來喝了個精光當作慶祝。

杜顯是個樂於助人的，知道多施熟糞可以提高農作物的產量，這個說一下，那個提一提，很快村子裡家家戶戶都開始使用起快速熟糞法來，一到冬天，就拿著些麥秸稈子、稻草在那裡熏糞。

當然，他們家也不例外，由於前些日子又買了五畝地，肥料需求更多。

這樣風平浪靜的日子，一眨眼便到熱鬧的春節。

可惜終究少了個人，一家子喜慶之餘總會想到杜文淵，便多了些傷懷。

第七十六章

杜黃花過完元宵節便又去了萬家，她已經出師，萬太太說沒有什麼好再教的，只讓她慢慢積累，等手藝越來越純熟，加上各種針法融會貫通，自會大成。

這日杜小魚去縣裡賣兔皮，如今她養的兔子各種顏色都多了，所以兔皮的種類也多，每樣價格不同，好在市場前景大好，白管事倒也能接受。

她數著幾錠銀子喜孜孜地出來，若是一直那麼順利，每年的進帳可不少，將來她是要繼續擴充兔舍，還是做些別的生意，反而有些模糊起來。

「玉娘，我姊呢？」來到紅袖坊，她挑簾子進去。

玉娘看到她笑咪咪道：「剛去萬家了，太太找她，妳要不要進來坐坐？」

容姊也在，沈著臉，極為不喜。「叫她坐什麼？她是誰啊？咱們紅袖坊是招待客人的，不是給那些亂七八糟的人跑進跑出搗亂的。」

杜小魚切了一聲，懶得理她。

狗急跳牆，杜黃花搶了她的差事，只怕心裡火燒火燎的，看這樣子，指不定在心裡恨成什麼樣呢！

她想著有些擔憂，容姊留在這裡，還真有點讓人覺得不安。

門口簾子這會兒又被掀開來，只見兩個裝扮富貴的太太跟姑娘走了進來。

沒等玉娘招呼，容姊跟換了個人似的，把杜小魚往旁邊一推，三步併作兩步地走過去。「哎喲，馬太太、三姑娘，來得正好。咱們坊昨兒個進了幾疋布，就是要馬太太您這樣的膚色才能襯得起啊，當然還有三姑娘這樣漂亮的臉蛋……」

毫不掩飾的討好，杜小魚不由得好奇了，這馬太太何許人也，容姊要這樣巴結？

馬太太沒什麼表情，點點頭跟著進去裡屋看了，三姑娘則露出些不屑之色，微微哼了一聲才跟上去。

「玉娘，妳不去嗎？」杜小魚問。

玉娘搖搖頭。「她們每回來都是容姊招待的。」

還不容外人染指，杜小魚壓低聲音。「這馬太太什麼人啊？」

玉娘有些為難，抿了抿唇。

看來不方便說，杜小魚就不繼續問了，告辭一聲便往萬府而去，她也不想待在這裡聽容姊厚臉皮的阿諛奉承。

剛走到堂屋就見杜黃花從裡面出來，手裡捧著一疋寶藍色的布。

「小魚，妳怎麼來了？」她驚喜道。

「剛賣了兔皮順便來看看妳唄，這布料是幹什麼的？萬太太叫妳在上面刺繡嗎？」這料子看著極好，在陽光下泛著光似的，摸上去柔滑無比，但又不是特別軟，穿在身上應該很有厚重感。

杜黃花點點頭，拉著去她臥房。

「是齊東縣的縣主夫人剛才送來的，說是要做好送人的。」杜黃花神色凝重，縣主夫人要送的肯定是貴人，這事可不能出一點錯。

杜小魚也感覺到壓力，但鼓勵道：「萬太太既然把這樣重要的事交給妳去做，可見是相信妳的，姊也不用太緊張，按著以前那樣繡就成，到時候再給萬太太指點指點。」

杜黃花笑笑。「被妳一說，我稍微好些了，之前師父讓我繡這個，嚇得我手心都出汗了。這齊東縣的縣主夫人我不瞭解，不像咱們飛仙縣的縣主夫人，師父比較知道她的要求，所以繡起來也不是那麼提心弔膽。」

看來刺繡不是個輕鬆的活啊，杜小魚聽到這裡竟然生出些後悔的情緒，那些個大官夫人真真是囂張，不過是幫著她們刺繡而已，怎麼就那麼危險呢？好似一不小心就會惹來麻煩似的。

她哼了聲。「等姊夫將來當上官就好了，姊高興就繡，不高興誰要理她們。」

杜黃花噗哧笑起來。「這話可不能跟妳姊夫講，省得他擔心我，到時候反而看不好書了。」

杜小魚瞅瞅她。「淨曉得心疼妳相公。」

「妳將來找了相公，看妳還會不會這麼說。」杜黃花如今是個婦人，到底不像姑娘家那麼容易害羞，接了這話就打趣起來。

「好了，我不跟妳講這些。」杜小魚咳嗽一聲。「那個經常來紅袖坊的馬太太是什麼人，妳曉不曉得？」

「怎麼突然問這個？」

自然是想知道容姊的心思了，杜小魚嘿嘿笑了兩聲。「我剛才見著了，好奇而已。」

杜黃花便有些吞吞吐吐。「好好的問這個幹什麼，跟妳又沒有關係。」

「說給我聽聽嘛，我又不會告訴別人的。」她扯著杜黃花的袖子。「我看容姊好像很討好她的樣子，莫非是什麼官太太不成？」

杜黃花拗不過她，小聲道：「她是知府大人的姨娘。」

杜小魚有些發愣，知府的姨娘居然跑來一個縣裡？

不過又想想，可能是正室夫人太厲害，把姨娘趕出來也不一定，那麼，那個三姑娘應也是庶出的了。

容姊討好她到底想幹什麼？說起來容姊的年紀也不小了，應該有十七了吧，怎的一直沒有找人家呢？

「姊，萬太太就沒有給容姊找個相公？」

「這我不太清楚。」

「她啊，是成天想著嫁給馬太太的公子，哪看得上師父給她指的？」柳紅俏生生地立在門口。「小師妹總是忙著鑽研刺繡，自是什麼都不知道，這些事，小魚妳還得問我。」

「柳大姊。」杜小魚站起來衝她福福身。「是啊，我姊真是兩耳不聞窗外事。」

柳紅笑著走進來，看到那疋寶藍色的布。「師父又讓妳出馬了？」

杜黃花有些不好意思。「嗯，師父說讓我鍛鍊鍛鍊。」

「師妹天賦驚人，是應該當此重任啊，我這會兒來是想跟妳看看這幅圖，那鳥兒的尾部不曉得該用哪種針法貼切，還有這……」

聽她是來探討刺繡的，杜小魚也不便打擾，跟兩人告辭一聲就出去了。

誰料剛走出來就見章卓予背朝著院門站在那裡，像是在等人。

「卓予？」

「妳出來了啊，我聽下人說妳來府裡找黃花姊呢。」章卓予轉過身，微微笑道。

「哦，那你是在等我？」

他點點頭。「咱們去園子裡走走吧。」

杜小魚也不急著回去，就跟著來到園子裡，此刻還未到三月，好多花都沒有盛開，只零星一些小花散在角落裡，但也頗有趣味。

「師兄，有沒有寫過信回來？」章卓予看著她的側臉，杜文淵的事他一直頗為擔心，到底是生活了十幾年的哥哥，不曉得她心裡有多難過，所以語氣上有些小心翼翼的。

「這會兒正在忙著應付春闈呢，哪有空寫信？」

見她表情平靜，語調輕鬆，並沒有露出絲毫憂愁，他放了心，心道她看開了也就好了。

兩人慢慢走了會兒，一時都不說話。

「小魚。」

聽他忽地叫她，杜小魚側過頭，詢問地看著左上方，章卓予也長高了，若要目光對視，還得微仰起頭。

他從袖中拿出一支鑲著各色玉石的蝴蝶釵。「在街上看到的，覺得妳戴著一定好看，便買了。」

送人首飾並不是正常的舉動，杜小魚目光微微一閃。

章卓予忙添了一句。「妳上回送我青玉筆，這、這個也算禮尚往來。」

說到這個，杜小魚倒有些愧疚。「那支筆也沒幫上忙。」章卓予曾說要帶著去京城參加考試的，她也說他一定會考上，結果卻落榜了。

「那不怪妳，是我自己不夠努力，不過下回我還會帶去的，到時候一定能高中！」章卓予忙安慰她。

杜小魚用力點了下頭。「沒錯，你下回一定會成功的！」

「那這支釵妳收下吧。」他往前遞了遞，年輕的臉龐微微泛紅，目光落在她臉上，有種灼熱的溫度。

若是不拿的話，他定然會失落得很吧？

杜小魚笑了笑。「那好吧，省得你白拿我一支毛筆耿耿於懷。」說罷接過來放於袖中。「不過以後可不要送這些了，我寧願你多借我幾本書呢。」

章卓予稍稍一愣，看她全沒有羞澀之態，如此坦蕩，心裡便有些不太舒服，可是明明她都已經收下了，他應該高興才是。

「小魚……」他張了張口。

見他好似還要說什麼，杜小魚這時道：「我該回去了，娘還在家裡等呢。」

章卓予無奈，只好道：「我送妳出去。」

兩人往大門走去，全沒注意到有棵梅樹後面正躲著一個人。

白蘭手裡拿著件薄披風，慢悠悠走入園子，看見自家姑娘一臉淚水，癡癡地立在那裡，嚇了一跳，忙忙地跑過去。

「怎麼了，姑娘，誰欺負妳了？」

萬芳林一語不發，只是默默地流淚。

白蘭把披風給她罩上，心裡小鼓一樣敲著，剛才回來的路上遇到晴兒，順便聊了幾句八卦，沒想到就看到這種場景，該不會是因為她晚來的緣故，導致姑娘遇到什麼事兒了吧？

這要是怪在她身上可不得了！

萬太太雖然平日裡看著平易近人，可真的犯錯，尤其是讓姑娘受到損傷的話，那肯定是吃不了兜著走。

她越發著急，安撫萬芳林幾句，柔聲道：「姑娘，妳這樣要是叫太太看見可不是讓她擔心嗎？還是別哭了，有什麼事好好說，奴婢會幫妳的。」

萬芳林搖搖頭，往自個兒臥房的方向走去。

巧的是，萬太太正好來瞧這個寶貝女兒，見她雙眼通紅，立時皺起了眉，盯著白蘭道：「剛才妳帶芳林做什麼去了？」

白蘭結結巴巴，卻不敢隱瞞。「姑娘想去園子裡走走，我瞧著有點兒冷，便回去拿件披風，後來，後來在路上耽擱了會兒，姑娘……姑娘……」她撲地往地上一跪。「奴婢也不知道姑娘為什麼哭，是奴婢沒有好好照顧姑娘，請太太責罰！」

「妳先下去。」萬太太聽完拂一拂袖子，牽著萬芳林走去臥房。

先是拿帕子給她抹了下臉，嗔怪道：「都多大的人還哭哭啼啼，像個小孩子似的，妳要我怎麼放心把妳嫁出去。」

萬芳林聽到這話眼淚更是止不住了，成串的往下掉。

萬太太嘆一聲。「可是為了卓予？」

小女兒的心思她豈會不曉得，兩人從小青梅竹馬，感情深厚，他們夫婦倆膝下又無子，其實兩家本也有結親的意思，這才把章卓予母子倆接到府裡住，親上加親，將來這些家產也不會落於外人之手。

不過現在看來，恐怕這外甥的心思也不全然都在自家女兒的身上。

萬芳林垂著頭，手指絞著帕子。

「說說，到底怎麼了？」

「表哥……表哥送了一支釵，給、給……」她嘟囔道，這樣的東西，他從未送過她，可是卻送給了一個才認識四年多的小姑娘。

萬太太笑了笑。「原來今兒小魚來了，妳這傻丫頭，既然生氣卓予送人東西，就該大大方方問他要，小魚來了，也該大大方方跟她見面，不是嗎？不然卓予只會以為妳氣量小，小魚反而顯得大方了。」

萬芳林撥著手指頭，顯然沒領會她話裡的意思。

「罷了，妳天生這樣的性子，就算裝了卓予也未必喜歡。」萬太太撫著她的頭髮，神色漸漸嚴肅起來。「將來就算讓他娶妳，我也必定要他心甘情願的。」又笑一笑。「別氣了，娘帶妳出去散散心，可好？」

她叫來白蘭給萬芳林打扮一番，兩人坐著轎子出去玩樂了。

四月的天碧空如洗，已是到了春季的尾聲。

杜小魚這日從縣裡回來，又帶了幾本書給李錦。

「現在我姊對衣料也懂得很，下回你要是有什麼不明白的，就問我姊吧，她反正幾天就會回來一趟的。」

李錦接過書道了聲謝謝。

見他衣服上沾了很多兔毛，杜小魚道：「最近有沒有覺得忙不過來？這麼多兔子要你一個人照顧，我娘都說不妥呢。」天氣一暖，兔子就開始掉毛，光打掃這個就很麻煩，雖說又漲了工錢，可是還是覺得再多請一個人比較好。

李錦道：「沒事，最多我早點來晚些走就行了。」

「那你哪還有時間看書呢？」

「這……晚上看。」

「晚上看了早上不會爬不起來？」

「不會。」

「那身體累垮了怎麼辦，我不還得請人？」杜小魚笑了笑。「你還是像以前那樣，每日來兩個時辰就行了，主要負責餵料餵水，觀察兔子每日的狀態，像打掃這種事就不用做了。」李錦已經很熟悉兔子的各種病症，交給他比較放心，至於粗活嘛，反正誰都能做的。

李錦心裡不安。「那我的工錢不能要這麼多了。」

「誰說的？你積累的經驗就是資本，這些是拿錢都難以買到的。若別家養兔子的想請你過去，只怕都不只這個價呢，說起來，可能我還占了便宜。」

她說的話耐人尋味，李錦抬起頭。「我必不會……」他想說不會背叛她，可話到嘴邊又嚥了回去，臉卻通紅，像天邊的雲霞一般。

杜小魚好笑，李錦也有十五歲了，可臉紅的毛病一直都沒有改掉啊。

吳大娘家的茄子熟了，她拿了好些過來。

這茄子不像他們家以前種的圓茄，而是細細長長的，跟杜小魚「前世」吃的極為相像，她猜想應是江南那邊傳過來的。

如今已到七月，天氣是越來越熱，熏肉自是不能做了，他們家也很閒。

杜小魚接了茄子跑到廚房去洗，小清秋跟在後頭，自己走到哪兒她也走到哪兒。

「幹什麼呢？快出去，晃來晃去也不怕我撞到妳。」杜小魚有些窩火，不就是沒給她一直吃糖嘛，這就跑來搗亂了，還不是怕牙齒給吃壞掉。

小清秋翻著白眼，伸著手，哼道：「糖，糖……」

「糖沒有，巴掌有，妳看著辦！」杜小魚瞪著她。

眼見杜顯往這邊走過來，小清秋眼睛轉了轉，哇地一聲大哭起來，好像被誰狠狠揍了頓似的。

杜顯見小女兒哭成這樣，飛奔過來抱起她。「小葉子，怎麼了，哭成這樣？誰欺負妳了，告訴爹，爹給妳作主。」

廚房除了她還有誰啊？杜小魚直抽嘴角，這丫頭將來肯定是個專門禍害人的，小小年紀就會耍心眼了。

「爹你少慣她，該打的還得打，一點不聽話。」

「她還小嘛，妳小的時候，爹還不是慣著的，以後慢慢教就是了。」杜顯不以為然。

杜小魚把茄子洗好放砧板上切起來。「糖吃多了不好，我不給，她就亂折騰，剛才還搶福蛋的糖呢。」

杜顯拍一下小清秋的頭。「這就不好了，沒糖了問爹要，可不能搶妳弟弟的，曉得不？」雖然兩個人一樣大，不過，福蛋稍遲片刻生下來，便做了最小的孩子。

小清秋鼓著嘴，還是慢慢點了下頭。

「看她不是挺乖的，妳要跟她好好說呀。」杜顯很高興，覺得自己教女有方。

杜小魚暗自搖頭，這丫頭會糊弄人得很，誰知道她是真的還是假的服管教，總之以後要多花些功夫在她身上了。

第七十七章

時間如同流水轉眼間就過去了。

這日又有兩個衙役打扮的人上門，杜小魚當即心裡一驚，以為出了什麼事。

「不知兩位差大哥為何事上門？」她小心問道。

那兩個衙役態度倒是不錯，其中一人打量她兩眼，笑嘻嘻道：「妳是小魚姑娘吧？」

「是。」

他這才掏出兩封信。「京城裡來信了，一封是給妳的，一封是給妳爹娘的。」

京城裡的信？杜小魚大喜，那肯定是杜文淵寫來的，啊，不不，他現在叫李源清了，不過怎麼還分開寫了兩封信？莫非是有些事不好給爹娘說？她想著把給自己的那封放進懷裡，說道：「謝謝兩位差大哥專程送信，還請進來喝杯茶吧。」

「不用了，我們還有事兒忙。」衙役笑笑。「是縣主大人吩咐我們送來的，還讓帶句話給杜小姑娘，說你們家若是有麻煩，儘管去縣衙門，縣主大人定會為你們作主。」

杜小魚聽罷稍稍一愣，很快又反應過來，從懷裡掏出兩串錢給他們。「大熱天的煩勞兩個大哥，我就不送了，走好。」

兩人也收了，抱一抱拳告辭而去。

聽到李源清寫信來了，趙氏大為歡喜，忙讓杜小魚把杜顯叫回來。

吳大娘笑道：「定是報喜的，前些日子怕是太忙了，這京城又遠，信這會兒才到。」離春闈已經幾個月過去了，早前一直沒有他的消息，杜家幾個人很是失落，吳大娘也曾開導過幾句，現在終於寫了信來，也替他們高興。

到底是有十幾年感情的，若是真斷了聯繫，心裡必定不會好受。

杜顯本在田裡勞作，一聽京城有信來，急忙忙跟杜小魚跑回家。

「快瞧瞧，都說了什麼？可是考中進士了？啊，有沒有點上那什麼庶……」杜顯撓著頭，想不起來那官名怎麼唸。

「庶起士（注）。」杜小魚笑了下補充，展開信看完後，喜上眉梢。「二哥考上進士了，殿試也一併通過，被皇上賜進士出身，點為庶起士，如今正在翰林院學習。他說甚為想念我們，幾次都難以提筆，只怕要說的太多，如今心緒漸漸平靜，已能適應京城的生活，叫我們莫要擔心他，叫爹娘保重身體。」末尾還添了回信的事，說讓送的人再帶回來便是。

杜顯感慨。「他果然是讀書的料子，人家考了幾十年，他這幾年就一一過了，將來在京城一定可以創出番事業的。」

杜小魚笑道：「他這次貌似還寫信給縣主了，剛才兩個衙役大哥過來說我們家若是遇到麻煩，儘管去找縣主呢！」

「這小子……」吳大娘笑起來。「怕你們家被人欺負，他還是惦記著這些的。」

趙氏倒沒說什麼話，只微微笑著。

杜顯唏噓一陣又轉身出去了，到底只是封信罷了，人遠在千里之外，知道他平安也就足夠，他們家以前怎麼過也還是怎麼過吧。

杜小魚急著看另外一封信，找了個藉口說要回信，就去了自個兒臥房。

他倒是沒有食言，果真寫了家裡的事情，雖然沒有很露骨，但也可以看出他嫡母不是好相與的，兩個哥哥也很強勢，還有個妹妹像是稍微好些，信裡還寫到他父親對他很好，每月給足零花，錦衣玉食，不在話下，最後提了些京城美景、風土人情，說她若是來京城的話，定會盡地主之誼。

一別快一年，說不想念是騙人的。

她看著信，心裡既歡喜又壓抑，好一會兒才提筆回信。

無非也是家長裡短，說說最近發生的事，小清秋要心眼，福蛋會唸詩，爹跟娘的身體狀況等等，洋洋灑灑寫了六張紙才停下來。

第二日便親自送去衙門，找昨日來的兩個衙役，那送信的家僕果然等著，拿了信便告辭走了。

杜黃花隔幾日回來聽說這事也很高興，稍後拿出四塊布料說是送給她們娘兒倆。

其中杜小魚的是極好的綾子，趙氏的是稍微厚些的緞，色澤都極漂亮，水紅、寶藍、墨綠、淡青，兩個人愛不釋手。

「師父說我上回給齊東縣縣主夫人的繡圖做得很好，這些算是獎勵。」杜黃花笑道：

注：官名。明初置，先屬六科（吏科、戶科、禮科、兵科、刑科與工科），永樂二年（一四〇四）始專隸於翰林院，選進士之長於文學及書法者充任。

「我本想做成衣服再送給妳們，但最近著實沒有時間。」

杜小魚心疼。「就不能不繡嗎？實在累了就推託一下，我看萬太太也不是不好說話的，妳別樣樣都應承下來。」

「只是白天繡，晚上還是照常休息的。」杜黃花揉著眼圈。「眼睛確實用多了，不過繡完這幅圖就好了，到時候我要去齊東縣一趟，一來給師父進些料子，二來是應縣主夫人邀請，師父說去見見世面也好。」

杜小魚忙問道：「那萬太太也去嗎？」

「師父不去，派了大師姊、二師姊陪著一起。」

容姊居然也去。

杜小魚不得不為此擔憂，但眾人都在也不好把這話說開，等到杜黃花要回去了，她便跟著送了段路。

「姊，妳要提防容姊，她以前便是做這份差事的，現在妳搶了她的位置，手藝又比她好，心裡肯定嫉妒死了，這一趟指不定就會加害妳。」

「我知道。」杜黃花嘆了口氣。

她沒有料到杜黃花會聽進去，驚訝道：「姊莫非轉了性子不成？」

其實這段時間容姊沒少使絆子，背地裡陷害過她幾次，有次還把她繡了一半的圖給毀了，一個人就算再善良，也是難以容忍的。

要不是萬太太瞭解容姊的德行，她真是百口莫辯。

「我會好好注意的。」杜黃花揉揉杜小魚的頭，語氣含著內疚。「這些年都要妳做妹妹的來擔心我這個姊姊，也許真是我想錯了，有些時候不是一直容忍著就能過去的。師父這次特意叫大師姊也去齊東縣，她有苦心在裡面，我已經明白了。」

她抬頭看著遠處灑落在天邊的紅霞。「要管理紅袖坊並不容易，師父說，一個人就算再會刺繡，可是她不會做人，看不清自己的處境，將來也不會有大的前途。」

杜小魚欣慰地笑了笑。「姊妳好好努力，不過也不用太受別人言辭的影響，有些事遵從本心便罷。雖然我一直不喜歡姊姊的軟弱，可是與人為善也是一種美德，不然世人為何都會信仰觀世音菩薩，因祂救苦救難，憐憫眾人，而我們凡人生存不易，什麼事都應有個度。所以，姊姊亦不用太勉強自己，我相信妳會作出明智的決定的。」

既然已經曉得提防自保，別的也就罷了，她並不希望杜黃花有太多的改變，她最愛的原本就是她淳樸的天性。

杜黃花點點頭，兩人在此分別，她自往白家去了。

杜黃花在齊東縣住了五天才回來，縣主夫人極為欣賞她的手藝，多次提到希望可以在齊東縣開家繡房。

這個提議聽起來不錯，若是萬太太願意在那邊新開一家紅袖坊的分鋪，要杜黃花管理，也許就能把蘇繡更加發揚光大起來。

不過就杜小魚看來其實是難以實現的，至少最近一段時間都不可能，一來萬太太似乎有退隱之意，樣樣都交給杜黃花出手，有意培養她接管紅袖坊；二來幾位弟子中只有杜黃花一人完全領悟蘇繡的精髓，無法再分出一人擔當別的分鋪，所以也無法顧全兩邊。

說到進貨的事，途中容姊果然按捺不住，仗著自己有經驗，想引導杜黃花落入吃回扣的陷阱，到時也好誣賴她貪財而故意買入次貨，藉此要萬太太從此看輕這個弟子，從而重新奪回她的採辦權力。

可惜她打錯了算盤。

杜黃花有備而來，又有二師姊柳紅相助，兩人合演一場好戲，將計就計，利用鋪子的夥計反而把容姊給供了出來。

原來她不止一次利用職權，以次充好，雖然數目不多，但也足以讓萬太太震怒。

容姊路上哀求不止，希望杜黃花可以饒恕她，放過她這次，然而，柳紅卻不是吃素的，容姊在萬府囂張跋扈，又仗著是大師姊，欺負幾個師妹是家常事，她早就看不過眼，又豈會有一丁點的動搖？

兩人最後也沒有鬆口，萬太太嘆息不止，容姊做過的事她不是不曉得，這次雖說是為鍛鍊兩個弟子，但也是想給容姊最後一個機會，誰料她仍是執迷不悟，到頭來還是把自己給害了。

萬太太把她逐出師門，趕出了萬府。

杜小魚聽杜黃花講完這些，搖頭道：「真是自作自受，萬太太對她容忍已久，她卻絲毫沒有看出來，只曉得處處打壓妳，這回總算拔了這根釘子。」

杜黃花嘆口氣。「她實在鑽進了牛角尖，不然我們師姊妹幾個互相扶持，只會把紅袖坊越做越好，對她也是極有好處的，不知為何卻非要這樣做。」

「人心不足蛇吞象啊，姊，她看不得別人好，卻看不到自己已經占到的好處，妳想想，她原先不過是個婢女的女兒，卻成為萬太太的大弟子，若是旁人只會覺得自己幸運十分，可她完全忘了這些，不得滿足，不求上進，怪不了別人。」

兩人不再說這件事，杜黃花拿了博浪鼓逗福蛋玩，那博浪鼓是齊東縣帶回來的，鼓面繡著兩個穿紅肚兜的胖娃娃，一個捧著魚，一個拿著玉如意，十分喜慶，兩邊各垂著一條紅色綢帶，下面繫著黑色木珠，搖起來「梆梆梆」地響。

福蛋看得格格直笑，拍著手。「姊，給我玩。」他如今已經能說完整的句子。

杜黃花遞過去，他立時自個兒搖起來，十分歡樂。

看她滿臉溫柔笑意，杜小魚倒是露出些許憂色，算起來，杜黃花嫁去白家也有兩年多了，怎的一直沒有消息？看她那麼喜歡小孩兒的，不知心裡可曾為這個擔憂過？

事實上，趙氏早就跟杜黃花私下說過這事，也懷疑是不是跟白與時的身體狀況有關，但看白家的人沒什麼反應，最後便不了了之。

等到颳起秋風，杜家又開始做熏肉了，熏豬頭肉也比較好賣，他們家一早就在秦氏那邊把所有的豬頭都預定了，兔子也是一批批的處理，杜顯忙得腳不沾地。

幸好，新請來清理兔舍的僱工是個身強力壯的，就偶爾讓他搭把手，反正另算工錢便是。

杜小魚則忙著她的金銀花，第三年果真開了三次，整個已經非常肥大，枝葉層層疊疊，需要重新修剪整枝，她打算明年再種幾畝，不過那會兒就不需要種子了，只要截取合適的枝條來年初夏扦插即可。

忙完後往家走了段路，正巧遇到周二丫，她如今也長大了，五官越顯清秀，但個頭比較小，同以前一樣常年在家裡勞作，還是去年自她弟弟上了私塾，這才相對自由些。

兩人坐在田埂邊聊了會兒話，周二丫說她姊姊嫁人有喜了，她娘叫著去送東西，這會兒剛從中順村回來。

杜小魚聽說過這事，周二丫的娘貪圖誰家的錢把周大丫給嫁了，結果周大丫成親後愣是一文錢都沒有孝敬她爹娘，把他們氣得到處罵大女兒沒良心。其實背地裡哪個不說是自作自受，賣了自家女兒還想她敬孝心，真真是作夢。

周二丫的娘後來可能也意識到殺雞取卵有點兒不妥，最近又開始討好周大丫了，對周二丫也稍微好了些，偶爾還給添兩件新衣服。

但本性難改，也不知道將來給周二丫找個什麼樣的人家呢，杜小魚也有點兒擔心。

閒話一陣，周二丫怕她娘責罵在路上耽擱，兩人便各自回家去了。

院門是鎖著的，趙氏上來開了門，臉色極為不好看，杜小魚不知道出了什麼事，忙問她怎麼了。

原來剛才杜堂來過，趙氏沒有開門，他就在門口大罵了一陣，什麼難聽的話都講出來，趙氏慣來不喜歡罵人，也只得關了門當聽不見。

「他來幹什麼？」杜小魚聽完奇道，現在兩家井水不犯河水，又不貪圖他們家財產，不是已經達成那幾個的目的了嗎，那還來鬧什麼？

趙氏沈著臉。「罵妳爹不孝，說如今過上好日子就忘了老娘，逢年過節連個面都不露，說養條狗還曉得養育之恩。」

「豈有此理！」杜小魚怒道。「是他們把我們家趕出門，有什麼道理還要爹去孝敬祖母？他居然敢來這裡亂吠！」

「估計是喝多了，看他醉醺醺的。」趙氏沈吟一聲。「這事不要跟妳爹提，省得他堵心。」

杜小魚應一聲，自去裡面忙活了。

誰料到了傍晚，杜小魚剛開門把杜顯放進來，也不知道杜堂從哪兒竄出來的，攔都攔不住就給進了院子。

見兩個人都瞪著他，杜堂倒沒有凶神惡煞，而是笑咪咪地說有話跟他們講。

杜顯也不想拉拉扯扯，就問他什麼事，說完也好讓他走人。

杜堂眼睛滴溜溜地轉，顧左右而言他。「你們這院子真不錯啊，我看快比得上咱們家了，難怪村裡人都在羨慕呢，嘖嘖，幾年不見，果然不一樣了！」

「你到底想說什麼？」杜小魚喝道。

杜堂不悅道：「妳這丫頭怎麼不分尊卑，我好歹是妳二叔！大哥，不是我說你，孩子還是要教教好的。」

趙氏在堂屋聽到他聲音，眉頭一下子擰緊，但也不想出來見著他，只聽著在說些什麼。

「孩子的事不勞你費心，你倒是說有什麼事，我還忙著呢！」杜顯語氣也不客氣。

「大哥，你真是沒有良心啊，娘當年趕你們出去也是因為太傷心了，要沒有這樣的誤會，娘也不會這麼做，是不？你怎麼就完全當真了呢？咱們到底是一家人，你們的名字都還在族譜上的，也就是杜家的人，到哪裡也不應該忘記孝義啊！」他頓一頓。「娘現在身體也不好了，全都是我們幾個兄弟在照顧，你可是家裡的老大啊，怎麼就能置之事外？這要讓外人曉得，可不是說你不孝嗎？到時告到衙門，也是要打板子的啊！」

滿口仁義道德，意思還是想讓杜顯敬孝心，杜小魚越發奇怪，這杜堂什麼時候變成這樣遵從孝義的人了？

杜顯倒被他說得有幾分慚愧，古人把孝義看得大過天，就算父母無德，但養育之恩對於每個人來說都是應當銘記在心的。

「可是娘讓你來說這些的？」杜顯問。

「是我自己來提醒你的，娘傷心透頂，你這些年對她不聞不問，任誰心都涼了不是？」

杜小魚冷笑一聲。「既然祖母都不提這些，你來講什麼廢話？長幼有序，你是我爹的弟弟，憑什麼來指手畫腳？當我老爹老實就想欺負人？」

「妳這死丫頭，再來渾說，看我不……」杜堂亮出拳頭揮了揮，但又忍下來，耐心道：「大哥，我知道你現在跟娘之間有些誤會，一時半會兒也不好解開的，叫你去日日伺候也不太可能，嫂子只怕也不願意。」

娘。

杜顯微微一愣，不曉得他這句話是什麼意思，一會兒說孝心，一會兒又諒解他不去照顧娘。

「你到底想說什麼？」他皺眉道。

「你們家如今也不缺錢，只要拿些出來買點娘喜歡的東西送過去，久而久之，娘自會原諒你，什麼不孝的名頭也輪不到你頭上來，這樣可不是兩全其美？」

繞來繞去，原來是想要銀子。

杜小魚盯著他看了兩眼，才發現杜堂的右眼睛周圍有圈烏青還未徹底消散，心裡立時想起一件事，不由得好笑，輕輕拉了下杜顯的手，示意有話要跟他說。

杜顯曉得女兒心思巧，就說道：「我進去跟娘子、女兒商量一下，再出來答你。」

杜堂忙笑道：「不急，不急，我在外面等。」

兩人遂往堂屋走了去。

杜小魚返身把門關上，鄙夷道：「說什麼要銀子獻孝心，其實就是想騙進自己口袋。」

杜顯不解。「這話什麼意思？」杜家幾百畝地，每個月分到幾個兒子手上都是好些銀子的，不愁吃喝，他哪想得到杜堂會來騙錢。

趙氏也很是奇怪。「不該吧？要騙也得問他娘去要。」

「他多半又是賭輸了銀子。」

早在去年她就聽說杜堂賭錢還不起被人趕出賭場，還欠下大筆銀子的事情，看樣子這回又是被打了，估計也不是沒有問李氏騙過錢，許是騙了太多次，再也找不到好的藉口，這才跑到他們家來。

「他居然沾上賭了？」杜顯聽完連連搖頭。「賭這個東西可不能碰啊，那些個有癮的賣兒賣女，都是要傾家蕩產的，唉，他怎麼會去賭錢呢？」

看他恨鐵不成鋼，趙氏道：「你可不要去管閒事，他這種人什麼事做不出來？自去賭他的，別牽連到咱們家就行。這銀子也不能給，你要是不好去說，我去，諒他也不敢胡來。」她怕杜顯心軟真拿出錢救急，也顧不得杜堂會不會罵人，說罷就要出去。

杜小魚攔住她。「娘，讓爹去說吧，妳出去指不定得挨罵，要是爹去說，他也沒有話講。」

「對，對，我去說。」杜顯一挽袖子出去了，杜小魚也跟在後頭。

第七十八章

杜堂期盼地看著他們。

他最近賭運太差，賭什麼輸什麼，前些日子把臥房裡那點擺設都當出去了，還是沒有扳回老本，被狐朋狗友誘惑，又借了高利貸，結果又輸，還不出來被一通打，要不是把數十畝田契拿出來抵押，半條命都沒有了。

可是這良田是祖上傳下來的，雖說幾個兒子都預先分了些，但絕不允許私自賣掉，這事要是被他娘曉得，底下兩個弟弟不消說，肯定落井下石，以後只怕在家裡占不到半點好處。

杜堂很清楚，誰都瞅著李氏手裡的家產呢，可惜他就是擋不住的手癢。

「大哥，跟嫂子商量好了？」他這會兒又在懊惱白天喝醉酒胡言亂語惹到趙氏，不由陪著幾分小心。

看來真是很急，活該！杜小魚幸災樂禍。

杜顯咳嗽兩聲道：「敬孝心的事，我是這麼覺著的，犯不著專門拿銀子出來，我們真要去孝敬娘，自會當面去，這事再給我時間好好想想，你這就回去吧。」

杜堂傻眼了，口齒都不清楚起來。「大、大哥，你這是在、在開玩笑吧？敢情我說半天你都沒聽進去？敬孝心最好的當然是拿銀子出來，別的算什麼？還當面去，當面去娘會見你們嗎？我這可是在為你們著想啊！」

「情義無價，銀子怎麼能比？」杜小魚冷笑一聲。「再說，買東西難道我們不會買，非得要你代勞？」

杜堂氣得眼睛都鼓起來，狠狠往堂屋瞪了眼。「大哥，是不是大嫂不肯？我就知道，我就知道你是鬼迷心竅，如今兄弟都不肯幫了，娘也不理了，好、好，你這樣的作為可是大不孝，別怪我去衙門告大嫂也沒有婦德，按照大明律例，不順父母，離間家族，這是要被休掉的！」

杜顯一聽，臉色刷白，吼道：「你敢！」

「我有什麼不敢？」杜堂也失去理智了，他這次要是弄不到銀子，下場會很慘，要麼田沒了，要麼命沒了。「要不是這個賤婦，你會被趕出家門？我告訴你，你要繼續留著這個娘兒們，遲早……」話未說完，臉上已經挨了一拳頭。

「你、你敢打我？反了你！」杜堂怪吼一聲，立時也揮拳往杜顯身上打過去。

兩個人拳打腳踢，不一會兒就滾到地上。

杜小魚沒想到雙方會打起來，忙喊著不要打了，可杜顯在火頭上哪兒肯聽，母女倆又沒有足夠的力氣去拉開他們，急得團團轉。

眼見是喊不停的，杜小魚一想拉倒，別怪人多欺負人少，拿起牆頭靠著的木棍也往杜堂身上招呼了去。

杜堂「哎喲哎喲」不停嚎叫，加上杜顯的攻擊，立時鼻青臉腫，在地上滾來滾去，十分狼狽。

「再打就要出人命了！」杜小魚打了會兒，高喊一聲，這打人雖然過癮，可要是真把杜堂打殘了，他們家也落不了好，出出氣也便罷了。

杜顯被二女兒一喊立時清醒了，忙收回手。

杜堂躺在地上裝死，哀嚎道：「哎喲，我的腿斷了，站不起來了……」

該不是還想弄點醫藥錢吧？杜小魚無語了。

杜顯實在看不下去，轉身去臥房拿出兩吊錢扔在地上。「足夠你看病的了，拿著快滾，以後別讓我看見你！」

杜小魚把棍子往地上用力頓了下。「躺著幹啥呢？還想挨揍？」

杜堂見他們都在用鄙視的目光看著他，終於裝不下去了，拿起錢往袖子裡一塞，惡狠狠道：「這事還沒完，有得你們後悔的！」

趙氏招呼父女倆進屋，把衣服整理下，臉上弄髒的也給洗洗乾淨，又少不得責備杜顯兩句，說他一把年紀了還學人打架。

不過心裡還是很欣慰，畢竟他是為她出氣的。

「也不知道會不會真去衙門胡說八道。」杜顯還是有點兒擔心。

杜小魚倒是一點不怕，縣主那裡李源清已經打過招呼，而他們李氏家也就有點兒錢，可自古都是官官相護，更何況杜堂這話一點站不住腳，他要是真敢去告，只怕是尋死呢。

過了幾天，就聽杜堂被人揍了，那賭場的人打起來是不留情面的，後來這事鬧到李氏那裡，還是李氏出錢把他的債還了，隨後那邊家裡又鬧騰一陣，杜堂沒隔多久便被李氏趕到南洞村收帳去了。

這些事杜小魚家也不想關心，他們家小日子過得好就行了。

誰知道杜堂後來到底又惹出了事兒，同人合謀詐騙，被抓去了衙門，這一下，他們家又不得安寧，因為吳氏上門傳話請杜顯疏通關係，杜顯沒有理，而李氏親自來了。

杜小魚道：「我去把他們趕走，還有臉上門來！」

「小魚，不關妳的事，坐下。」趙氏沈聲道，終究是杜顯的娘，總要給分面子，還是讓他自己去解決比較好。

杜顯嘆一口氣。「我去跟他們說。」

杜小魚不放心，也跟了出去。

共來了五個人，李氏、杜翼、包氏，身後跟著兩個身強力壯的下人。他們臉上都是憤怒的表情，好像誰欠了多大的人情似的。

杜顯躊躇會兒，上前把院門開了。

誰料李氏什麼話都沒有說，劈頭就給了他一記狠辣的耳光。

「你就是這麼對你親兄弟的？」李氏厲聲質問道。

包氏在旁邊加柴添火。「是啊，大哥，你怎麼能對二哥不理不問呢，好歹是一家人，你怎麼能這麼對二哥？」

杜顯低著頭不說話。

杜小魚起先看到那記耳光已經火上心頭，此刻走上前道：「關我爹什麼事？二叔自己惹禍上門，要去爛賭，他是活該！」

杜翼斥責道：「大人說話，輪得到妳來插嘴？一點規矩都沒有！」

見杜小魚被罵，杜顯抬頭道：「小魚說得沒錯，我哪裡知道二弟會做出這種事……」

李氏怒道：「我看你就是想見堂兒進牢房，上回沒打死他，你是心裡不甘願啊！」

「娘這話從何說起？」杜顯愣住了，他什麼時候要打死杜堂？

杜翼嘆口氣，搖著頭道：「你們幾個人把二哥打得鼻青臉腫，他不過是來求你對娘敬些孝心，你不肯就罷了，要不是二弟逃出來，可不是要被你們那些個野蠻親戚給打殘了？」

什麼叫顛倒黑白，她算領教到了，杜小魚真不想跟他們廢話下去。「你們一個個嘴巴這麼臭，明明他是欺負我爹老實，騙錢去還他的賭債，說什麼孝敬，這種屁話你們也聽得進去？真要孝敬，豈會把自個兒的田都拿去賭錢？這樣的人會跑來勸別人敬孝心，你們有沒有長腦子？」

一番話說得李氏幾個人臉皮發青，李氏瞪著杜顯。「你就任由女兒來罵為娘的？你到底還有沒有良心？我懷胎十個月把你生出來，養大你，你就是這麼對待我的？」

杜顯左右為難，他心裡並不想再聽李氏的，但是又沒法子說什麼狠話出來。

杜小魚這時冷笑一聲道：「二叔被定罪是板上釘釘的事，太婆您就算怪責我爹也是無濟於事的。」

李氏眼皮子一跳，其實她今日來本意是想叫杜顯去縣主那裡求求情，耳光打也打了，氣也出了，但也不能這樣僵下去，真把大兒子惹怒了，這事未必辦得成。想到這裡，她面色緩和了下，改了語氣。「堂兒到底是你弟弟，就算他千錯萬錯，也是跟你骨肉相連的，這次做錯了，我會叫他好好改，給你道個歉，你就去求了縣主饒過他這一次吧。」

杜顯露出驚愕的表情。「我如何能幫得了他？」

「文淵他考上庶起士了，將來是要在京城裡當官的，雖說不是你們親生的兒子，可養他這麼大，總要給你們幾分薄面。」李氏語氣更加柔和。「顯兒啊，娘從來沒有求過你，這次就當幫幫娘吧。」

眼前的臉越發老了，皺紋橫生，杜顯看著李氏，心裡五味紛雜。

絕不能放過杜堂，這樣的人一定要讓他得到教訓。

杜小魚道：「縣主大人公正嚴明，不是求求情就能放人的，太婆這話在這裡隨便說說也便罷了，萬不能叫別人聽見，惹得縣主大人不高興，誰也保不住會出什麼事兒。」

李氏臉色立時變了，盯著杜小魚，這話竟是在威脅她不成？

那李源清跟林嵩來他們家辦除籍的事時，也曾說過相似的話，叫他們不要去招惹大兒子一家，這些時日她也確實不敢有任何動作，就算沒有李家京城的背景，光是富豪林家都不是他們得罪得起的。

要不是為了杜堂，她也不會來。

可是此刻被自個兒孫女如此警示，她心裡不是滋味，陰沈沈道：「小魚倒是越來越有出息了！」

「不敢，我只是實話實說，二叔詐騙的不止一家，到時候那幾家人都會到衙門指證他，若是放了人，縣主大人如何對那幾家人交代？」

包氏不屑地撇了一下嘴。「妳懂什麼，在這裡嘰嘰喳喳的，那幾家人還不容易打發嗎？只要給錢，有什麼不成的？」

杜翼卻皺了下眉，問杜顯。「大哥，是哪幾家你可知道？」

原來他們還不知道這個事情，可見在衙門並沒有打探出什麼來，杜小魚這下放心了，只要杜顯不動搖，杜堂是吃定板子了。

杜顯搖搖頭。「我怎會曉得。」

杜小魚在旁觀察，杜翼這個人不顯山露水的，倒真不清楚他是什麼樣的人，不過肯定也好不到哪兒去，不然真看重親情，這些年也不會從沒來過他們家一趟。而聽說李氏的田主要都是他在管理的，可見在家裡的地位很高，但她感覺，他應該沒有給杜顯說過任何好話，不然李氏的態度也不會一貫如此了。

李氏嘴唇抖了兩下。「顯兒，你真不願幫你弟弟？」

杜顯閉了閉眼睛，想起杜堂這些年的所作所為，默默嘆了口氣，杜小魚見狀湊到他耳邊說了兩句話，他臉色大變，喝道：「當真？」

杜小魚點點頭。

「畜生！這畜生死了才好！」杜顯嘶聲道，一跺腳轉身走了。

李氏不曉得發生了什麼事，但也明白杜顯肯定是不會伸手援助的，當下氣得一個勁兒的捶胸。

「快走吧，還杵在這裡幹什麼呢！」杜小魚乘機趕人。

杜顯走了段路停下來，肩頭聳動。

杜小魚走過去一看，發現他竟然在流淚，不由大驚。「爹，您怎麼哭了？」

「小魚啊，爹對不住妳，妳遇到這種事，差點死了，竟然也不願意告訴爹，爹是太沒有用了啊……」他抹著眼睛。「只以為妳是不小心摔河裡，卻不曾想是那畜生……」

「爹，不是您沒用，不是我不想告訴您。」杜小魚忙解釋，壓低聲音道：「我跟二哥是怕娘擔心才不說的，爹您又藏不住事，被娘看出來，這可怎麼辦才好？這次實在是怕爹又心軟，放了那個混蛋，我才會說出來的。爹，您不要往心裡去，在我眼裡，爹是天底下最好的父親了！」她上前用力抱住杜顯的胳膊。「爹，我曉得您會保護我們的，只要爹在身邊，我們什麼都不怕！」

杜顯撫著她的頭，嘆一聲。「我算是看清楚他的真面目了，以後他敢再來咱們家，我頭一個把他打出去！」

「爹，還是要記得別告訴娘哦，省得她堵心。」杜小魚提醒道。

「好，咱們走吧，別想那些烏七八糟的事了。」

兩人進了堂屋，趙氏道：「他們怎麼說？」

「不管他們，是二弟咎由自取，哪怕砍頭也不關咱們的事。」

難得的理直氣壯，對於親人，他總是顯得有些軟弱，趙氏驚訝地看他一眼，沒有再說什麼，低頭納著鞋底，兩個孩子長得很快，一年就要換幾雙。

而李氏沒有法子，在杜顯那裡沒有得到任何幫助，只得使銀子往那些個衙役手裡送，結果真真是扔到大河裡，連水花都沒有看到一點，別說放人了，什麼消息也打探不出來。

過了幾日，縣主審理杜堂的案子，杜堂被打得皮開肉綻，慘叫不止，最後是被人抬回去的。

杜小魚知道後，大感快意。

當初要害他們兄妹倆的人，今日終於自嚐惡果了！

他們家境況越來越好，最近總有媒婆受人之託上門說親，杜顯寶貝這個女兒，趙氏還沒說什麼，他倒是挑來挑去，沒有一個看得上的。

杜小魚對此覺得挺幸運，他們要一直看不上就好了，不過到底也不太可能，所以她的心情時時都不太好。

幸好又要忙碌了，也能轉移下注意力，初夏時節，陰雨天是最合適扦插的，種植金銀花有了相當的經驗後，這年她便又買了三畝地，村裡早前也有來討教的人，不過一聽說種這種草藥要兩年之後才有效果，大多都放棄掉了。

這確實是一個很大的缺點，杜小魚坐在田埂上，看著剛翻耕過的泥土發呆，要是前兩年也能獲利，那就不會白白浪費時間了。

「小魚，杜大叔喊妳回去。」李錦走過來，他正看完兔子要回家，杜顯便叫他路上順便帶個話給二女兒。

杜小魚奇怪道：「還沒到吃飯的時候呢，我爹有什麼事啊？」

李錦有些不好說，想了下道：「有個嬸子跟她兒子上你們家來了，說是，說是想讓妳給兔子看病，把兔子也帶來了。」

「你不也能看嘛？還是病很嚴重？」一般的病，李錦都是駕輕就熟的。

「也不是。」李錦不會撒謊，直說道：「沒什麼病。」

「沒病那來幹什麼？真是怪了……」杜小魚說著頓住，李錦剛才說是母子倆一起來的，莫非又是奔著那個目的？這都直接來相親了嗎？她伸手揉了下額頭。「那人兒子是不是跟你差不多大？」十六歲的少年、十三歲的少女都是可以成親的，這樣的世界，讓人情何以堪！

李錦點點頭。

杜小魚嘆口氣，心裡很是煩悶，捉摸著是不是應該找杜顯跟趙氏好好談一談，說清楚自己的想法為好？不過這能說服得了嗎？

見她愁眉苦臉，李錦在旁邊坐下來。「這兩天就要種了？」

「沒想好呢，這金銀花你也知道的，前兩年沒有什麼收益。」她側頭看看李錦，他也大了，不曉得有沒有同樣的麻煩，便問道：「李錦，你娘有沒有給你找媳婦兒了？」

李錦的臉一下子紅起來，侷促不安。

她說話總是太直接，他到現在還是沒有適應。

杜小魚噗哧笑道：「你有什麼好慌的呀，沒見我被這些人煩死了，隔三差五地跑來說媒，我就想找個同病相憐的訴訴苦不行嗎？」

「這，我……」李錦低垂著頭，語無倫次，好半天才正常了。「我沒有。」

聽他說沒有，杜小魚細細打量他幾眼，李錦長得還算不錯，有一張很清秀的臉，顯得有些文氣，幸好個子長高了，肩膀寬了，倒也並不羸弱。而且，他這一年工錢也加到了一月二兩銀子，其實家境在村子裡也算不差，就杜小魚看來，那些媒人說的對象，有好些條件都比不上李錦呢。

她目光落下來，李錦只覺得面皮一陣燙過一陣，差點就想站起來逃走。

幸好她後來不看了，幽幽一嘆道：「沒個訴苦的人真慘。」

李錦見她確實愁苦，又不忍心走了，低聲道：「妳有什麼想說的便說吧，我不會告訴旁人的。」

聽他這麼說，杜小魚笑道：「等你哪日能體會到了再說吧。」

兩人默默坐了會兒，李錦問。「妳還不回去嗎？杜大叔一會兒著急會找過來的。」

「找過來再說。」杜小魚沒好氣。

結果杜顯果真找過來，李錦忙告辭一聲走了。

「妳怎麼不回來，叫人白白好等？」杜顯虎著臉。「明明小錦都帶話給妳了，倒是連我的話都不聽了啊。」

杜小魚撅著個嘴。「爹倒是先說說叫我回去幹什麼？」

「這個……」杜顯搓搓手道：「村西的方大姊叫妳給兔子看病呢，讓人一通白等，現在回家去了，只怕要當妳不懂禮貌。」

「她懂禮貌？看病就看病，把她兒子帶過來幹什麼？」

杜顯沒想到她會猜到這事，皺了下眉。「她家兒子是個不錯的，去年剛考上秀才，人也長得端正。」

「爹，我現在還不想嫁人，成不？我還小呢！」

「小什麼呀，定下來了，等到明年妳十四歲正好，再說，爹又不是催著妳嫁給誰，主要想叫妳自個兒來看看合不合心意呀。」杜顯笑咪咪，雖說他們家來人唐突了點，不過就最近幾個比較起來，這個少年看起來是最為順眼的，當然，他心裡頭還有一個最佳人選，不過聽娘子的意思，好像並不看好。

簡直是對牛彈琴，她爹完全沒聽進去，杜小魚氣結。

「姊，要吃飯了。」福蛋過來拉她，胖乎乎的臉上露著笑，他長得越來越像杜顯，跟杜清秋不太像，杜清秋比較像杜小魚，聽趙氏說，她們兩人都是隨了外祖母的樣貌。

杜小魚看到他心情就好了，抱起福蛋笑著去廚房。

這小子真重，杜小魚捏捏他的胖胳膊。「今兒娘燒了什麼啊？」

「雞蛋、豆苗、黃瓜、肉……」福蛋口齒清晰，他認識東西也快，幾個菜都說得出來。

杜小魚吧唧一下親在他臉蛋上，誇讚道：「福蛋真聰明啊！」

杜清秋也不知道從哪兒跑出來的，在後面拉杜小魚的裙子，大聲叫道：「我也要抱，我也要抱！」

「我哪抱得動兩個，叫爹抱去。」

杜顯這時又來了，說道：「小魚，妳那草的種子找些出來給我。」

「苜蓿草？種哪兒呀？」他們家好像沒有空餘的地啊。

「咱院子裡不是有幾棵大樹嘛，就種那兒，反正那樹都高高的，下面空著呢，那些草總能長出來，不浪費地嘛。」

不浪費地？杜小魚腦中有什麼閃過，一下子愣住了。

樹下面種苜蓿草，一塊地種兩樣東西！她驚喜地大叫一聲。「我怎麼就沒想到呢，爹，您可立下大功啦！」

第七十九章

「哦，大功？什麼大功？」杜顯撓撓頭道：「難道又能賺大錢了？」

杜小魚賣了個關子，眨眨眼。「我還沒想好，等以後再告訴爹。」

吃飯的時候她就在思考這件事，金銀花前兩年的話，整個植株都不太大，但是到第三年枝葉會變得很茂盛，所以種的時候，行距之間隔的距離是有點大的，現在若是利用行距種點別的草藥，那就不會浪費良田了。

就是不知道種什麼好，要一年生的草藥，喜陰，這樣就算被金銀花遮蔽掉些陽光也沒有什麼關係……

這樣的草藥倒是有好幾種選擇，不過要種植的話，還是以經濟效益為主。

杜小魚翻著手裡的書籍，邊回想起藥鋪裡各種草藥賣出去的價格，好一會兒才篩選出最合適的一種來，那就是大青根。

大青根也就是後世的板藍根，是一種用量極大又長期銷售不衰的藥材，一年生，多用於清熱解毒、涼血消腫，它的葉子被稱為大青葉，也是一味藥材。

就種這個了，杜小魚拍板決定。

算算時間正是板藍根開花結種的時候，第二日她帶上幾隻狗，揹著個小竹筐就去山裡尋藥了。

這幾年來因為手頭漸漸寬裕，早已經不進山採藥賣錢，她都有點記不起以前常去挖藥的幾個地方，走了會兒才找到幾株而已。

繞過山腰，好不容易才發現處板藍根比較多的地點。

回到家，她一身的汗，高興地把大青根的種子拿出來，這天氣合適，正好跟金銀花一起去種了，就是田地得重新耕一下。

「爹，明兒給我弄下田，行距再拓寬一點。」

杜顯奇怪道：「為啥啊？」

杜小魚就把構想說了下，杜顯連連點頭，笑道：「好，好，我明兒早上就去弄，妳這丫頭鬼主意真多。」

此時正是春夏交接之時，一年四季中景色最美，行人如織，進出飛仙縣的人也比平常時候要多得多。

杜小魚來了飛仙縣，半個時辰後，她手裡已經提了好幾包東西，其中點心就占了一大半，清秋跟福蛋都愛吃五仁堂出的吃食，就多買了一些，正要去縣大門口時，身後卻有人喊她的名字。

回頭一看，章卓予遠遠地跑過來，滿臉欣喜。「還怕認錯人呢，真是妳。」

「我是要回去呢。」杜小魚語氣平淡，自從章卓予送她簪子後，她便有些上心，不太想跟他有過多接觸。

章卓予稍稍一愣，問道：「妳去看過黃花姊了嗎？」

「不去了，反正我姊幾天就回來一趟的。」
看來她還是要回家，他心裡著急。「最近也沒見妳來玩。」
「嗯，田裡有些忙，沒空來。」
見她冷淡，他忽然不曉得說什麼，兩人沈默地對看一眼，杜小魚道：「我先回去了。」
不料，萬太太走過來，笑道：「既然來了，卓予你不請小魚到府裡坐坐？」她跟萬老爺、章卓予才從李家作客回來，不想在轉角見到杜小魚的背影，章卓予就追了過來。
莫非這外甥的心裡真是向著這個小姑娘的？
「見過萬太太。」杜小魚福了福身。
「走吧，我們家芳林也好久沒見到妳了，她沒個朋友，寂寞得很呢。」萬太太親暱地拉著她的手。「園子裡現在開滿了花，就是黃花也喜歡看的，你們幾個一會兒都去玩玩，我叫人擺上點心吃食，多有意思。」
她可不覺得有意思，可萬太太開口不好拒絕，到底是杜黃花的師父，只得跟著去了。
一路上，萬太太笑意盈盈，不時地問些他們家的情況，又道杜黃花在紅袖坊做得很好，管理有方。
不多時便走到萬府，萬太太轉身吩咐下人一些話，章卓予走過來道：「現在縣外的嵐山正是最漂亮的時候，妳想不想去看看？」
嵐山天行寺她是去過的，當時是三月時，風景如畫，可惜物是人非，同去的白蓮花都已經不在了，幾年的時間過得可真快。

「小魚？」見她神色恍然，章卓予輕喚一聲。

是邀她出外踏青？杜小魚看著對面少年既緊張又期盼的臉，要拒絕的話並沒有立刻說出來。

算起來，跟章卓予也認識有六年的時間，雖然見面的次數不多，可是他為人親切，又樂於助人，她對他不是沒有感情的，只不過，這感情更加偏向於友情。

這種情況，若是在她的前世，一同出遊幾個時辰並沒有什麼大不了，男未娶女未嫁，還可以增加瞭解的機會，可是眼下的形勢，不管是這個時代的諸多規矩，還是兩個家庭的差異都不能允許這事發生。

她正想著怎麼回絕，萬太太看過來，見到那對少年男女兩兩相望，男的溫文爾雅，此刻卻面泛微紅；女的活潑可愛，而態度坦然大方。

她似有所悟，微微一笑道：「都說男才女貌，你們二人看起來倒是挺般配呢。」

章卓予聞言臉色更紅，哪還敢再看杜小魚，立時扭過頭去。

這種話在此情此景並不適宜，尤其是從萬太太口裡說出來，杜小魚心下不悅，暗暗猜測她到底是什麼意思。

側門那裡有人冷哼一聲走過來。

「我最是不喜沒規矩的姑娘，沒皮沒臉，不懂得害臊！」

章卓予的娘？杜小魚的目光落在萬氏略顯削瘦的臉上，分明看出那句話是對著她講的，可是，憑什麼？

她做出什麼事了要得到這種評價？

章卓予也感覺到氣氛不對勁，忙上前扶住萬氏。「娘您怎麼出來了？」

「我就不能來園子裡看花嗎？」萬氏怒氣沖沖道。

她早就聽說杜家的二女兒跟自己的兒子有來往，心裡已經有些計較，剛才正好聽到嫂子那句話，卻見章卓予立時羞紅了臉，可是那小姑娘面色都沒有變一變，那樣不知羞，要麼是心機深，要麼是臉皮厚，怎麼配得上她兒子？

偏偏自家兒子還真看得上她！

萬太太出來打圓場。「小姑，妳來得正好，我還想讓芳林去叫妳呢。」

難道還要同這萬氏一道賞花？莫名其妙地給人難堪，說她沒皮沒臉，杜小魚再怎麼想給萬太太面子也忍不下去了。

她沈聲道：「萬太太，我想起家裡還有事，只能先回去了。」

萬太太擰了下眉。「我都叫人去園子裡準備了，妳真不能留一會兒嗎？芳林都沒見著妳呢，她大概就要出來了。」

「不好意思，萬太太，辜負您的美意。」杜小魚儘量把語氣放柔。

萬太太見狀也不好強求，就不再挽留她。

杜小魚告辭一聲便轉身出去了，沒有再看章卓予一眼。

「我送妳。」他追上來。

身後一聲喝。「你給我回來！」

看來萬氏確實在針對她，杜小魚心裡不太舒服，只怕以後不能再去萬府借書看了，人一旦年紀大了，什麼事情都變得複雜起來。

她走到縣大門時，章卓予還是追來了，滿頭的汗。

「小魚，我娘對妳有點誤會，妳不要介意啊。」他急切地說道，跑得急，兩鬢有頭髮從玉冠裡落下來，被風吹拂到臉上。

杜小魚笑笑，不知道說什麼好，章卓予還是太單純了啊。

「我沒事，你不用送我的。」

看她依舊是波瀾不驚的樣子，他只覺心裡悶得難受，欲言又止幾回才鼓起勇氣道：「妳什麼時候再來縣裡？」

杜小魚搖搖頭。「我不曉得，沒事就不來了吧。」

「那我、我見不到妳了。」他脹紅了臉，不知從幾時起嚐到了思念的滋味，竟一發不可收拾。

這句話並不含蓄，饒是她經歷過好些事，但面對一個少年這樣表露心跡，面皮也還是稍稍紅了下，卻故作輕鬆道：「見我幹什麼？我要看書的話總要來你們府上的，你還是好好唸書吧，明年不是就要鄉試了嗎？」

他有些失望，每每提到這方面，她總是要說到別的地方去，但也只得順著她的話，點頭道：「我是有好好看書，」說著想到一件事。「妳可有什麼話或是東西要帶去給師兄？我舅舅過兩日要去京城呢。」

李源清嗎？上回那封信寄出去已經好久，再也沒有回信來，她暗自嘆口氣。「不用了。」

兩人再沒話說，杜小魚告辭一聲往前而去。

「等我考上舉人……」他在身後默默道。「到時候一定會好好跟娘說的。」他捏一捏拳頭也轉身回去了。

杜黃花並不知道這件事，幾天後回來說起萬太太的意思，是要她自己找兩個徒弟，從現在開始就帶著學習，她的三師姊、五師姊都嫁人了，在紅袖坊的時間不多，正好缺人手，她便回村裡看看，叫吳大娘幫忙尋一下。

帶弟子也不是什麼容易的事，弟子品行不好更是事倍功半。

吳大娘連聲答應，消息在村裡傳出去，每日都有幾家帶著閨女上門。

紅袖坊是縣裡太太小姐都愛去花錢的地方，接觸的貴人多，像杜黃花以前每月的工錢都不少，賞錢也是經常有的，而自掌管紅袖坊之後，那更是不用說了，一個月抵得上普通農民一年的收入，是以想跟著她學蘇繡的姑娘不少，就是目的不同罷了。

今兒張家、明兒王家，吳大娘瞧得眼都花了，幸好有幾十年識人的本事，挑了五個出來，至於繡花的功夫，那就得杜黃花自己來考驗了。

杜小魚最後不免失望，因為她沒有看到周二丫，其實這是個好機會，一個可以掌握自己命運的機會，但是周二丫錯過了，也不知道是她娘不肯讓她來，還是她自個兒不想來？

這日在田埂相遇，杜小魚忍不住問她。「我姊還沒定下來呢，妳還是可以來找吳大娘的，我記得妳繡藝也不錯。」

周二丫搖搖頭。「我娘不會肯的，要三年呢。」她已經十三歲，三年之後便是十六，她娘現在就在給她張羅婚事了，怎麼可能願意再等三年？

「為什麼不肯？妳學會了就能掙錢，妳娘還不是為了錢嗎？」杜小魚說的是大實話。

但這話未免傷人，周二丫臉色稍稍變了下，嘆口氣道：「小魚姊，我知道妳是為我好，但她終究是我的娘。」她是不好忤逆的，大姊如此凶悍又能如何？還不是讓她娘給嫁去了中順村？她比起大姊來差遠了，根本就逃脫不得，十幾年養育之恩，最後還是要償還的。

真是個傻瓜，杜小魚心裡不好受，所有的不值都化為一聲嘆息。

各人有各命，她既是要選擇這條路，誰也干涉不了。

前幾日李氏又來鬧過一回，說杜堂的腿被打瘸了，已經醫治不好，把這事完全怪在杜顯的頭上，指著他鼻子罵，惹來眾多鄰里圍觀，最後杜小魚放狗才把他們幾個趕走。這事之後，杜顯更加心灰意冷，鬱鬱不樂好幾天才漸漸好起來。

杜黃花的徒弟也定下了，一個是村北金家的小女兒金巧，一個是村東毛家的毛玉竹，兩個人都很勤勞能幹，比起前者的活潑，毛玉竹的性子比較安靜些，跟著第二日就帶去了萬府，聽說萬太太也很滿意，叫著在紅袖坊邊學習邊做些雜活。

那兩家也是性子樸實的，覺著女兒尋到了好生計，經常提著自家種的東西過來，倒教趙氏不好意思收，也就回送些，禮尚往來。

田裡的大青根慢慢發出了枝葉，杜小魚每日照看，不知不覺就到了最熱的時節。

如今他們家也捨得經常吃寒瓜了，井水裡總是冰著三、五顆，等到足夠的時候拿出來吃，冰冰爽爽，又甜，吃得福蛋跟清秋一臉的紅汁水。

「又不是吃完沒有，急吼吼幹什麼呀。」杜小魚拿手巾給他們擦，好笑道：「還要不？裡面還冰著兩顆呢。」

福蛋摸著圓滾滾的肚皮不出聲，顯然是吃不下了，小清秋打了個飽嗝，眯著眼睛躺在竹籐床上，兩個人頭碰著頭緊挨著，不一會兒竟睡了過去。

真是兩個小祖宗啊，杜小魚給他們蓋上層薄單子，收拾起桌上的瓜皮。

誰料到杜顯又來提給她找相公的事。

杜小魚皺起眉。「爹，我早就跟您說過，我還小呢，別整天什麼什麼婆家的，爹是怕我嫁不出去嗎？這麼早就要訂好人家？」

「怎麼會，就是挑花眼才要早早地挑啊！」杜顯笑道：「上回我跟妳提到的那個方家的，方大姊總是問我呢，其實他們家兒子不錯，將來也許也能考上個舉人，不比……」他見杜小魚心不在焉，嘆口氣道：「我曉得章公子的條件是好，可是妳娘說咱們家配不上，唉，妳……妳也別多想了……」

話未說完，杜小魚炸毛似地叫起來。「什麼章公子？什麼叫我別多想？」

見她發火了，杜顯嚇一跳，以為說中她心事，更加關心起來。「章公子確實很好，若是文淵還在咱們家，可不就……唉，罷了，他們萬家到底是縣裡的大戶，指不定多少人家的姑娘求嫁呢。」

杜小魚越聽越不是滋味，怎麼說得好像都是她想高攀一樣？她什麼時候看上過章卓予了？

「爹，以後別再提他成不成？我也沒有瞧上過他，什麼配得上配不上，就算他肯，我也未必肯呢！」

杜顯只當她是說氣話，拍拍她腦袋。「好，好，爹不提了，咱們小魚想找，什麼樣的人沒有呀。」

「您知道就好。」杜小魚仍舊氣鼓鼓的。

這種情況下，杜顯也不敢再多說，省得又惹她生氣，只說到旁的地方去了。

秦氏最近喜得每日合不攏嘴，她的兒媳婦終於懷上了孩子，她那個憨兒子也總算是要當爹了。

趙氏跟吳大娘自是恭賀一番，預祝她早得貴孫，幾個人又圍在杜家說笑。她這次來也是想要些苜蓿種子，早就聽趙氏說過這草牲畜吃了好，只一直沒有留意，最近一下子多了好幾家賣豬肉的，競爭激烈她就想到了這茬。

杜小魚把種子拿過來。「也不要多吃，反而不好。」

「那妳得給我個數。」秦氏可不懂這些，豬什麼東西不吃，他們家吃剩的飯啊、地裡的豬草啊，樣樣都可以拿來餵。

「磨成粉混在豬食裡，每次一瓢就夠了，哦，你們家現在得有好幾十頭了吧？弄個十瓢差不多。」杜小魚比劃了一下。「種地嘛，要是不再多養的話，一畝地也夠了，一年收四次呢。」

秦氏連連點頭。「有妳在就是好，反正總不會錯的，這豬吃了真的好？」

「瘦肉會多一些，也會好吃點吧，我又沒有養過豬。」杜小魚倒也不能保證，只依稀記得是這樣的，肉的比例會比較好。

「也罷，那我就先試試。」秦氏笑起來，得了寶似的把種子包好，又看著杜小魚，眨巴著眼睛道：「那方家的……」

話未說完，趙氏在旁邊咳嗽一聲，說到秦氏兒媳婦。「那吃飯得注意著些，不要著涼……」她們討論起以前的經驗來，一時秦氏又忘了提說親的事。

杜小魚鬆了口氣，轉身跑開了。

第八十章

田裡的草藥慢慢都長好成熟了。

杜小魚這日賣了金銀花跟大青根從縣裡回來，正要進堂屋呢，杜顯神秘兮兮地從後院跑過來，兩隻手藏在後面，笑著道：「小魚，妳猜爹手裡是什麼？」

又不是小孩兒，還跟她玩這個，杜小魚道：「我哪知道。」

「妳猜呀，快！」

看他興致勃勃的樣子，她不忍掃他的興，仔細想了想，一伸手指。「胭脂。」家裡人都惦念著她的終身大事，尤其是杜顯，經常叫她多注意打扮，興許就叫秦氏帶了胭脂不成？她實在猜不出來呀。

杜顯一愣，隨之連連點頭。「是了，是了，爹下回一定給妳買。」

看來不是，杜小魚眨眨眼睛。「簪子？新衣服？」

杜顯還是搖頭。

她沒轍了。「我真猜不出來，爹你快告訴我吧。」

杜顯笑一笑，把手伸出來，只見兩隻胖乎乎的藍兔子正蹲在他手心裡。

杜小魚尖叫一聲，興奮地撲上去。「這，這哪兒來的？這是藍兔子啊！不是上貢的嗎？怎麼會……」她愛不釋手的撫摸著小小的兔子，那皮毛真漂亮，淡淡的藍，在光線下泛著絲綢一般的光芒，比起紫兔子來，又多了幾分華貴。

「是文淵叫人送來的。」杜顯笑道：「還有好多吃的，布料、藥材，整整一車子呢，說早就想送來了，不過之前天氣熱不好運。」他語氣裡既有歡喜也有惆悵，那個人並沒有忘掉他們，可是卻依舊難以見到一面。

是他？杜小魚鼻子忽地有些酸，原來一直沒有回信並不是不想他們了，他還記得她惦念著藍兔子呢！不過這種兔子很難尋到，也不知他是用了什麼法子。

屋裡福蛋跟小清秋塞了滿嘴的吃食，京城裡的東西到底不一樣，美味又好看，趙氏笑著給他們擦嘴，叫著慢慢吃。「東西太多了，一會兒送些給吳大娘他們，美真肯定也很愛吃。」她算是幾家人當中最貪嘴的了。

杜顯點點頭，看著杜小魚道：「聽說這兔子是文淵獵到一頭白鹿跟什麼公主換來的，京城裡就是不一樣啊，都能見著公主了！」他眼裡含著敬畏之色。

公主……

這稱呼對杜小魚來說也很遙遠，可是以此看來，他是真的在京城慢慢扎根了。

「那送東西的人呢？沒有信嗎？」她發呆了一陣，抬頭問道。

「倒是沒寫信過來，不過我叫那小廝帶話給他了。」杜顯笑咪咪道：「妳跟他感情最好，我就叫他幫著想想，給妳挑個什麼樣的相公好。」

杜小魚愣在那裡，半晌說不出話來。

他們家收益日漸多了，良田是多多益善，就算自己不種，租給別人也能生錢的，她陸陸續續把錢拿出來買地，如今家裡已經有五十畝田了。

趙氏笑道：「妳是想做小地主了，不怕妳爹種不過來呢！我看又得僱兩個人。」

杜顯早年操勞，身子骨也吃不消，杜小魚贊同。「多僱幾個，爹以後也別下田了，看著他們就成。」

「那怎麼行？妳這孩子胡說八道呢！」杜顯是勞碌命，閒不得。

「是啊，就聽小魚的，你那腰傷雖說好了，可也難保不會發作。再說，小魚也不是叫你閒在家裡，不是還讓看著那些人嘛。」趙氏也是心疼自家相公的，勸道：「要不你帶福蛋也行，我最近也覺著累，清秋是不消停的，我成天得盯著她。」

聽到娘子喊累，杜顯忙道：「那我來帶他們好了，妳好好歇歇。」

這事就這麼定下來，趙氏跟吳大娘說起僱工的事，隔幾日她就介紹了一對夫妻，就住高家的旁邊，他們跟杜顯家一樣，是被家裡趕出來的，那男人姓鄒，父親病死後，後母掌家，蠻橫霸道，占了家財給她親生兒子，把鄒巒跟他娘子趕了出門。

幾個人聽得都很同情，吳大娘領了來，只見那鄒巒膚色微黑，長得高高瘦瘦，長手長腳，他娘子余氏則剛好相反，矮矮胖胖的。兩個人都很靦覥話少，一看就是老實人，聽說家裡還有兩個孩子，一個八歲，一個才三歲，一家子正愁吃飯的問題。

趙氏想起當年他們家的情形，頗有同病相憐之感，當即就用了，工錢還給得挺高，提前支付了一個月，那夫妻倆道謝不止，當日就去田裡幹活了。

杜顯瞧了幾日，很放心，回來說這夫妻倆不錯，能吃苦，也不偷懶。

「吳大姊介紹的人總是不會錯的，」趙氏笑道：「她心眼好，也當幫人了。」又看看身邊的大女兒。「那兩個徒弟是不是也很好？」

杜黃花點點頭。「都挺勤快的，學得也仔細，尤其是玉竹，我瞧著都比我強呢。」

杜小魚大吃一驚。「還能有人比姊厲害？」

「妳當妳姊是仙女呢，誰也比不上？」趙氏笑道：「我倒是覺得那毛玉竹都學會了才好，萬一明年女婿考上舉人，第二年又得春闈，指不定就要留在京城了，到時候怎麼辦？黃花總不能還在紅袖坊，走了又對不住萬太太，有人能接替那是最好的。」

沒想到趙氏倒是想得那麼仔細，杜小魚連連點頭。「娘說得很有道理。」

飯後，趙氏把杜黃花叫進來。「我剛才說的雖然還早了些，但也不是沒有可能，妳自個兒是怎麼想的？」

杜黃花沈默會兒。「相公也沒有提過這些，不過我相信他。」公公婆婆的心願就是希望白與時可以考取功名，他也確實在努力的唸書，她沒有道理不支持，即便將來有可能分開兩地，那也是沒有辦法的事。

「唉，主要是……」趙氏嘆口氣，輕聲道：「還是一點消息都沒有？是不是女婿的身體……」

說的是子嗣的事，杜黃花擰了擰眉。「相公的身體早就好了啊，可是婆婆又來跟娘說的？」

「這倒是沒有，不過時間久了，難免不會抱怨，妳……妳是不是找個大夫看看？」趙氏斟酌著，小心翼翼道：「萬一真是有什麼，也好治治，若是沒有那最好，也能跟妳婆婆交代。這事關他們白家的傳宗接代，敷衍不得。」她吸一口氣，沈聲道：「但他們家要是無理取鬧，妳也千萬別委屈自個兒！」

杜黃花嘴角動了動，臉微微紅起來。「最近這次的，沒有來……」

「啊！」趙氏驚喜的叫了一聲。「妳這孩子怎麼不早說，害我白白跟妳說剛才一番話。」

「我、我也不是很確定，萬一……豈不是白歡喜一場。」

趙氏攬住她的肩，喜不自禁，多半是了，但嘴裡卻道：「妳說的也對，再等些日子請個大夫看看。」

母女倆說了好一會兒的話才出來。

過了半個月，白家請了大夫去看，確認杜黃花懷上了孩子，杜黃花頓時成了家裡的中心。

「我看索性就叫黃花在家裡養著，這來回坐車的總是不方便。」杜顯翻著手裡的菜單，又道：「今兒燒個魚片粥吧？咱們那塘子裡魚又多起來了，白老哥釣的魚吃不掉全扔在裡面呢！」

那菜單還是以前趙氏懷孕的時候，杜小魚做出來的。

「才兩個月，小心些沒事的。你讓她現在就不做了，哪兒對得住萬太太？」趙氏提反對意見。「多動動也沒有壞處，再說，她婆家都還沒提呢。」

杜小魚笑道：「就是，急著燒什麼吃的，姊回來，那邊肯定也燒了一桌子，你讓她哪吃得完呀？」

「吃不完就妳們倆吃唄，還有福蛋跟小葉子，還怕壞了不成？」杜顯笑道：「我現在又不下地，閒得慌，多弄些吃的伺候你們幾個！」說罷興高采烈地去塘子裡撈魚去了。

「咱們家要出個廚師了。」趙氏忍不住笑。

「咱們以後有口福嘍！」杜小魚也笑起來。

杜顯現在閒著，本來還沒事幹，杜黃花有喜了，就專心研究起菜式，如今是一發不可收拾，每天都要燒好幾個菜，吃都吃不完，指不定真能鍛鍊出高水準呢。

杜黃花在婆家用完午飯就過來了，杜顯又讓她喝了幾口魚頭燉的湯才甘休。

「要不晚上在這兒吃吧，把女婿也叫來，妳爹弄了好幾個菜。」趙氏指一指廚房。「都切好擺著，準備了一上午呢。」

杜黃花笑道：「婆婆也是這個意思。」

她如今有喜，崔氏歡喜得不行，當個寶似的，自然也顧著親家的想法。

「那就好。」趙氏很高興，又問一些紅袖坊的事，叫她小心身體，雖說幫著萬太太，但自個兒也不要太辛苦。

兩個人說了會兒話，趙氏便去忙別的事，杜黃花見杜小魚從田裡回來，使了個眼色，跟著就去了臥房。

「看妳這一身汗的，別累著了，要不那些藥草田也讓人打理吧？妳早晚要嫁人，總也不能照看太久的。」杜黃花拿帕子給她擦了下臉。

杜小魚不以為然。「流點汗才好呢，對身體好，不容易得病，妳不瞧著那些個千金小姐都病殃殃的，哪像我呢，大夫的面都沒有見過幾回。」

杜黃花搖搖頭。「我總說不過妳，就是剛才娘提了下，她心疼妳，說妳就曉得讓爹休息，自個兒卻還是天天下地，又不是像以前，還要跟著吃苦。」

說來說去也還是在為嫁人做準備，杜小魚把外面弄髒的衣服脫下來，換了身乾淨的，在炕上坐下道：「這些事我自己曉得，只不過草藥才種了沒幾年，交給別人也不放心，等都弄清楚了，我自會清閒起來。姊妳還不瞭解我嗎？能僱人做的話，豈會願意自己勞累，我比誰都喜歡偷懶呢，妳看看兔舍，不都是讓人看著，我也很少去察看的。」

倒是沒有說假話，杜黃花點點頭。「妳知道便罷，我主要還有一件東西要交給妳。」她從袖子裡拿出一本袖珍書。

杜小魚打開一看，竟是個手抄本，上面的字跡輕妙柔和，寫的俱是關於飼養牲畜、草藥的知識，她不由得訝然。

「是章公子叫我帶來的。」她探究似的看著杜小魚。「他說妳好久沒有去萬府借書，有些還沒讀過的，他抄錄了一些重要的下來，妳看起來也方便。」

如此用心，杜小魚只覺手中的書本一下子變得沈甸甸的，就要拿不住。

見她出神，杜黃花坐過來一點，輕聲道：「以前爹說起，我還不覺得有什麼，可現在看來，倒也不是胡說的，妳到底怎麼想？」

她是過來人，章卓予這樣做，很明顯是對妹妹有意，但他是萬府的表少爺，若妹妹喜歡也便罷了，若不是，這其中關係便需得處理好。

杜小魚不答，想起這些年與章卓予相處的時光，其實每一刻都是輕鬆愉快的，假如她一直找不到真心喜歡的人，他便是最好的選擇。

然而，她搖搖頭。「章太太不喜歡我。」所以她好久不去借書，也決定沒事的話，便再也不去萬府了。

杜黃花眉頭一擰，那萬氏在府裡很少露面，但面相看著確實很嚴厲，她想了下道：「那章太太喜歡妳，妳便肯了嗎？」

「倒也不是。」杜小魚嘆了聲，還沒到那個程度，章卓予單純了些，但人總會成長，如果她肯等他，將來未必不會契合。只可惜她見識過太多婆媳關係不和導致夫妻分離的情況，而章卓予又是一個那樣孝順的人，他們之間光這點就已經不合適。

「這書妳還給他吧。」她深知自己不擅長容忍，要她恭順謙遜，很難辦到，語氣裡便多了幾分決絕。

真是果斷的性子，可那少年泛紅的臉恍若就在眼前，杜黃花抿了下唇。「這樣也太傷他的心了，妳還是拿著，我跟他提一下便是，也好叫他斷了念頭。」

她手指拂過深藍色的封面，那以後，就更不能去萬府了吧？不免還是起了些惆悵。

杜黃花瞧她一眼。「妳可不要後悔呢。」

杜小魚沒有回答，而是說道：「這事可千萬不要告訴爹！」要是杜顯曉得章卓予的心思，恐怕會歡喜得很，他一早就對這個少年很滿意，只因趙氏覺得自家的家世配不上這才罷了的。

杜黃花也清楚，笑了下道：「妳向來有主意，所以我才沒說與爹娘聽，妳既是作了決定，章公子也是個聽道理的，想必不會胡攪蠻纏，過去也就算了。」

「姊姊確實不同了呀。」杜小魚欣慰道，她做事俐落多了，也有了自己的方式。

兩人正說著，就聽外面有人敲了兩下門，杜顯的聲音傳進來。「小魚，有個姓黃的來找妳呢，說是縣裡來的。」

姓黃的？杜小魚想了又想，真想不出來自己認識的人裡面有誰住縣裡又是姓黃的，她把書往枕頭底下一塞，走出了臥房。

「在哪兒？」

「領到堂屋坐了。」杜顯奇怪道：「妳什麼時候認識這個人的，以前也沒聽妳提起啊。」

杜小魚哪答得出來，她也是一頭霧水，只往堂屋走去。

「杜二姑娘。」那人一見到杜小魚，忙站起來叫了聲，面上掛著訕訕的笑，看得出來很是尷尬。

原來是那個小販子，他姓黃啊?!杜小魚立時板起臉來。

小販子叫黃金穀，今日是為兔子的事來相求，見對方臉色不好，語氣更加客氣了，懇切道：「杜二姑娘醫術高明，我今兒上門來，是想請姑娘去給我的兔子醫治醫治，不知姑娘有空沒有？馬車我都僱好了。」

「在你面前我怎麼敢稱醫術好？」杜小魚冷笑一聲，扔下兩個字。「請回！」

黃金穀早就預想到杜小魚會這麼做，倒也不是很驚慌，換了個愁苦的表情道：「姑娘大人不記小人過，以前是我有眼無珠得罪姑娘，今兒也是想來道歉的，這些，就當賠禮了，還請姑娘笑納。」

他推一推桌上的兩個精美盒子，打開來，一個擺著對精緻閃亮的耳墜，還有一盒則是上好的錦緞。

杜小魚並沒多看一眼，嗤笑道：「這聲道歉來得可真遲，若是你的兔子不得病，想必也不會記起來。」這小販是個只曉得眼前利益，眼界狹窄又卑鄙的人，她十分討厭，所以就算他再怎麼請求也無濟於事。

「這東西你帶回去，兔子的病，有你這份聰明機智，自個兒也能治得起來，你那藥丸不是都賣幾十文一粒的嗎？」

見她不為所動，黃金穀這下真有些著急了。「是我不好，盜用了姑娘的方子，也賣貴了，現在可不是遭了報應，杜二姑娘，這病只有妳治得了啊，要是我有別的法子，也斷不會求上門來。姑娘！妳有仁心，總要救救這上百隻兔子的命！」

誇她仁心？杜小魚忍不住笑起來，他們養的兔子哪隻不是拿去宰殺了的？仁心？真真是好笑。

養牲畜的要能對牠們有仁心還能做得下去嗎？只是養著的時候照顧好，殺的時候別折磨也便罷了。

見到她的表情，黃金穀心裡湧起絲絲寒氣，看來用這個說法並不能打動眼前的小姑娘。

「你走吧！」杜小魚下了逐客令。

黃金穀急死了，叫道：「這些兔子瘋了，把兔毛拔得到處都是，都拔光了！皮都爛掉了！杜二姑娘，我真是沒有辦法治牠們啊！要是妳不救，我就只好全都扔掉了！」剛生下來的一百來隻幼兔，竟然幾天之內全部發了瘋，互相扯咬皮毛，其中不乏有些好的品種，治不好的話，損失足足有百兩銀子左右。

其實起先還是有些兆頭的，可惜他沒怎麼注意，等到後來已是晚了，想起杜小魚曾經警示過的話，好似說到一種病叫兔瘟，是會死光光的，當下就嚇出一身冷汗，忙去選了兩盒禮僱了馬車來杜家。

只沒想到她這樣不好說服，軟硬不吃。

然而，杜小魚聽到他這樣描述，卻是心裡一動。

互相拔毛，甚至拔毛致死，若是她沒有猜錯的話，那是得了異食癖了。

這種病症很少見到，至少她在這兒養兔子的幾年裡都沒有遇上過，她斟酌一下，轉頭問道：「這病發了幾日了？」

黃金穀見是有轉機，忙答道：「大概有七、八日。」

「是不是都是幼兔？」

黃金穀驚喜道：「是，都是幼兔。」她居然沒有見到就能猜出來，可見是會治的，當下更是期盼萬分。「姑娘，妳就幫我治治吧，只要姑娘肯去，不管要我做什麼都是可以的，姑娘，妳權當救人一命啊！」

杜顯在旁邊聽著，心道，這人到底什麼時候得罪女兒了，求得那麼慘，要在平時，聽說是治療兔子，哪回不是急著去看的，而這人又是道歉又是送東西，女兒都還是板著個臉呢。

這是很難得的機會，可以借此練練手，杜小魚道：「我不一定能治好，到時候你是不是又要反咬一口呢？」

「怎麼會呢！只要姑娘肯去，哪怕治不好也沒關係，我絕不會怪姑娘的！」黃金穀一迭連聲的保證。「哪怕找個人證也行。」

「這可不見得。」杜小魚冷哼一聲。「要我治，需得再做一件事。」

黃金穀走投無路，自是樣樣都肯，只沒想到，杜小魚竟是要買下那批兔子，他聽完後半天說不出話來。

但杜小魚後面一句又讓他暴跳如雷。

「什麼？三十兩銀子？」這批兔子最少值一百兩，她竟然乘機壓價，實在是太卑鄙了！黃金穀不幹了。「妳欺人太甚！」

「不治的話就等著死吧，你反正一分都撈不到。」杜小魚淡然道。

黃金穀氣得差點吐血，可如今的軟肋捏在她手裡，他倒是反駁不得，三十兩銀子也是錢，若是全死了，他確實虧得更多，可這是趁火打劫啊！

他瞪著眼睛。「五十兩我就賣！」

「你當我是占你便宜？」杜小魚挑起眉。「你不賣就算了，我絕不強求。」

黃金穀拿起桌上禮物，拔腳就要走，但臨到門口又回過頭來，他到底捨不得那些銀子，用商量的口氣道：「要不四十兩？」

杜小魚斜他一眼，懶得作答。

「三十五兩！」黃金穀豁出去了，這批兔子拔毛太慘烈了，他來之前就已經做好最壞的打算，若是她不治，也就只能全部扔掉。現在能撈到一點是一點，總比什麼都沒有要來得強。

杜顯雖然不懂到底是怎麼回事，但也覺得自家女兒是仗著會治兔子的本事才如此強硬，便走上前幾步道：「我看妳也退一步吧。」

對這種不懂知恩圖報的人要講什麼道義？

杜小魚揚起下頷。「我說過了，你不賣就算，我不會多出一文銅錢的。」

這下黃金穀徹底死心了，臉色灰敗道：「算了，算了，我是倒大楣才攤上這種事，姑娘也真是心狠，竟然這麼絕！」

他們是不知治療這個病需得費多少心。

杜小魚站起來道：「現在就走吧，爹，叫小錦，還有何成來，一起去縣裡。」拖得越久，那批兔子死得越快。

何成是後來僱來專門清理兔舍的人，杜顯不一會兒就找來二人，跟著黃金穀去了縣裡。

第八十一章

杜小魚來到兔舍一看，果真是觸目驚心。

只見滿屋子都飄著兔毛，要麼是自個兒拔的，要麼是被別的兔子拔的，根部都帶著血絲，有些兔子的皮都撕破了，血肉模糊。

她趕緊叫何成去外面買幾十個帶蓋兒的小竹籃子來。

杜顯看得頭皮發麻。「這些兔子真是瘋了，能治得好嗎？」

「我也不是很有把握。」

黃金穀在旁邊恨恨道：「把銀子付了，兔子你們帶走。」

杜小魚拿出銀子給他，等何成回來，指揮他們把兔子分批放入竹籃，而後專門僱了輛平板騾車，載著那些裝了兔子的竹籃便回家去了。

「都這個樣子，不能養在兔舍了吧？」到家後，杜顯把兔子搬下來，一邊問道。

看著都是兩個月左右大的兔子，多數都是普通的白兔，也有少數淺黃的、灰色的，或雜花的，杜小魚想了想。「就暫時養在前排那兩間廂房裡。」他們的新院子造得大，有好幾個房間都空置著。

「也行，我去看看，有東西的話清出來。」杜顯說著就去了。

李錦也知道杜小魚從未接觸過這種病，竟沒想到她居然把病兔子全都買下來，就不怕到時候治不好嗎？

「是不是受到驚嚇了？」他皺眉問道：「才會這樣拔毛？」以前倒也有這種例子，但只是數隻，絕不會這樣大規模的，所以他真是拿不準。

「驚嚇確實會導致拔毛，懷了兔子也會，不過這種情況，要是我沒有猜錯的話，是因為那人在兔子斷奶後沒有好好餵養，加上受涼才會導致拔毛吞食的。」異食癖一般都是身體缺乏某些營養，那小販子最近幾年發了財，輕飄起來，估計養兔子沒有以前細心，投食又單一性，才造成了這樣的結果。

可李錦還是不太明白，餵得不好怎麼就會拔毛呢？

其實要認真追究起來，杜小魚還真無法解釋，反正兔子缺少了一些像礦物質、碳水化合物等營養素，就會有異常舉動，而拔毛特別容易群起仿效，一發不可收拾。

忙了兩個時辰，總算把兔子都安頓下來。

剛才點算了下，這批共有一百一十二隻，有五隻基本是救治不了了，皮膚全都潰爛，奄奄一息，有二十來隻屬於中度的皮膚損傷，暫時單獨的放在竹籃子裡，還有四、五十隻有輕微的受傷，根據觀察，確定沒有拔毛情況的就放一起，有拔毛的分開擺。

最後完好的也就二十幾隻，拿到另外的廂房再看一段時間，如果沒有異樣的話，就能放到兔舍去了。

「這傷也只能讓牠慢慢長好，李錦，這幾天你多看著，要是變嚴重了再告訴我。」她叮囑幾句，出去屋外囤放飼料的地方配置草料。

苜蓿、黃豆、玉米、食鹽、麩皮……

有十來種，硬一些的稍稍絞碎摻和在一起，越多營養越全面，她其實一直都想製作成那種顆粒的兔糧，可惜不好存放，只能作罷。

差不多弄了兩大竹匾時，李錦道：「我來吧，妳去歇著。」

她也確實有點累了，聞言笑道：「好，反正跟咱們以前餵幼兔的差不多，不過苜蓿多放些，總的分量減少些餵了試試，好的話再增加。」她目前也只想到這麼一種辦法，若真只是缺乏營養，那麼這些已經完全滿足，應該就不會再拔毛吃了。

李錦點點頭，拿起地上的空竹匾，去各個袋裡取相應分量的飼料。

「最近看書看得怎麼樣了？」杜小魚坐在矮凳上跟他閒聊起來。「我估算著，你存的銀子也夠租個店鋪了吧。」

「差不多。」李錦笑起來，他又漲工錢了，幾年下來存了七、八十兩銀子。

「到時候要開錦緞鋪的話可以去齊東縣買進布料，我姊掌管紅袖坊，與那邊幾家掌櫃都有些熟悉，你至少不會太虧。」

李錦手停了停。「我走了，那這兒……」

「大不了我自己看唄，我爹現在不下田了，弟弟妹妹也大了，其實空閒的時間挺多的。」

「那藥田呢？」李錦問，她兩邊顧得過來嗎？

杜小魚撓撓頭。「再請人吧。」卻是說得不大肯定。

現在的情況，基本上兔舍她都不管了，就連繁殖的事情都交給李錦打理，要是他真的一走，手忙腳亂是肯定的，可是他有他的路要走，倒不好擋人前程。

「再說吧，布料的知識我還記不大住。」李錦背過身去，只見他身量好似又高了些。

杜小魚不禁想到初見他的時候，那麼矮小，取飼料他還需要踮著腳呢，可是那樣認真賣力，一晃就四年多過去了。

空氣靜靜的，兩個人都不說話，杜顯在遠處看了會兒，忽然發現，挑來挑去，身邊可不是有一個最合適的女婿人選。

雖說不是秀才，可是也看著他幾年了，人品自不用說，孝順，脾氣還好，任勞任怨。

越想優點越多，他一溜煙地往回跑了去。

看他眉飛色舞的，趙氏奇怪道：「有什麼好事不成？」

「妳看小錦這孩子怎麼樣？」

趙氏向來對他印象也是好的，自是沒有一句壞話。

「妳覺得好就行了，我早些怎麼沒有想到！」杜顯喜得眼睛都瞇起來。「他們家孤兒寡母，索性接過來一起住，小魚就算嫁過去了，不也等於在自個兒家嗎？我一直捨不得她，如今可好了。」

趙氏總算聽明白了，原來是看中他做女婿了，忍不住皺眉道：「你又是一廂情願，怎知女兒也肯？」

「我看她對小錦也不錯，必是不討厭的。」杜顯很篤定。

「不討厭就能嫁了？」趙氏道：「還說什麼接過來，那跟上門女婿有什麼區別？他們李家就一個獨苗，肯不肯還不一定呢。」李錦的娘白氏是個看起來溫婉的，聽說當年可是拋棄了家族嫁給李錦的父親。

這樣一個女人，性子定是極為堅韌。

「不肯也沒事，咱們補貼補貼，他們家蓋個新院子就可以了。妳看小錦跟小魚一條心，一個管兔子，一個管藥田，不知多好呢！」

趙氏心裡略有鬆動，大女兒那邊，將來也許真會跟著白與時去到遠處，她倒是不好挽留，若是二女兒能留在身邊，確實是一件慶幸的事。

李錦肯定是不考功名的，安安分分地過日子未必不好。

「不知道小魚到底怎麼想。」這個女兒太有主見，不是他們可以左右的，她說道：「你也不要太上心，她不肯，咱們也沒辦法。」

杜顯想起女兒生氣的樣子，熱心淡了幾分。「娘子說得也是。」

「要我說，倒也不急，先試試她口風，這幾個月過去便要十四歲了，她自己應該也曉得境況。」十四歲一般人家都差不多要說親了，要是十五還不定下來，父母就得為女兒的事情急得慌。

「還是娘子想得周到。」杜顯點點頭。「那就等過完年，尋個機會聽聽再說。」

兩個人商議一番，外邊的杜小魚完全不知道，正跟李錦在餵兔子呢。

那批兔子的情況開始好轉起來，看來果真是缺乏營養的緣故，加上隔離開來，互不干擾，也就不再拔毛了。

就是傷了皮膚要慢慢養，尤其是嚴重一些的，恐怕得要幾個月的工夫才能完全康復。

不知不覺已到寒冬。

杜清秋這日吵著要吃餃子，杜小魚就去秦氏那邊拎了一大條肉回來，剛到院門口的時候，就聽家裡傳來歡聲笑語。

「是有啥喜事了？」杜小魚問。

「文淵來信了，妳快給看看。」杜顯把信遞給她。

杜小魚看了一遍，揚著信，頗為得意道：「爹，二哥都說我還小呢，說不急著嫁人，還說京城裡好多小姐都是要十六、七歲才考慮這事的。」

杜顯瞪大了眼睛，不解道：「是嗎？」

「當然了，難道我還會瞎說，不信您給娘看看。」反正趙氏也是識得幾個字的。

杜顯果真拿給趙氏看。「這孩子真這麼說？」

趙氏看了幾眼，笑道：「他們兩個打小就好，豈會不幫著說話？」她說著看看杜小魚。「不過妳二哥也提到京城裡年輕才俊更多，要妳願意過去，他肯定幫妳找個好人家。」

杜小魚抽了下嘴角。「我怎麼可能會去京城，這話真是胡說了。」

「就是，本就想離我們近些。」杜顯皺了下眉。「說起來，文淵今年也有十九了，不曉得他們家有沒有定下哪家姑娘呢。」

趙氏聞言臉色黯了黯，總歸是用不到他們操心的。

「肯定是大戶人家的小姐。」杜顯憧憬道：「才德兼備、知書達禮，才配得上他。」

重心已經不在她身上，杜小魚也加兩句。「是啊，一會兒我回信問問，他好似都沒有提到呢。」她也很想知道李源清在這方面有沒有跟她同病相憐。

不過肯定比她慘！

官宦之家的公子小姐，哪個能像她這般頂撞父母？而且多是政治聯姻，像庶子庶女，更是淪為犧牲品了。

想到這個，她都忘了自己的煩惱，忙忙地跑回屋寫了封回信。

那封信一直沒有回應，倒是趙大慶那邊託人捎了口信來，說趙大慶的女兒趙梅，跟趙氏妹妹的女兒黃曉英都已經說好人家，趙梅是定下了今年五月十六日出嫁，黃曉英也快了。

那趙梅要嫁的是呂姓人家的小兒子，在村裡開雜貨鋪，叫呂松石，比黃曉英大了兩年，而黃曉英定的是一家姓鍾的，做木匠活的，能讓趙大慶夫婦看上的，必定不會錯到哪兒去。

見她高興地笑，杜顯意有所指。「妳小梅表姊只比妳大了兩歲，看看，也要嫁人了。」

言下之意是她也離得不遠了，杜小魚頓時覺得嘴裡的美味不好吃了，放下碗，苦著臉一言不發。

杜黃花也在家裡用飯，她的肚子早已鼓起來，已經有五個多月的身孕，萬太太叫她暫時回去休息，等生下孩子再說，紅袖坊就暫時讓二師姊柳紅看管，所以她現在一半時間都是在杜家的。

「也不用太急，這麼多人家來提親，總得好好挑不是？有道是知人知面不知心，爹就不怕小魚以後吃虧？」

見到大女兒也在幫著說話，杜顯笑道：「妳說的也沒錯，這些媒人提到的，有些在一個村都是沒有見過一面的，誰知道到底好不好，所以我跟妳娘也不大放心，希望能找個知根知底的最好。」

杜小魚在旁邊豎起耳朵聽，知根知底？他們家的人都比較低調，不太跟多少人來往，現如今認識的幾家人家，好像也沒幾個適婚年齡的少年，杜顯今兒認真說了，是不是有什麼企圖？

可是他們並沒有就這個說下去，飯後，杜小魚跟杜黃花在前院走了走。

「剛才謝謝姊了，妳是不知道，我最怕爹提起這個呢。」她跟杜黃花倒苦水。「總發脾氣也不行，倒說我不孝順，可是我又不喜歡聽這些事。」

杜黃花拉著她的手笑道：「妳啊，姑娘家總要嫁人的，爹跟娘也是為妳好，哪家的父母不是這樣的呢？」

杜小魚擰了擰眉，也不好反駁。

「現在拖得了兩年，但以後還不是要嫁？妳倒是老老實實跟我說，是不是有了什麼中意的人？」

「當然沒有了！」杜小魚忙否認，有的話她就不煩惱了，骨子裡又不是十幾歲的青春少女，哪兒不曉得自己要什麼，就是沒有才煩呀，又不能憑空變出來。

杜黃花掩著嘴笑。「妳都不願意去瞧一瞧，哪會看得上別人？」

相親這種事她也經歷過，最後還不是沒有挑到合適的結婚對象，所以死之前她仍是單身女性。

不得不說，也是「前世」的一個遺憾。

兩人走了會兒，杜小魚問道：「章公子後來再找過妳沒有？他可好？」

想起當時說了那些話，少年剎那間僵硬的表情，此後遇到也是一直有鬱鬱之色，杜黃花嘆口氣。「他並不好受。」

已經過去四個月有餘，他並沒有淡忘的樣子，其實就在她回來之前的幾天，他才來找過她問起杜小魚的境況，對這個妹妹還是很關心。

杜小魚有些內疚，半晌沒有說話。

杜黃花趁著空閒，做了好些衣服出來，有杜文濤跟杜清秋的，也有未出生的孩子的，件件都精緻得很，讓人移不開眼睛。

「這要拿去鋪子裡頭賣，不知道值多少錢呢。」杜小魚嘖嘖稱讚，拿了件天藍色繡雲彩的小袍子給杜文濤穿上。

立刻就像個小大人的模樣。

「福蛋，還不快謝謝你大姊啊？」杜小魚笑咪咪道。

杜文濤抬起頭，微微一笑。「謝謝大姊，」又看著杜小魚。「我叫杜文濤，不叫福蛋了。」從小就是安靜的性子，漸漸大了，變得文雅，舉手投足間都是一股子斯文氣。

「那文濤，想不想去私塾唸書？」杜小魚蹲下來，認認真真問他。

聽到她叫他大名，杜文濤很開心，點點頭。「想去。」

「那好，我一會兒跟娘說一聲。」雖然並不贊成男兒都走功名路，不過要是弟弟真心喜歡，她也肯定會支持的。

杜清秋覺得自個兒受了冷落，這時大聲叫道：「我也要去！」

「妳會識字？」杜小魚白她一眼。「我要教妳寫名字都不肯的，這會兒要去私塾幹什麼？莫不是要去搗亂吧？」

杜清秋跺著腳道：「妳偏心，我去告訴爹，我去告訴娘！」說完一溜煙的走了。

就她這個妹妹的德行，家裡人誰不知道，杜小魚好笑，就算告狀去，她娘肯定也不會縱容她的。

很快臥房就傳來杜清秋的哭聲，想必是被拒絕而使出來的殺手鐧，不過也只對杜顯有點兒用，其他人誰理她，哭哭也就停了。

趙氏這時走出來，道：「福蛋想去唸書了？」

「是啊，我正想跟娘說呢。」杜小魚道：「我教過他一些，一般的書都能看看，反正有夫子教，我瞧著他也確實很喜歡。」

趙氏點點頭，這個兒子早慧，才四歲呢，倒是很難得。「雖然張老夫子那邊學不了，方夫子總行的，趕明兒叫妳爹帶著一起去拜會拜會。」

這事就這麼定下來，杜顯帶著禮去拜訪了方夫子，方夫子看杜文濤長得端端正正，又很禮貌，心裡已經頗為滿意，還聽說已經會背詩，當即就收了下來。

這日，杜小魚在前院看書，暖洋洋的陽光曬在身上很是舒服，她差點都要睡著了，就聽杜顯在跟李錦說話——

「小錦，今兒留下吃飯吧，菜燒得多呢。」

李錦笑笑道：「不用麻煩了，我娘做了飯呢。」

「你這孩子，做了飯你晚上回去吃不是一樣嘛？」杜顯拉下臉。「可是不給大叔面子啊？吃頓飯都不肯。」

杜小魚聽了皺眉道：「他不吃就不吃唄。」李錦生性靦覥，不太愛跟人打交道，就算是杜顯夫婦，往常也說不到幾句話，只做好分內的事便罷了。

杜顯有些尷尬，這丫頭有時候看著聰明，竟也不懂人心意，他越發不高興。「我做了好些菜呢，請小錦吃吃又怎麼了？就妳這丫頭冷心，看他早起晚歸的，妳就好意思這麼差遣別人？」

最近兔舍是有點兒忙，可這說的什麼話，好像她欠了李錦了，杜小魚真不知道說什麼好。

見氣氛有些不好，李錦忙道：「那我回去跟我娘說一聲。」

杜顯這才滿意了。「去吧，去吧，快些來。」

李錦告辭一聲便走了。

杜顯看著他背影笑起來，回過頭卻見杜小魚正盯著他看，便說道：「李錦這少年真不錯，勤勞能幹，又踏實又聰明，妳說是不是？」

杜小魚不答，反問道：「爹非得叫他吃飯幹什麼？」那目光怎麼看怎麼覺得不對頭。

「他又不是沒在咱們家吃過飯。」杜顯也不正面回答，說著就出去了。

今天果然燒了很多菜，滿滿一大桌子，杜小魚看得真無語，就像是要請客一樣。

吃完了，杜顯還拍著身邊李錦的肩膀道：「咱們家的菜總是剩下來，要不以後你中午都在這兒吃得了，也就添個飯碗添雙筷子的事。你來回跑不也浪費時間嗎？我聽說還要看書呢，索性把書也帶過來。」

他這麼熱情，李錦都不知怎麼應對。「這，太麻煩了……」

趙氏忍不住好笑，這事未免做得太過明顯，不過自從杜顯提了這個想法後，也看李錦越發順眼了，倘若能成的話，倒也是好事。

見她娘並不反對，也是笑咪咪的，杜小魚越看越不對勁，李錦又不是他們家的人，怎麼好天天留在這裡吃飯呢？

她疑惑間，又想到她爹以前提到的什麼知根知底的話，立時便有些明白。

難道又在打李錦的主意？

我的天！杜小魚暗叫一聲，頭疼無比。

她迅速地把飯碗一放，站起來道：「我還有些事情要做，李錦，你跟我來。」說罷便離席了，正好解了李錦的尷尬。

見他們二人並肩離去，杜顯皺眉道：「娘子妳看，小魚她到底什麼想法？」

「她精明著呢，這回肯定是看出咱們的意圖來了。」趙氏抿了口湯。「也不用急，再看看吧，咱們女兒性子強硬，其實小錦是很合適的，待我下回問問鍾老弟娘子的意思，看看小錦的娘親是個什麼樣的人。」

「還是娘子想得周到。」杜顯點點頭。

「她雖說掙錢多，可到底也是在村子裡，須知道再怎麼樣，選擇也是不多。小錦已經是很不錯的了，她難道以後一直不嫁人嗎？自個兒也會好好考慮的。」

這話更是一語中的，杜小魚再怎麼出挑，也走不出這個村子，更何況她自己也沒有這樣的想法，如此一來，總要挑選附近的對象，她最後總也是逃不過這一關的。

杜顯差點就要拍手了，笑道：「還是娘子瞭解咱們女兒啊，我也算看出來了，咱們給她找的總沒有用，她不肯難道還能勉強不成？就是給她把個關罷了。我看小錦還是有戲的，就是不曉得他娘有沒有看上哪家姑娘呢。」

倒是提醒趙氏了，她想了想道：「這塘子不還是鍾老弟給弄的，聽說他娘子丁大妹子也是愛吃魚的，明兒你送兩條去。」

「對，對。」杜顯連連點頭。

那邊廂，杜小魚一直在走神，打死她也沒想到他們居然會看上李錦，而且手段是越發高明了，還弄這些個暗示。

不過幸好也沒有明著來，不然叫她以後怎麼跟李錦相處？兩個人總要尷尬的。

可是，現在這事要怎麼解決呢？直接去跟她爹說不行嗎？那樣的話，是不是很快又會找出來一個備選？

看她一會兒皺眉一會兒搖頭的，李錦不禁覺得奇怪，問道：「可是有什麼事？」

「沒有，沒有。」杜小魚忙否認，指指桌上的宣紙。「你幫我寫下兔舍的注意事項。」

他的字比她好看多了，而且兔子多數時間都是他看管的，細節也知道得頗為多。

看著他秀氣的側面，專心致志寫字的樣子，杜小魚心想，這個人倒確實不討厭，即便爹娘有這種意圖，心裡排斥的感覺其實也並不強烈，只是覺得驚訝罷了。

也許是她從未想過這種可能吧？

這麼一想，心裡有個想法隱隱成形了，若是對這事既不否認也不承認的下去，爹娘也就不會那麼著急要幫她尋找夫婿……

說到底，她還是敵不過這兒的習俗的，即便想過年紀大些再找，可是她能對家人的擔憂無視嗎？

看著他們憂心，心裡也定然不會好受。

但很快又有一個問題出現了，李錦的想法會是什麼呢？若是他們家找了合適的對象，那倒也乾脆，她只好打消這個念頭。

如沒有，也許這也算一個機會？

一個可以給自己拖延時間，可以好好想清楚的機會。

第八十二章

第二日，杜顯就拎著兩條肥大的魚跟趙氏去鍾大全家了。

鍾大全家跟李錦的家離得很近。

丁氏正在門口納鞋底呢，見到他們來，驚訝地站起來。「大哥、大姊，你們怎麼會來了，可是找我家相公？」

「我們家塘子裡的魚都快滿得跳出來了，這不送兩條給你們嚐嚐。」杜顯把魚簍遞過來。「鍾老弟原來不在家呀，可是去看地了？」鍾大全除了給他們家做僱工，同時也接些別的活。

「是的，才走的。」丁氏接過魚簍，笑道：「你們真客氣，午飯就留這兒吃吧。」

「不用，我這就回去弄了，娘子妳難得出來走走，跟大妹子說說話。」杜顯招呼一聲，先回家去了。

丁氏把趙氏請進屋，給她倒了水，在對面坐下歉意道：「也沒什麼好茶。」

她對杜顯夫婦是很感激的，鍾大全雖然一直是他們家的僱工，可是從來都對他客客氣氣，逢年過節還送很多吃食，工錢也給得高，這樣的東家實屬少見。

趙氏笑道：「茶這東西我慣常也是喝不出好壞，也就小魚她喜歡買些回來。」見丁氏有些拘謹，她便道：「剛才看妳納鞋底呢，是給小鵬的吧？前些日子見過他一回，長得真快。」

鍾小鵬是鍾家唯一的孩子，從小就很受愛護，也在方夫子那裡學習，就是唸書唸得不怎麼好，縣試還沒通過呢。

丁氏點點頭。「是啊，這孩子光長個頭了，鞋子是每年都要換幾雙。」

「我們家文濤跟清秋也是，光顧著給他們做衣服、做鞋子了。」趙氏說著把話題往白氏的身上引。「聽說你們家隔壁的白大妹子繡功是很好的，做鞋子也很有心得，是不是？我們黃花雖然繡花厲害，可納鞋底就不行了，我倒想給她做雙百層軟底的。」

「沒錯，我這就是她教的。」丁氏笑道：「以前小錦沒在你們家做工的時候，就光靠她給人做東西掙些錢。」

趙氏皺著眉。「小錦在我們家也做了好幾年了，不過跟白大妹子一直不太熟絡，我瞧著好像不大愛說話，也不知道貿然去請教她會不會不好。」

「大姊放心，這斷然不會的，白大姊就是話少些，她常常在我面前說小錦運氣好，遇到像你們這樣好的東家。」丁氏情真意切。「只是她也不知道怎麼感謝，就只教育小錦好好做活，不要偷懶，千萬要對得起你們。」

趙氏聽了暗暗點頭，小錦這樣勤勞，想必也是因為他娘教得好，看來確實是如此。

「說起小錦，他年紀也不小了，白大妹子就沒想過給他找個媳婦？」趙氏笑道：「要是我，恐怕得好好挑呢。」

「怎會沒有，都有幾家來說了，不過白大姊說還是要小錦自個兒找個中意的。」丁氏嘆口氣。「白大姊以前可是富貴人家的女兒呢，他們家原先是開錦緞鋪的，要不是白大姊看上了小錦的爹，也不會過上這種日子。她總覺得拖累了小錦，讓他跟著吃那麼多苦，所以也不想拘著他，跟我說，只要小錦看得上就行了。」

趙氏聽到這裡已經很放心，看來白氏是個通情達理的人，那麼一切便只需要看李錦了。回到家，她就把這事跟杜顯說了，兩人一合計，決定再試試二女兒。若是二女兒沒有反對，那麼李錦也有意的話，這樁事也就差不多能成。

這日杜顯又在她跟前說李錦怎麼怎麼好，故技重施。

杜小魚早知道他們的想法，笑道：「爹把他誇得這麼好，是不是想給李錦找個媳婦啊？」

杜顯點著頭。「是啊，聽說都有幾家有意把女兒嫁給他呢。」一邊就在打量杜小魚，想看看她的反應。

「哦，那白大嬸沒有看中哪個嗎？」

居然會問這個，杜顯始料未及。「這個、這個……好像沒有吧。」

「那爹打算給他找個什麼樣的媳婦呢？」杜小魚笑咪咪道：「李錦確實不錯，不怕累，脾氣也好，將來可能還要開個錦緞鋪，所以這媳婦也不能差到哪兒去，是不是？爹有合適的人選了嗎？說出來給我聽聽呢。」

這一連串的話把杜顯堵得說不出話來，忙藉口有事躲開了。

經過幾次這樣的試探，他絞盡腦汁，發現怎麼也猜不到女兒的心思，這到底是對李錦有意還是無意？無意的話，應該早就發火了，可是聽著也不像是有意。

趙氏聽完也覺得猜不透，除非是直接去問二女兒，可是這樣的話，就是逼得她表態，也許會弄巧成拙，便只得說再看看。

這一關算是暫時通過了，只杜顯頻頻留李錦吃飯，各種製造機會，還是讓她覺得有點兒危險，要是被李錦覺察出來，只怕到時候會尷尬，幸好他倒是一直沒有什麼反常的舉動，好像什麼都不知道一樣，這才略略心安。

最近秦氏跟崔氏的關係漸漸好了起來，聽說兩人有次在廟裡進香時遇到的，各自的媳婦兒都懷了孩子，所以能聊的話題很多，常常約了一起去上香，至於要菩薩保佑的是什麼，眾人心知肚明，都是為了孫子唄。

傳宗接代在這個時空無比重要，生不出兒子像是一種恥辱。

杜小魚也很是擔憂杜黃花。

胡氏的運氣倒是比較好，四月初她生下來一個大胖兒子，把秦氏喜得直掉眼淚，直接封了個大紅包給她，聽說足足有一百兩，因此她的親家也很滿意。

崔氏則很羨慕，近日裡都圍著杜黃花噓寒問暖，去廟裡的次數更多了，香油錢都添了不少呢。

四月份，院子裡的薔薇花又開滿了，她悉數摘下來晾曬乾，偶爾取三、五朵跟茶葉一起泡，別有一番風味。

卻說周二丫那裡，她娘果真早早的就給她定好了人家，這日便來找杜小魚，送給她一個親手做的香囊。

那香囊很精巧，看得出來是花了不少功夫的，杜小魚頗為感動，但也覺得很奇怪，問道：「怎麼會想到送我這個？」

「我下個月就要嫁人了。」周二丫聲音低啞。「可能以後很難見到了。」

「啊？」杜小魚大驚。「定的哪家的人家？」最近吳大娘又去她兒子那兒了，也沒來八卦村裡的事情，她竟是絲毫不曉得。

「隔壁七甲村的。」她聲音裡帶著傷感之情。

「妳若是不想嫁，我會幫妳想辦法的。」杜小魚忙道，她娘貪圖錢財是錯不了的，這家估計家境應該不錯，就是不曉得人怎麼樣。

「不，那戶人家挺好，娘還特意讓我看了下的。」周二丫眼圈有些泛紅。「我只是覺得，有些……有些遠。」

其實也就兩、三天的來回時間，杜小魚鼻子也有點酸，這個幼年結識的朋友終於要嫁人了，她一直想要讓她擺脫這種命運，然而，最終還是無法改變。她嘆了口氣。「妳真決定就這樣嫁人了嗎？」

「嗯。」周二丫盡力露出笑來。「小魚姊將來一定能夠找個好人家的，到時候可要告訴我一聲。」

杜小魚點點頭，不知道說什麼話才好，看著周二丫離去的背影，心裡只是很多的感慨跟惋惜。

因黃曉英跟趙梅的婚事在即，趙氏打算買兩對分量很足的赤金手鐲當賀喜禮物，杜小魚想想也不錯，按照後世的觀念，貨幣會貶值，那黃金總是保值的。

所以趙氏去金鋪購買的時候，杜小魚也訂做了一件東西。

周二丫給她的紅寶石一直存放著呢，如今正是送還的時候了。

過不了幾天又去取，那鋪子效率還是很快的，戒指很快就做了出來，十分精巧，她小心放入荷包，到了周二丫出嫁的時候便送與她。

那段年幼時的情分好似就在這一刻劃上了句號。以後就算回來探親，只怕也再難有過去的單純時光了。

五月初，他們家僱馬車去了趟南洞村，留了三、五日，因為杜黃花要生孩子的關係，也不好多作停留，依依惜別一番就回去了。

杜黃花在半個月後生下了一個女孩兒，當穩婆從房裡報出來的時候，杜小魚的心裡便是咯噔一聲。

崔氏的舉動誰都看在眼裡，她是多麼期盼有個孫子啊，杜小魚偷眼往她看去，果然見到她有些不高興，便在心裡想著，若是一會兒崔氏給杜黃花臉色看，她也一定不會甘休。

幸好白與時也瞭解他娘的心情，搶先表達了喜悅之情，走到崔氏的跟前笑道：「我一直想要個女兒呢，最好可以像蓮花小時候那樣乖巧聰明。娘，您記不記得，蓮花最喜歡纏著我講故事，也喜歡跟在娘後頭到處跑……」

崔氏心裡最軟弱的地方被擊中，眼睛濛上淚光，忙走進房裡去看她的孫女。

那小小的臉皺皺的，她定定地看著，好像真的看到了白蓮花剛出生的時候，可不是一樣嗎？她鮮活的躺在那裡，哭著，叫著。

她淚如泉湧，抱起小孫女。「看呀，真的像蓮花，我的好孫女！」

白與時摟著杜黃花，緊緊握住她的手，低聲道：「辛苦妳了。」

「以為娘要失望呢。」杜黃花吁出一口氣，頗為歉疚。

「娘也是口頭說說，只要妳我生下來的，沒有不喜歡的。」白與時笑道：「再說，時日還長，不是嗎？」

杜黃花倚在他懷裡，略帶了害羞，輕輕地點了下頭。

杜顯夫婦看在眼裡也算放心了，就算這婆媳之間有矛盾，只要女婿是站在女兒這邊的，也就沒有什麼是解決不了的。

「這個孩子叫她念蓮，好不好？」白與時唸出來的時候，心裡也是沈痛的，雖然過去那麼久時間，可是他們都沒有真的忘掉白蓮花，尤其是崔氏，若是這個女兒可以讓她得到安慰，那再好不過。

杜黃花明白他的心思，自是沒有不同意的。

「我會好好教她。」白與時像是在對自己說，他要好好盡一個父親的責任。

杜小魚也過來看她的小外甥女，這個孩子若是集合了杜黃花跟白與時的優點，將來定是個秀麗的小姑娘呢。

兩家子其樂融融，又在商討洗三的事情。

眼前已經是六月份，等到孩子滿月，也該是白與時去京城考秋闈的時候了。

杜清秋在院子裡奶聲奶氣的喊道：「娘，有個章公子來了。」

此時，章卓予已經走到門口，恭敬的向趙氏行了個禮。

趙氏在猶豫到底該怎麼做，她本想直接拒絕讓他見小魚的，可最後還是顧著跟萬家的關係，沒有出聲。

自家女兒是個聰明的，她想來想去，覺得也許應該讓女兒自己解決，就叫杜文濤去把杜小魚找來。

見到章卓予，杜小魚愣住了，她以為杜黃花已經說得足夠清楚，可沒想到他居然會上門來。

「姊，章公子說給妳帶書來了。」杜清秋道。

章卓予的臉更紅了，兩手都不知道該往哪兒擺。

杜小魚哪兒不知道這話是藉口，朝章卓予看了眼，又對趙氏道：「娘，我有事跟章公子說，我們出去一會兒。」

趙氏點點頭，應允了，又叮囑道：「章公子是客人，妳可要有點分寸。」

杜小魚應一聲，領著章卓予往外面走。

杜顯出來正好看到二人的背影，驚訝地問趙氏。「這個、這個是不是章公子啊？」聽到肯定的答案，他恨不得跟去聽聽他們會說什麼，見到桌上的東西又喜道：「這是章公子送的？」

趙氏見他高興的樣子，提醒道：「只是來送書而已。」就算真是有意，也是太難。杜顯對這個少年一直是欣賞的，聞言嘆口氣。「罷了，我不該再想這些，小錦也挺好的，那章公子再怎麼好，我們小魚好似也不見喜歡呢。」

她好久都沒有去過萬家，可見也沒有這份心思，他又打消了念頭。

兩人來到院子外面，遠處是一片片田野，就要到豐收的季節，滿是累累果實。

杜小魚在走的時候一直在想，到底要怎麼跟章卓予講才會達到比較好的效果，然而，她站定後，卻是他先開了口。

「小魚，黃花姊上回說的話我想了好久好久……妳是怕我娘不答應吧？」他熱切的看著她。「我馬上就要去參加秋闈了，如果考中的話，我會同我娘好好說的，妳不用擔心這些。」

杜小魚聽著挑起了眉。「我姊就跟你說了這些嗎？」

章卓予竭力鎮定。「黃花姊說妳還未想考慮這些事。」

看來是對他說得比較委婉，杜小魚暗嘆一口氣，難道就非得逼著她說得那麼清楚？可是眼下這個機會又不合適。他即將去科舉，若是說出來勢必會影響心情，到時候真考不上，她肯定會覺得愧疚的。

「其實我娘上次也是誤聽了別人胡亂傳話才會這樣的，我已經替妳澄清了。」他急切地添加一句。「妳好久不來府裡，可是在為這事生氣？」

胡亂傳話？其實從外人看來，她確實跟章卓予頗有接觸，想得多的人也難保不會猜她有什麼企圖，而萬氏就一個獨子，把他看得無比重要也是正常的。

「我沒有生氣，只是沒什麼特別的事就不來府裡了。」她笑著解釋兩句。「家裡也比較忙，實在抽不出空來。再說，你也得好好看書嘛，我不想打攪你。」

章卓予面上閃過絲委屈，自己為了她不知道浪費了多少時間去傷神，結果就換來這樣幾句話，他抿了抿唇。「那我考完了就會有時間了，妳到時候可以來府裡吧。」

杜小魚有些難以應付，想了下，她說道：「等你從京城回來再說這些，好嗎？」

好似所有的熱情都被堵在胸口裡，章卓予看著對面平靜的臉，問道：「那我回來的話，妳真會聽我好好說？」

「這是什麼傻話，咱們是朋友，哪有不說話的道理？」她微微一笑，揮起拳頭鼓舞道：「你這次可一定要考中呀！」

她笑起來便燦爛得好像陽光了，那樣親切活潑，他心裡稍稍輕鬆了些，點點頭。「我會盡力的，那妳等我從京城回來。」

就是普通朋友也一定會替他打氣的，杜小魚笑了笑。「好，等你回來，我們再說。」

看他走遠，她緩緩吐出一口長氣。

五日後，白與時也要啟程去京城，小女兒剛剛過了滿月，五官越來越清晰，真真是長了兩個人的優點，一雙眼睛烏黑發亮，寶石般的漂亮。

白與時很捨不得，抱著不撒手，杜黃花笑道：「來回就一個多月，很快就過去了。」

崔氏拎著些路上帶的乾糧放進僱來的馬車裡，也道：「你也不要太掛心，還怕為娘的不好好照顧你媳婦兒跟女兒？給我好好考試才是正理兒。」又叮囑同行的白士英照看好兒子。

「是，娘教導得對。」白與時笑笑，把女兒放回杜黃花手裡，順便捏了捏她的手心，輕聲道：「我考完會儘快回來的。」

杜黃花衝他一笑，叫他路上小心。

兩個人一走，白家就只剩崔氏跟杜黃花婆媳倆了，田裡的活雖然請了人，但還是要經常看管下，所以崔氏也很忙。趙氏心疼杜黃花，怕沒人做飯給她吃，又要帶孩子，就叫著一起來家裡用飯。

反正她已經從帶孩子的忙碌中解脫出來，兩雙胞胎一個已經去唸書，一個也大了，加上杜顯也空閒著，基本沒有什麼要操心的。

倒是杜小魚比較沒得空，成天都在研究種草藥的事，看看什麼藥材合適這兒的氣候，又能賣個好價錢。

現在金銀花跟大青根已進入穩定的狀態，再多種個十畝、二十畝都不是問題，除非天災，對她來說再無任何挑戰，最近便又在琢磨著是不是種些白朮或者紅花。

不過趙氏對她的舉動好似不太贊成，前幾日還說家裡足夠富裕，光她養的兔子就能支撐一家子的開銷，再加上那些田，完全沒必要再去勞累操心這些事。她是心疼女兒，從小就沒過過無憂無慮的生活，現在安穩了，還不停歇。

「看妳還天天去田裡，為娘的都不好意思閒著。」趙氏這日又拉她過來坐下。「妳就聽為娘的一次，那些個田就不要弄了，請了人看管，妳光是養養兔子也便好了。要不請個夫子教教琴棋書畫？黃花那會兒還死命要我讓妳去私塾呢。」她露出幾分內疚。「以前是窮，學不起來，妳如今想學什麼都行呢。」

她可沒有這份閒情雅致，杜小魚笑著道：「我又不覺著累，只是好玩罷了，看著草藥長出來，很高興。」

「妳這傻孩子。」趙氏替她攏攏頭髮。「以後高興的事可多著呢。」只要她收心找個相公，將來相夫教子也是樂趣多多，只是她不曾體會到而已。

杜小魚假裝聽不懂，嘿嘿笑了兩聲，還是退後了一步。「那我少種些行了吧？多陪陪爹跟娘，能不去田裡就不去吧。」

「妳倒是說得出做得到才好。」

「那當然，女兒一向說話算數的。」她做了保證。

趙氏也不再逼她，慢慢來，笑著點點頭。

離白與時回來的日子漸漸近了，杜小魚這日還是照舊巡視了下種草藥的二十來畝田，交代看管的人幾句話，比如看到枝葉有異常狀態都要及時稟報，這天氣又該注意些什麼等等，說完也就回去了，只沒料到在路上竟遇到一個人。

陽光異常的猛烈，從他背後照過來，模糊了五官，只看得到高高的個頭。

那身姿既熟悉又陌生，她定定的看著，看著他一步步慢慢走過來，未等看清容顏的時候，已然脫口叫道：「二哥，是你嗎？」

然而，叫出口的時候才發現他已經不是她的二哥，可是這個稱呼那樣親切溫暖，她怎麼也改不了口。

李源清也靜靜的看著她，她長大了，也長高了，渾身散發著獨有的明媚氣息，像山裡盛開的薔薇花，恣意又熱烈。

她長成了他想像中的樣子，絲毫不差。

這一刻，他緊繃的心忽地鬆懈下來。

第八十三章

「小魚。」他露出了笑，如同剛從私塾回來，回家裡來。

可是，杜小魚下一刻就問道：「你怎麼會來？你不是應該在翰林院學習嗎？」並不是有空的時候啊，她萬分驚訝。

「看到我不高興嗎？問東問西。」還是跟以前一樣，總是問些現實的問題，她實在太理智了。

「這……我當然高興，可是，你這樣回來不會有事嗎？」杜小魚擰起眉，好像翰林院很嚴格的，比起私塾，一般的書院更是不同了，他從京城到這兒來回起碼一個月呢！難道是請假了？

李源清實在受不了她的目光了，嘆口氣。「我們書院也會放假，不然我也不敢隨意出京城的。」只不過在放假的理由上，他又找了書院的博士，談起收養他的養父養母，懇請博士多放他幾天，博士見他不忘貧困的養父母，很是感動，答應了。

杜小魚這才放心，笑著道：「那快回去吧，爹跟娘看到你肯定很歡喜呢！哦，對了，姊生了個女兒，可漂亮呢！姊夫去京城參加秋闈了……」她嘰嘰喳喳說起家裡的事，十分自然，跟以前倒是一般無二。

他微微笑著聽，又道：「我送的兔子可好？」

「啊，都忘了謝謝你！」她叫起來。「很好，都生了小兔子了，值錢得很呢。」她說著看看他。「聽說你是跟那什麼公主換來的？」

「藍兔原是貢物，是皇上賜給惠平公主的，她也不敢拿來交換，我給妳的乃是原先那對藍兔生下來的幼兔。」他細細解釋。

原來如此，倒是費了一番周折，她又謝了他一番。

「真給我生分起來了？」他瞇起眼，三年了，一晃眼竟然已經過了那麼久，他們之間的情誼到底還是淡了嗎？

見他臉色微沈，杜小魚搖頭，無辜道：「怎會，就算你仍在家裡，我照舊要謝你幾遍的，這兔子可不尋常。」

她很聰明，自然看得出來李源清是怕時間沖淡了他跟他們一家子的情分，便伸手拉住他的袖子，笑著搖了搖道：「可是要這樣，你才覺得我跟你不生分？」

他終於又笑了。「好吧，是我想太多。走，咱們這就回家去。」

好像真的是回到了以前，杜小魚看著前頭在被陽光拉長的兩個長長的影子，心裡有暖暖的感覺湧上來。

不管過了多久，他仍是她最親近的家人啊！

見到李源清，杜顯跟趙氏簡直不可置信，尤其是杜顯，把眼睛揉了又揉，恨不得叫女兒上來掐他一把，以為是作夢了呢。

「文淵……」他激動地喊道，上上下下地打量他，但很快又想到那早已不是自家兒子了，又尷尬的撓撓頭。「看我這記性，李公子……」

李源清聽得心裡一痛，忙道：「就叫我文淵吧。」

「好，好，文淵。」杜顯又手忙腳亂要去倒茶。

杜小魚笑著拉一下他，說道：「爹您坐著跟二哥說說話，我去。」

等到端了茶來，卻見杜清秋正好奇地拽著李源清的袖子，兩隻手黑漆漆的，也不知道去哪兒搗鼓了，弄了他滿袖子的黑印。

趙氏急得把她拉過來，斥責道：「沒禮貌，還不去洗洗手！」

不想李源清卻又把她抱了回去，笑著道：「小清秋長這麼大了。」他離開的時候，她還只是個小嬰兒，沒到一歲，如今已然是個可愛的小丫頭了，那眼睛、臉型，跟杜小魚如出一轍。

「快叫哥哥。」杜小魚把茶放在桌上，點了下杜清秋的腦袋。「一來就把人衣服弄髒，妳看看妳，就沒個乖的時候。」

杜清秋眨巴著眼睛，目光滴溜溜的在他臉上轉個不停。

「不記得我了？」他點點她鼻子。

杜清秋咧開嘴一笑，又伸手去抓他頭頂束髮的玉冠。

杜小魚知道這個妹妹好動，再在李源清身上待著，只怕什麼地方都要拽著一下玩，便趕緊把她抱下來，叮囑道：「你可不要縱著她，不然這身衣服就得毀了。」

他今兒穿著件蓮青色的交領右衽大袖長袍，簡單清爽，但料子仍然看得出來是上等的，輕薄透氣，這種天氣最合適。

「對，對，不要讓她碰了。」杜顯也說了一句，又笑道：「看你都出汗了，喝口涼茶吧，趕這麼遠的路過來累著了吧？」

「還好，前些日子下了雨，路上倒也不算多熱。」他端起茶喝，只覺得原本想了很多話要說，可是卻怎麼也記不起來了。

杜顯也有些木訥，只看著他笑。

這個親手養大的孩子現在完完全全是個大人了，比起以前來，眉眼更顯英俊，但也多了幾分沈穩。

倒是趙氏說了一些話，問候了李源清的爹娘，又問問他在翰林院的事情，杜小魚見狀就去把杜黃花叫了來，一家子坐著閒聊，不知不覺就到了午時。

又是杜顯大展身手的時候，這次比平日裡的菜自然燒得更多，他是使出了十八般武藝，恨不得把家裡能吃的全都拿出來煮了。

李源清看著滿桌子的菜，驚訝不已，脫口道：「爹的廚藝如今這麼好了？」

他叫他爹！杜顯的眼睛一下子紅了，接不上話來。

他才意識到又說出來原先喊了十幾年的稱呼，心裡又隱隱酸痛，看到其他幾人都是既高興又傷懷的神色，自嘲一笑道：「改不過來了，就這樣叫著吧。」又看看趙氏，鄭重地喊了一聲娘。

趙氏看著他，慢慢點了下頭，哽咽道：「快坐下吃吧，嚐嚐你爹的手藝。」

見氣氛實在有些凝重，杜小魚挪開椅子，把李源清一拉，挾了塊魚片放他碗裡。「吃這個，我覺著爹燒這個最拿手，又滑又嫩呢。」

李源清嚐一口，連連點頭。「真不錯，比起京城那些大廚也差不了。」

「瞧都把他誇上天了。」趙氏笑起來。

「其實是按著小魚說的做的，放了雞蛋清醃一會兒，這才那麼滑呢。」杜顯撓撓頭，把那盤菜推過來一點。「你喜歡的話，多吃一點。」

崔氏看著這幕情景衝杜顯夫婦笑道：「你們倆可算是盼到這一日了。」又問李源清。「這會兒回來是要住幾天啊？聽黃花說，你在京城那什麼書院學習？」

「是翰林院。」杜小魚搶著答。「要學三年呢，肯定不能留多少天的。」

「可惜了，還以為能多住幾天。」崔氏道：「我兒也去京城參加考試了，這些天就要回來呢，哎，也不知道能不能中。」

「以姊夫的才華，應該不成問題。」李源清笑笑。

一頓飯吃完，他又抱著白念蓮玩了會兒。

杜顯瞧著他有些兒勞累，早就把一間臥房收拾好，叫著去休息下，又讓杜小魚送些油桃、葡萄過去。

她把水果放在桌上。「你趕路也累了，多睡會兒。」

見她要走，李源清說道：「妳猜我在京城見著誰了？」

他們兩人共同認識的還能有誰，杜小魚想了下道：「莫非是章卓予？他上你們家去了嗎？」

「那倒不是，在路上遇到的，還真是巧。」他笑容裡含著絲說不清的東西。「師弟他提到妳，說最大的心願不過是洞房花燭夜，金榜題名時。」他頓一頓，極為認真地問：「妳可是應承他什麼了？」

杜小魚很驚訝。「他真跟你這麼說？」

「我難道還會騙妳？」

她頓時覺得一個頭兩個大，哀呼道：「我沒想到他竟這樣自信，我可是什麼都沒有應承他！」什麼洞房花燭夜？他當真覺得自己能說服萬氏嗎？再有，就算能說服，可是她又沒有說過要嫁給他的。

李源清慢慢笑起來，伸手拿了一個油桃放在嘴邊，自己果真還是白擔心一場，不過也不算白來，他早晚都需要一個答案的。

「妳不喜歡他就該好好說清楚，省得惹人白白傷心。」他規勸一句。

杜小魚有苦說不出，也拿了油桃在嘴裡啃，半晌道：「你當我不想說？要不是看在他要去考試，我早就說明白了。」

她臉頰微微泛紅，帶著薄怒，說的自是真話。

「上回爹叫人帶話給我，讓我幫著想想可有什麼好人選給妳做相公。」他斜睨著她，似笑非笑。「妳好似說過不到十五也不願考慮此事，現在也是這般想法？」

豈止是十五，再過三年也不是問題，可是家裡人到時候就要急壞了，杜小魚煩惱不已，嘆口氣。「看機緣吧，我不想勉強自己，但也不想傷了他們的心。」

李源清便沒再問。

兩人不一會兒就把所有水果都吃光了，杜小魚忽地道：「你幾時走？」

「待兩天吧。」

「也好，住久了爹跟娘又要不捨得，兩天就好，也算解一解他們的思念。」相聚容易分別難，總是如此。

她神情淡淡的，像是把自己脫離在外，他微微瞇起眼，探究似的問。「就只爹跟娘這樣嗎？妳就一點也不想我？」

她噗哧笑起來。「我為什麼要想你？你在京城好吃好住，又有錦繡前程，那是很好的事情，若真的太想念，我也可以去京城看你，是不是？光賣賣藍兔，早晚都能在京城蓋個小院子呢。」

李源清語塞，竟不好反駁，但心裡的不甘一絲絲湧上來，隱隱已經有些不快。

看著眼前平靜的臉，她其實同以前並沒有什麼區別，她沒有變，變的人是他罷了。

這幾年，好似過得那樣一帆風順，即便有嫡母的刁難、兩個兄長的排擠，可是於他來說，都是雕蟲小技，他在翰林院是數一數二的優秀學子，在京師交遊廣闊，聲名鵲起，但還是缺了什麼。

缺了他自己也不知道的東西。

可是回來時見到她的第一面，他明白了，之所以拒絕了那些個大家閨秀、千金小姐，原來是因為早在很久很久之前，他心裡就已經空出了一塊地方。

只是太模糊，模糊到他一直也沒有察覺。

然而，那空出的地方到底有沒有意義呢？若按照現在的情況來看，未免太不樂觀。

她還是停留在他是她二哥的情感之上吧？

想到這些，他的心情慢慢平靜下來。

那只是短短一瞬間的片刻，杜小魚沒有察覺，又問道：「我上回給你寫的信，你一直都沒有回，倒是說說，你家有沒有給你定下哪家的姑娘？」

他搖搖頭。

「怎麼可能？」她奇怪道：「你馬上二十了呀！又是庶起士，怎麼可能呢？」再說，他外在的條件也一樣好，父親是二品大員，難道是他那個嫡母在其中搗鬼不成？但想想也不對，再怎麼看不慣庶子，那也是一個很好的利用工具，一榮俱榮，一損俱損，那李家當家主母不至於那麼糊塗吧？

看她想不通的樣子，他不禁好笑。「就只允許妳不嫁，不許我不娶嗎？」

她瞪大眼。「你違抗父母之命？」這膽子也太大了吧，官宦之家可不像他們普通的村民呢。

「何須提到違抗，敵在明，我在暗。」他狡黠地笑。

看來手段很高超，杜小魚頓覺遇到知己，極為高興，分享經驗道：「我現在也在用拖字之一訣呢。」

李源清皺起眉，不是沒有應承之說嗎，怎麼卻又來拖延一事？

杜小魚「前世」也是有幾個異性朋友的，那時候他們經常介紹身邊的單身同事或同學給她，並且促成一次次的相親，所以現在她正是把李源清當作這樣的角色，沒有隱瞞，當即就說了杜顯跟趙氏的意圖。

李源清聽完之後也不知道該做什麼反應，頗有些哭笑不得。

「要是李錦家裡不給他壓力的話，倒也能拖些時候。」她還很是得意。「你看我這法子好不好？」

他輕咳一聲。「妳覺得好就行，不過不怕李錦誤會嗎？」

「我又沒做什麼讓人誤會的舉動，怕什麼？再說，就算真的誤會了，我也會解釋清楚的。」她不以為然。

感情這種事，只要有心就能處理好。

看她態度分明，他也無話可說，但心裡還是有些擔憂，章卓予是因為家境的關係才會導致兩人的距離，可是李錦跟她已認識四年有餘，在養兔子方面也是最好的幫手，平常來往杜家，稱得上是朝夕相處。

所以，不是沒有培養出感情的可能。

他目光落在她臉上，慢慢道：「其實還有個更好的法子。」

「哦？」杜小魚好奇道：「什麼法子？」

他卻不說了。「以後再告訴妳。」

居然也吊起胃口來，杜小魚撇撇嘴，又見時間不早，怕耽擱他休息便告辭一聲，拿著果盤走了。

他坐在床頭，手撐著下頷發起呆來。

這兩天過得那樣快，像是一眨眼就消逝了。

李源清只來得及陪著他們說說話，抱抱幾個弟弟妹妹，跟著杜小魚去看一眼她種的藥草田，還有，一家子在一起吃幾頓飯。

時間實在太短。

杜顯送他到村口，早已有馬車在那裡等著，除了車夫外，還有一個小廝，那小廝他們認得，是以前來送過信的。

要說的話無非就是那些，路上小心，當心身體，杜顯紅了眼睛，心裡是萬分的不捨得，然而，他還記得他們，還能回來看看，那已經足夠。

「爹，我還會回來的，您跟娘好好保重。」李源清語氣十分堅定。

杜顯立時像吃了顆定心丸，聽到還能再見到他，臉上就笑開花來了，連連道：「好，好，我會跟你娘說的。」

他最後看了眼杜小魚，方才上了馬車。

那一眼跟往日有些不同，像是有好些話要說，有好多好多的感情，饒是杜小魚的心裡滿是離別的傷感，也不禁起了疑心，很想上去問問他，可是，馬車卻往前行駛了，很快就拉遠了距離。

漸行漸遠，揚起一路煙塵。

李源清靠在鋪著涼爽竹墊的座位上，閉起了眼睛，也不知道是不是因為初回家的興奮，他這兩天都沒有睡好覺，如今放鬆下來，只覺得疲累。

而與此同時，李府大院裡，當家主母謝氏正與李家二公子李源雨說著話。

「那孽種果真去了飛仙縣，」李源雨眉飛色舞，幸災樂禍道：「他竟然敢私自離開京城，我這就去告與父親知，也好叫他曉得，那不過是個白眼狼而已，再怎麼對他好，也是養不熟的！」

謝氏攔住他，不怒自威。「什麼孽種，那是你弟弟！」

李源雨卻不怕她，撇撇嘴，敷衍道：「是是是，三弟去了飛仙縣，娘，這難道不是一個好機會？」

「你當你父親不曉得？」謝氏一拂袖子。「源清他聰明絕頂，這麼久以來可有把柄給你抓住？你去告訴老爺，也不過是碰一鼻子灰！老爺對他愧疚，不是一朝一夕，他去飛仙縣又是重情之舉，老爺只會更加心疼，你懂什麼？」

李源雨氣道：「那怎麼辦？我可不能讓他壞了我的好事，他一日在京城，惠平公主一日也不會看上我這臭小子，要不是他突然出現，大哥已經娶妻，這李家也只有我一個，她怎麼也逃不了。」

謝氏擰了下眉，天意難測，她也是沒想到林嵩竟把那賤人的兒子給尋了回來，如今還想要來壞她兒子的好姻緣。

惠平公主的娘乃是他們謝家的表親，早年兩家就暗地做了不少工作想要結親，就連皇上本也是看好的，只等孩子年紀長到合適便提出來，誰料那惠平公主卻看上李源清了。

但也不怪她，無論容貌、才華，他都比自己兒子高出一大截，惠平公主眼睛又不是瞎的，豈會選不來？不過，好在他還有一個巨大的缺憾——他是個庶子。

謝氏微微哼了聲。「再如何，他也配不上公主，倒是你，給我好好約束些，惠平公主看不上你不是沒有原因的。」

李源雨心虛，低應一聲，但又不甘道：「那就不管他了？任他到處亂跑？真是丟我們李家的臉，還去認那些個破親戚幹什麼？要是別人問起來，我都不好意思答！」

謝氏想了想道：「他這次來往要一個多月，院裡不過放十數天，他倒是用了什麼藉口給翰林院的博士請假的？」

「兒子不知。」他搖搖頭。

「去打探下，若是有欺騙之嫌，以後博士也必不會再信任他，將來也是一個污點。」謝氏寒著臉道，語氣森森。

李源雨拍了下手，大笑道：「還是娘的手段高呀，兒子這就去。」

謝氏搖搖頭，要是二兒子能像大兒子那樣，她也不用操那麼多心，但怎麼樣也是她親生的，總要用盡所有心力為他謀取個好的將來。

第八十四章

李源清走後沒幾天，白與時從京城回來了，聽到他曾來過，不免也覺得惋惜。

杜顯倒是神采奕奕，笑道：「文淵他還會來的，到時候你們再聚就是了。」

那也不知是多久後的事情，但看他期望那麼大，杜小魚也不好打擊他，只跟杜黃花說道：「妳看爹那個樣子，要是二哥真的多回來幾趟，只怕要年輕好幾歲呢。」

「可不是，爹還是最疼他。」杜黃花深有同感。

杜小魚拉她坐下來。「有件事一直想問妳呢，要是姊夫中了舉人，妳到底要不要去京城？咱們家現在不缺銀子，真要去，在京城偏一些的地方買個小院總是夠的。」

也就幾百兩銀子吧，她那兩天跟李源清打探過，也只有城中心的房價是真的貴，都得幾千上萬兩才買得起。

杜黃花認真想了下。「念蓮還小，我怕帶過去也不好，等再大些再說吧。」

這倒是個問題，路上顛簸，要是生個病就可怕了，杜小魚點點頭。「妳說的也是，看來還是要從長計議。」

「妳跟娘想得真遠，這都不知道考上沒有呢。」杜黃花笑起來。

「要是考上，也就是幾個月的時間，三月就要去春闈的。」杜小魚挽住她胳膊，撒嬌道：「我這還不是為妳著想，其實才捨不得姊去那麼遠的地方呢。」

杜黃花捏捏她的臉。「妳啊，還是好好想想以後怎麼跟章公子說吧。」她小聲道：「剛才相公跟我提了下，說章公子那幾天都是跟他在一起的，只當我們家想把妳許給章家呢，說是章公子待他十分好，客氣禮貌，路上也一同回來的，沒少提到妳。他回來便問我怎麼沒把這事告訴他。」

還走了姊夫路線？杜小魚黑了臉，氣道：「都怪姊，妳當時怎麼不跟他好好說清楚呢？」

「我說得很清楚了，豈會想到他不明白？」杜黃花很無辜，她性子一向良善，哪會用強硬的語氣，自是委婉加委婉，只當章卓予是個讀書人，應該一點就透。誰料卻是個實心眼，想到別的地方去了，只當杜小魚是因為他的娘親而退縮。

不過白與時倒覺著這個少年不錯，杜黃花道：「妳姊夫說他品行很好，前途遠大，妳當真不考慮考慮？說到家世，要是相公真的中舉，也不是沒有可能。」

杜小魚搖搖頭。「他太自作主張了，起先我只當他不夠成熟，總會長大的，如今看來，恐怕確實不合適。」

杜黃花噗哧笑道：「他都比妳大了幾歲，看妳這話說的，好似是個多老的人。」

至少比他們幾個都老！杜小魚道：「等榜一出來，我便去跟他說清楚。」

「萬一落榜，妳雪上加霜，也去說嗎？」

那只能祈禱他不要落榜了，不管怎樣她仍是要去說的，這事拖不得，反正下一次考試要三年之後，時間會沖淡一切。

李源清終於到達京城，問候父親、母親之後，李瑜並沒有問他幹什麼去了，只叫他好好休息一天，也好明日去翰林院繼續學習，倒是李源雨不懷好意的看了他幾次，李源清早已習慣，沒有理會。

來到臥房，小廝李欽送來用熱水打濕的手巾給他擦臉，一邊說道：「二公子只怕是去問過了，看他那小人得志的樣子，真是愚蠢不堪！公子，是不是按照之前說的，讓他去博士面前出番醜，也好教他曉得自個兒是個什麼東西。」

李源清早就在博士面前坦白過，想去見見自己的養父母，博士也答應了，要是李源雨去告發他，便是赤裸裸的小人行徑，甚至連親情都不顧，會讓博士看不起。

「不用了，這事我會跟娘說的。」

李欽訝然。「公子要告知夫人實情嗎？」

「換一份人情罷了。」他淡淡道。

李欽不解。「夫人只把公子當眼中釘，一心想要拔除掉，這幾年光找來結親的就有數十家，她是想把公子弄出京城啊！」

李源清笑了笑。「正合我意，他們謝家勢力龐大，不像父親出身寒門，沒有家族的依仗，我若要做成這件事，怎麼也得跟她示個好。惠平公主我並不喜歡，家產亦不想爭奪，她倘若聽明白了，自會想法子助我一臂之力。」

「公子……公子不想待在京城了嗎？」李欽大吃一驚，隨即便明白了。「公子莫非想去飛仙縣？」他心裡大急，李源清身在翰林院，是有大好前途的，若是明年通過考核留館的話，前途更是不可限量，可是他竟然想放棄這些。

李源清瞧他一眼。「做事有輕重緩急之分，想得到什麼，就得付出代價。我還年輕，功名利祿，你怕我日後沒有嗎？」

李欽對他的自信與固執也是領教過的，知道他一旦下了決定便不好勸阻，嘆口氣道：「小的只是不太明白，公子為何要堅持去那裡？只是報答養育之恩，大可接他們過來，京城又不是沒有地方可以安置。」

大明朝的都城，只怕沒有誰不肯來吧？想必老爺也不會反對，有這個二品大員做依靠，住在如此繁華的地方，還能有比這更好的日子嗎？

李源清道：「我主意已定，你若不想去，到時我會跟父親說的。」

李欽是家生子，是李瑜親自指來服侍他的，這三年算得上體貼忠誠，所以送信的事也都交給他去辦。

聽聞此話，李欽忙低頭道：「小的不敢，公子去哪裡，小的也去哪裡。」

李源清點點頭，揮手讓他出去，又坐到書案前提筆給林嵩寫了封信。

十日後，京城桂榜的名單終於被報信人帶到了飛仙縣，白與時跟章卓予都考上了舉人，分別排在第十六名與二十二名，這是很好的成績，縣主與鄉紳富豪們立即擺酒相請，村裡眾人也紛紛道賀，接連熱鬧了數十日才漸漸靜下來。

兩家人一下子出了兩個舉人，雖說李源清已經不是杜家的兒子，可是上回探親還是被眾人周知，一時杜家、白家炙手可熱，而杜小魚沒有定下人家，若是娶了她，就相當於跟兩個舉人都有了親戚關係，基於這個原因，加上家境也富裕，她立刻成為了被爭奪的對象。

杜顯跟趙氏整日忙著拒絕別人，家中客人是一個接一個。

上到縣裡的大戶、秀才，下到隔壁村子的販夫走卒，真是五花八門，趙氏想到就覺得頭疼，按著眉心跟吳大娘訴苦。「一個個都是衝著女婿的功名來的，咱們家原本只是有幾個錢，哪兒要得了這種陣勢？相公是全看不上，說他們邪心，也有幾個不錯的，但妳知道，小魚這丫頭在想什麼我們哪兒猜得到，她爹就都丟去給她選，結果也一個都不要。」

「哎喲，這大好形勢都挑不到一個中意的，以後眼光高的名聲傳出去，誰還敢來提親？」吳大娘皺起眉。「閨女可不同兒子，莫等以後後悔，還是要勸勸她。」

趙氏搖著頭。「罷了，總歸還是要她自己喜歡。」

這一日日過去，拒絕的人多了，終於門前開始冷落起來，杜顯才鬆了口氣，他本就不是擅長拒絕的人，遇到臉皮厚的千方百計纏著，真是費盡口舌，感覺比種田還要來得累，頓時覺得解脫了。

為了迎接春闈，白與時比以前更加用功，終日都不出門，杜黃花怕在房裡打擾他，經常抱著女兒來娘家，反正白士英回來了，田裡要看管都是他來，家裡的活多半就由崔氏來做，她只負責帶好孩子就好了。

但毛玉竹卻找了來，說是萬太太叫她來帶話的。

杜小魚聽到放下了手裡的活，上前問道：「是要叫我姊回紅袖坊嗎？」

毛玉竹點點頭。「最近幾天接了好幾幅刺繡圖，都是縣裡幾家大戶來訂的，萬太太一個人實在忙不過來，我們又沒有師父的手藝好，萬太太就叫我來請師父回去。」

杜黃花當然應承了。「那妳等等，我收拾下就跟妳走。」說完抱著念蓮回白家了。

毛玉竹有些拘謹的坐著，杜小魚端來些吃食。「恐怕有一會兒呢，還要整理衣物。」

「沒事兒。」毛玉竹笑笑。

「妳嚐嚐，都挺好吃的。」杜小魚把盤子推了推。

毛玉竹又是靦覥一笑，這才伸手拿了幾塊放進嘴裡。

她仍在好奇怎麼突然有那麼多人一起訂做繡圖，這在過去都不多見的，便問道：「到底怎麼回事？那些繡圖可聽說都是送給誰的？」

「聽柳紅姊姊說，是送給縣主和縣主夫人的。」

「哦？縣主家裡有人過壽嗎？」

「好像不是。」毛玉竹歪頭想了下道：「是說什麼考績好，縣主可能要升遷到別的地方去了呢，所以那些人才紛紛送禮，就連萬太太也送了的。」

古代官員也是需要考核政績的，每三年一次，以此確定將來是留任、貶職、升遷還是罷黜，所以對官途至關重要，而飛仙縣的縣主已經在這個地方連任了兩屆，待足了六年，一直政績平平，今年終於得了個優，有望升遷到濟南府當戶部主事。

杜小魚恍然大悟，原來如此，難怪要送禮呢。不過說到這個縣主，杜小魚對他的印象談不上好，也談不上壞，大概就是個較為中庸的官員，不求有功但求無過，在縣裡倒是沒有做過什麼壞事。

她想了會兒，又衝毛玉竹笑道：「我姊說妳學得可快呢，常常誇妳聰明。」

毛玉竹很是不好意思，謙虛道：「我愚笨得很，是師父教得好。」

兩人說了一會兒，杜黃花終於打理好了，拎著個包袱過來，裡面放著些她跟念蓮的換洗衣物。

趙氏曉得這事也叮囑兩句，杜小魚一直送她們到村口，看她們上了牛車這才回家來。

算算時間也差不多了，章卓予那邊也該慶賀好了，杜小魚覺得是解決那件事的時候，她打聽過章卓予肯定在府裡，這就準備去縣裡一趟，省得到時候他又找過來。

下午就到了飛仙縣，她先去看了下杜黃花，只見果然忙碌，萬太太的四個弟子都在，加上毛玉竹、金巧，又有幾個打下手的，閒話都沒空說一句，她便自覺地離開去了集市買些禮物，然後就去了萬府。

倒是不想進去府裡，只在門外面叫家丁通報。聽到杜小魚來了，章卓予幾乎是飛奔著出來。

「恭喜，恭喜。」杜小魚賀喜話也說兩句，把禮物遞給他。

章卓予中了舉人，意氣風發，笑道：「我還想過兩天就去找妳呢。」

杜小魚看看左右，說道：「咱們換個地方說話？」

「那去園子吧，菊花都開了，漂亮得很。」他相邀。

「還是不了，我就說幾句話。」杜小魚忙拒絕，她可不想再碰到章夫人。

她不肯進府，章卓予心裡隱隱升起不好的預感，有些緊張地道：「為什麼？妳不是很習慣來府裡的嗎？我舅父也很欣賞妳，前幾日還說妳怎麼不去了呢，說妳的草藥種得那麼好，他還想問問有什麼經驗。」他跨前一步。「妳可是怪我沒有立刻來找妳？」

「沒有，沒有，我沒怪你。」杜小魚感覺後背要出汗了，呼出一口氣，往旁邊走了去。「城門外風景也不錯，咱們去那裡走走，可好？」

城門外有處亭子倒是不錯的，周圍是一片桃林，可惜季節不對，桃花早就凋謝了，但她要去，章卓予也只好點了下頭。

兩人來到城外，只見四處靜悄悄的。

深秋時節，已不是最佳風景，除非有耀眼的楓葉，否則只是滿地的蒼黃。

她站定片刻，慢慢說道：「我其實是想讓你明白一件事……」

不料他卻打斷她。「我跟我娘說了，我一從京城回來就說了。」

杜小魚一愣，但很快就平靜下來。「那你娘同意了嗎？」只怕章夫人是氣得不輕吧？

章卓予露出為難的表情，他緊了緊拳頭。「不管怎樣，我肯定會說服娘親的，小魚，妳瞧，我可是舉人了呢，那會兒娘怕影響我唸書，可是現在不同了。我只要再通過春闈，娘肯定不會不答應的。小魚，妳再等等，好嗎？」

杜小魚哭笑不得，他實在太不瞭解情況了，居然已經把這事情都告知章夫人，再讓他這麼下去，只怕章夫人哪日會上門問罪也不一定。

她低頭整理了下表情道：「就算你娘同意，我也不會同意的。」

「為何？」章卓予大驚。「妳……」

「我沒想過嫁給你。」她深吸一口氣，很認真的道：「從頭到尾我都沒有想過嫁給你，你跟我只是朋友罷了。」

他不可置信的盯著她。「可是妳早知道……」他送她簪子，他去北董村看她，他多麼喜歡她，她肯定也是知道的，為何卻要說出這麼傷人的話來？

「若是讓你誤會，我只能說對不住。」看著他的眼睛，杜小魚心裡也不太舒服，可是她總要說明白的。上次是因為他馬上要參加鄉試，可總是顧忌這些，拖得越久越不好。

章卓予倒退兩步，臉色煞白，囁嚅道：「妳不喜歡我？」

她這次沒說話，只輕輕點了下頭。

那雙明亮的眼睛曾經覺得如此耀眼，可現在卻像冬日裡最冷的寒冰，裡面寫著「肯定」二字，他又倒退幾步，終於轉過身慢慢走了。

沒有什麼歇斯底里，也沒有什麼糾纏，他還是那個內心單純的少年。

杜小魚心裡驀地發痛，以後恐怕就要失去這個朋友了。

第八十五章

一個月後，紅袖坊接的繡圖終於完工，杜黃花又回來了，說起章卓予的事，說這回應該是真的清楚她的意思，最近鬱鬱不樂，飯也吃得不好，章夫人只當他病了，還請了大夫來看，開了方子，但也不見得好，大夫說是心病。

言罷略帶了些可惜。「他是真心喜歡妳的，不然也不至於如此。」

「總會好起來的。」她淡淡道，再如何病了她也不能去看，等時間久了也就好了。

她點點她腦袋。「妳心硬起來也是怕人。」

杜小魚無奈的嘆口氣，靜默會兒想起一事，問道：「聽玉竹說那繡圖都是送給縣主的，那縣主是確定升遷了嗎？」

「是的，我聽師父說，四月好像就要去濟南府任職了。」

「到時候新的縣主一來，只怕又是一番忙碌。」杜小魚搖著頭。「如此，姊不是又要日夜趕工？老是這樣，還不如跟著姊夫去京城呢。」

「玉竹那裡我還沒有教好，妳倒是急。」杜黃花笑道：「我自個兒也是曉得的，不會累著，妳放心就是。」

「等過完年姊夫就要走了，那白大叔還是要跟著一起去嗎？」杜小魚又問。

「嗯，婆婆不放心相公，說病才好沒多久的，趕考勞累，非得要公公跟著，我說僱個隨從她還不肯呢，說不是自家人不盡心。」杜黃花嘆口氣。「公公身體也不見得有多好，他年紀大了這般奔波，我也怕他累倒呢。」

真是只心疼兒子不疼相公，杜小魚笑道：「我覺著妳說的不錯，找個隨從比較合適，要不叫娘跟崔大嬸說說？」

杜黃花想了想。「也好。」

時間也不多了，這一晃眼，新年就過去了，趙氏找了機會就跟崔氏說還是給白與時找個貼身隨從為好。見親家母出面，崔氏最後還是答應了，只說一定要挑個身強力壯、能扛的，杜小魚就想到那些在武館學武的弟子。

那不是最好的人選嗎？

這年頭土匪馬賊的也多，要是有個學過武的貼身保護，那可是比任何人都要來得強。

崔氏聽了立時贊同這個想法，忙著就要去武館尋找。

說到那個武館，館主還是林嵩請來的人，在這裡一教就是三年，學成的徒弟有二、三十個，做什麼的都有，護衛、鏢師、走江湖賣藝，也算是能養家的行當，所以每年仍舊有人送孩子去學，偶爾也有別村的來。

見到崔氏一行人過來，館主只當是有什麼事，驚訝地上來詢問，一聽說是要僱人陪著去京城趕考，當個長隨，忙笑著答應。

他是個熱心人，以前也常幫徒弟介紹工作，就叫帶著練武的幾個大弟子暫時停下來，把他們的意思說給那些人聽。因為給的工錢也高，一個月一兩銀子，又聽說是給舉人當隨從，自然很多人樂意，這事要做得好，舉人以後當官了，當個府裡的管事也是很好的前途。

一時之間眾人紛紛響應，都不知道選哪個好了。

看著都是身體很好的樣子，好似差不多，見崔氏挑得眼花繚亂，杜小魚笑道：「不如讓館主推薦幾個合適的。」

杜黃花也點頭。「館主總比我們瞭解，只要娘把要求說了就是，我們到底是外行人，看不出來的。」

崔氏聽著也對，就請館主幫著給她選幾個人選。

館主認真思考了會兒，找了幾個弟子來，笑道：「都是年紀比較大的，不像其他的，還不到十二歲，要去京城嘛，總要懂些道理，毛毛躁躁總是不行的。」

「是這個理兒。」崔氏連連點頭。

館主一一介紹了下，極為客觀的說了幾個人的個性、特長，也沒有偏重哪一個，反正作決定的還是崔氏。

白士英也在旁邊做參謀，這人是代替自己去的，總要好好選選，第一重要還是要可靠忠厚。

最後在幾個人裡面，挑了個姓孔的，叫孔敦，一是因為他是北董村的人，知根知底，父母往上幾輩都是這兒長大的，看起來就很純樸。二來高大魁梧，一出手能打斷幾根木頭，練過氣功，站在身邊十分有安全感，而且人還細心，跟他說過什麼都記得住。

這下崔氏滿意極了，當即就要僱他，還提前給了一個月工錢，叫他買身好衣服穿穿。

因為要去參加春闈，所以白與時二月初便要出發了。再次面臨分離，杜黃花依依不捨，這回可不像上次了，這回要是考中的話，再通過殿試，要麼是立時調任哪兒做官，要麼是被點庶起士，要麼是留在京城等候機會，反正總歸要好長時間都見不到面。

白與時抱著母女倆說了一夜的話。

臨別時，杜顯拿出幾張銀票交給白與時收好。「這是我跟娘子，還有小魚的心意，你到了京城花銷大，四處都要打點。」這銀票還是專門去縣裡的大通錢莊兌換的，也只有他們家在京城有分號，可以直接在那邊取出銀子，簡單方便。

白與時十分感動，表示自己一定會全力以赴，拜謝後這才上了馬車。

杜小魚心裡也還是關心章卓予的，次日就讓人去打聽打聽，他有沒有去參加春闈，後來知道昨日去了，才算鬆了口氣。

沾衣欲濕杏花雨，吹面不寒楊柳風。

細雨綿綿從天空飄落，已是陽春三月，一封來自縣衙的請帖送入了杜家。

「娘，您猜誰請我們去府裡看堂會戲？」

趙氏閒著無事，正在描花，聞言驚訝道：「堂會戲？」這可不是一般人家請得起的，家裡得足夠大，有戲臺，縣裡也籠統就幾家這種程度的富豪。

杜小魚揚了下帖子。「還是玉衣班呢。」

「到底是哪家啊？」趙氏忍不住發問，玉衣班這名號也是從別人口裡聽來的，據說整個濟南府都很有名，只有官宦貴冑人家才請得動來家中助興，按理說，他們這一輩子都不可能看到這種戲會，如今竟然會有人相請，也難怪她沈不住氣了。

「是縣主夫人請的。」杜小魚也是剛睡了一覺醒來，看到帖子滿心的疑惑。「這縣主夫人我也沒有見過，娘想想呢，為啥會請咱們？」

趙氏當然想不出來，皺著眉道：「要不去問問黃花？」

杜小魚便去找了杜黃花，結果她也收到了請帖，同樣猜不到其中的緣由，但姊妹倆一合計，既然是縣主夫人請的，也不好不去。

第二日，二人一大早打扮妥帖，趙氏選了件素雅乾淨的裙衫穿著，杜小魚也是沒多花功夫，頭髮只隨便抓了個髻，插上一支翡翠簪子。

等用完早飯，差不多過了半個時辰，那邊派的馬車就過來了。

車夫也很是客氣地請她們上車，作為客人不好空著手去，東西是早就準備好的，縣主家裡估計也不缺什麼，就帶了些自家種的養的，結果車夫說夫人早就預料到，叫她們不用帶。客隨主便，也便罷了。

這縣主的官邸她們是頭一次去，在杜小魚眼裡倒沒什麼特別，感覺跟萬府也差不了多少，就是稍微大些、氣派些。

府裡也分內外兩院，內門那兒早有丫鬟婆子候在那裡，便是她們領著一路去到裡面的。

那些下人態度稱得上恭謹，太太小姐的叫，趙氏連連擺手，自言當不起這種稱呼，她們便是微微一笑，但照舊還是這樣叫著。

她們最後穿過道月亮拱門來到一處寬闊的地方，那邊就是戲臺了，四周擺著好些花盆，遠些地方是各種喬木，已有幾位太太小姐等著，見到她們二人，都露出些驚訝的表情，顯然是沒料到縣主夫人竟然請了這樣的人來。

杜黃花是跟著萬太太與萬芳林一起來的。

因為認識萬太太，便過去見了禮。

這當兒，縣主夫人也出來了，立時就有位太太笑著迎上去。「那玉衣班的名頭我倒是聽說過，沒想到今兒還能親耳聽到，真是虧得夫人才有這福分呢。」

「是啊，不知道多少太太羨慕我，還讓我學幾句回去唱給她們聽。」另外一個太太掩嘴直笑。

都是會說話的主，杜小魚早年身在職場，早就膩味這些事，如今做個村姑反而落得自在，她是不想去討好任何人的。

沒料到縣主夫人卻走過來，第一個對著說話的竟是趙氏。

「早就想請妹子過來，我在這縣裡也住了六年，真是難得見到妳這樣做人娘親的，看看把兩個女兒教得多好，黃花一手的好刺繡，二女兒又是縣裡有名的養兔能手，真真是讓我羨慕。」

這話讓所有的太太都變了臉色，一個繡女、一個沒地位的商人，怎麼就算教好女兒了？如果這算是教出來好女兒，那她們算什麼？

萬太太也是極為驚訝，她是瞭解縣主夫人的，絕沒有想到這樣的話竟然從她口裡說出來，其實縣主夫人請趙氏她們過來聽戲，就已經是極為不對勁的事，要說是因為白與時考上舉人的緣故，可縣主本身也是進士出身，如今又升遷到濟南府戶部做事，怎麼說也不應該對她們紆尊降貴才是。

莫非這段時間發生了什麼事不成？

趙氏受寵若驚，都不知道如何接話，只低著頭道不敢。

杜小魚上前對著縣主夫人福了福身道：「夫人謬讚，我姊的繡藝乃是萬太太親傳，自是非凡了得，不過我那些個養兔子的事，只不過是興趣所致，充其量豐富了各位的餐桌罷了。」

這話是顧了萬太太的面子，也沒有拂縣主夫人的誇獎，縣主夫人不由得仔細打量她兩眼，才環顧四周，微微笑道：「我也是從老爺那兒得知，京城裡的千金小姐如今也有出來開鋪子的，有位姓華的，她家道中落，差點就被賣入煙花之地，後來白手起家，開了數十家胭脂鋪出來，比宮裡做的還要好，又拿賺來的家財做善事，前陣子被皇后召見，說她乃是女子的楷模。」

她目光一掃眾人。「皇后娘娘都如此說，難道還有錯的？」

搬出這位來，哪個敢反駁，一個個都低了頭。

這是打別人的臉捧著她們呢，杜小魚再次驚疑起來，縣主夫人究竟是為了什麼緣故要做到這個分上？

除非是有所求，可是他們杜家能有什麼好處給她？

玉衣班很快就來了，台下排了三排位子，趙氏、杜小魚居然是放在跟縣主夫人一排的，還有兩位劉太太，而萬太太跟杜黃花、萬芳林在第二排，還有幾位太太小姐分別排在第二、三排。

杜小魚不由猜測，若不是有那層師徒關係，縣主夫人是不是也會把杜黃花排在最前排來？看來還是給點萬太太面子的。

關於聽戲，她沒什麼興趣，咿咿呀呀的也聽不懂，倒是有場武戲還不錯，吸引了她的目光。

旁邊，縣主夫人時不時的跟趙氏說幾句話。

她湊過去細細聽，終於還是聽到一些。

縣主夫人說：「妳養了個好孩子……別人都比不得，若是將來……我家老爺是要去濟南府任職的，不過……」

斷斷續續，她越聽越是覺得奇怪，這是在說誰呢？

幾場戲下來，就到午時了。

縣主夫人又留幾位太太小姐用飯，她也是有兩個女兒的，不過大的已經出嫁，還有個小女兒，叫馮叢蓉，年方十五，卻是現在才出來與眾人會面，長得頗為清麗，楚楚可人。

飯後，那些太太聚一起說話，年輕的姑娘們自然就由馮叢蓉領著在院子裡散步賞花，或也有吟詩作對、餵魚觀湖的。

此前因為有縣主夫人說的那番話在前，那些小姐的表情都頗為怪異，時不時的看她，忽而又三兩低頭竊竊私語。杜小魚便越走越慢，落到最後面去了。

她實在不喜歡這種聚會，一個人樂得自在。

誰料萬芳林卻也落下來，與她同走一處。

杜小魚想一下，還是主動打了招呼，也做好被人無視的準備，但萬芳林在她眼裡不過是個單純的孩子，沒有什麼丟不丟面子的。

萬芳林像是考慮再三，終於開口道：「小魚妳怎麼好久不來府裡？」

算是友好的表示吧？杜小魚笑起來。「家裡忙，又沒有什麼事情，所以就不來了。」

她輕輕皺了下眉頭，欲言又止，想說什麼又很艱難，把自己的臉憋得通紅，一雙眼睛更是蓄出了眼淚，在眼眶裡打著轉。

見她如此，杜小魚驚道：「妳怎麼了？」

萬芳林拿帕子在眼角按了下，輕聲道：「妳沒有來，表哥……表哥好似很不開心，都生病了，等他從京城回來，妳、妳能不能來府裡一趟？」

竟是這個原因，杜小魚都不知道說什麼好。

「表哥，他、他很……」萬芳林深深吸了口氣，可後面的話怎麼也說不出口，眼淚終於從眼眶裡掉落下來。她說不出「喜歡」這兩個字眼，那好像一把刀在挖著自己的心，可是看著他難受，她卻比他還要難受萬分。

看得出來她傷心欲絕，無奈痛苦，若是只為人說話，斷不會如此。

杜小魚在剎那間終於明白了，原來萬芳林是喜歡章卓予的。

她靜靜地注視萬芳林一會兒，柔聲道：「真是難為妳，不過我並不喜歡妳表哥，有道是強扭的瓜不甜，他總有一日會知道，還有更好的姑娘就在他身邊。」

萬芳林錯愕地瞪大了眼睛。

「守得雲開見月明，妳有家人的支持，這應不是難事。」她也明白了萬太太之前的做法，像萬太太如此精明的人，定然看得出來自家女兒的心思，可是她那日竟特意邀請她去府裡，還當著章卓予的面，說他們二人相配。

結果這話就被章夫人聽到了，斥責她沒皮沒臉……

也就是從那個時候，她才決定不再去萬府，而這事也讓章卓予明白，他的娘親是站在了反對的一方。

果真是很早就開始為萬芳林謀劃打算了，杜小魚揚著唇笑起來，也幸好她沒有喜歡章卓予，不然萬太太可是一個難纏的對手呢。

第八十六章

見不到杜小魚，馮叢蓉走回原路去尋她，她心裡同那些太太小姐的想法是一樣的，杜家不過是村裡人家，也不知娘是因何原因特地請了來看戲，還萬般叮囑她要好好招待，可到底是個上不得檯面的。

就這般走走也能迷路，與眾位小姐也說不上話，她厭煩地撇了下嘴。但站在杜小魚的面前時，臉上已然換上溫和至極的笑容。「原來是在跟萬姑娘說話呢，這就好了。」

杜小魚見她專程回來找，表達下歉意。「這兒很漂亮，一時就走慢了。」

馮叢蓉笑著道：「前面還有處園子，花都開了，已經叫人放好矮几，咱們到時候邊休息邊賞花，那才舒服呢。」

幾個人便往前走了。

她們是傍晚才回到家的，仍是縣主夫人派了馬車送。

其實杜小魚也注意到，趙氏自離開那裡後就有些心事重重，而且縣主夫人很明顯是跟她說了不少話的，但趙氏並不肯講，杜小魚也沒法子。

晚上，趙氏跟杜顯坐在房裡說話。

趙氏坐得腿有些發麻，眼見天色一點點黑下來，這才說道：「是因為文淵。」

聽到這兩個字，杜顯心裡一跳，忙問道：「文淵？怎會跟他有關？他可是在京城啊！」

趙氏嘆口氣。「其實我也不清楚，縣主夫人並沒有全部告訴我，只透露出這次縣主能升遷到戶部做事，好像是有他的功勞在裡面。」

這下杜顯也糊塗了。「他還在翰林院學習，怎麼有本事左右這種事？該不是哪兒弄錯了吧？」

「應不是的，不然縣主夫人也不會跟我說這些話。」其實一路過來，她已經想了好些，這時小聲道：「莫不是他家裡想的辦法，他父親可是二品大員，也許是辦得成的，反正縣主夫人的意思是將來還希望能繼續依仗他。」

杜顯搖著頭，極為疑惑。「跟我們講有什麼用？文淵到底不是……她要求也應該求到那裡去，或者林家還靠譜些，畢竟是他的外祖母。」

「你怎知他們沒去過林家？但李家到底門檻高，他一個縣主只怕是見不到人的。我只是奇怪，既然文淵幫了他們，想必也是有聯繫的，可是縣主夫人的樣子，好似是跟他說不上什麼話，所以才想到我們家。」

杜顯聽著想起一件事。「小魚之前說過，好似文淵跟縣主打了招呼，叫我們有事就去縣衙，難道是因為這個才會伸手幫忙，當是還了人情？說起來，還真是，我去衙門交納糧食，那踢斛（注）的稅吏都不使力氣，想必是有一些理由的，也許縣主特意關照也說不定。」他看向趙氏。「那娘子是怎麼回縣主夫人的？」

「我怎好不肯，只能應付下，反正文淵又不在這裡，這話我怎麼也傳不到的。」

「說得也是，縣主夫人可是白花費了力氣，文淵雖說還會過來，可也不知是什麼時候，縣主四月份不就要去濟南府了嗎？」

趙氏對杜文淵再來並沒有抱什麼期望，他從翰林院出來大概就要封官了，哪會有空，但縣主夫人還說過一句話，說縣主要去濟南府，她們家眷暫時留在飛仙縣，等過段時間再去，不過，她也不是很留意。

兩人說了會兒話就出來了，杜小魚看他們臉上表情也猜到應是商量了什麼事，也沒去問，趙氏想告訴的話自會說的。

她們被縣主夫人請去看堂會戲的消息果然還是傳遍了北董村，一時眾人羨慕無比，崔氏也知道了此事，有日便問起杜黃花。

杜黃花自然也不知道其中的情由，結果崔氏還以為是隱瞞了什麼，心裡頭便有些不高興。

她兒子才是舉人，將來前途不可限量，可縣主夫人居然請了趙氏不請她，真真是不可理喻。

眼見女兒已經十五歲，杜顯看李錦絲毫不動聲色，真是著急在心頭，心道這真是個愣頭小子，這樣多的好機會居然沒有一次把握住的，這麼下去，只怕再過個一、兩年都不可能有

注：踢斛，明朝時期剝削百姓、多收賦糧的一種手段。稅吏收稅時用腳踢動裝滿糧食的斛斗，使米粒密集充實，以便再裝。

進展，那自己女兒的終身大事可不是要被耽誤了。

由此就動了念頭，趁著杜小魚不在，杜顯就在李錦面前唉聲嘆氣。

李錦出於關心自然要問緣由。

「小魚年紀也不小了，還留在家裡始終不好。你跟小魚也是熟悉的，你倒是勸勸她。」杜顯故意這麼說。

其實李錦不是笨人，早就看出杜顯的意思，只不過杜小魚裝不知道，他也裝不知道。因為他很瞭解杜小魚，很難有人可以撼動她的決定，只要不喜歡，就算他做任何事只怕也是徒勞。

「這種事，我幫不了。」他實話實說。

杜顯不滿了，這小子居然沒有露出著急的神色，難道真的看不上他們家小魚嗎？他咳嗽幾聲，提示道：「小錦，你也幫小魚養了幾年兔子了，你難道不擔心她嫁不出去？」

「這個……」李錦擰了一下眉，看來這事情不太好再拖下去了。

「怎麼，你就是不肯？」杜顯又嘆一口氣。「小魚很不喜歡我問這些，可是姑娘家總要嫁人的，其實我覺得知根知底的比較好，像是咱們北董村的就更好了，可惜老是沒有合適的人選。」他頓一頓，意有所指。「小錦，你娘還沒給你找媳婦呢？」

「沒、沒呢。」李錦結巴起來，感覺自己有些應付不了了，杜顯說得太過露骨，他再裝傻只怕不太好，可能會逼得他直接把話挑明，便想了下道：「我想等開了錦緞鋪再說，不然別人嫁過來，也是跟著過苦日子。」

原來是有這個想法，不錯！杜顯立時又對他滿意起來，連連點頭。「咱們男人是該養家的。」

他心滿意足地走了。

李錦抬手擦了下額頭上的汗。

其實他剛才說的話也是似是而非，根本就沒有提到對杜小魚有意還是無意，只杜顯先入為主覺得是好事，這才勉強過關。

但也只能拖延一段時間而已，可他能為她做的也只有這些了。

時光匆匆而過，終於到了四月，京城那邊一直沒有傳來消息，他們兩家還是有些著急的，不知道白與時的情況，可現在總算收到了來信。

他通過了會試，排名第二十六位，正等四月初的殿試，不過信到的時候，他應該是在殿試了，可惜她們依然不曉得那邊的情形，但中了貢士已是天大的喜事，哪兒有不歡喜的，崔氏帶著杜黃花當日就去廟裡進香了，說是還願。

鄉里也紛紛有人上門道賀，眾所周知，中了貢士相當於一隻腳已經踏入官門，若是殿試能進一、二甲等，那更是錦上添花。

一時兩家應付來人也是忙忙碌碌。

「妳倒是要作個決定，要是將來想去女婿那裡，卻是要跟萬太太提前說好，玉竹不是學得也挺快？我看再等幾個月，孩子大了，也就要定下來。」趙氏拉著杜黃花說話。「我自是不捨得妳，可是夫妻兩個還是在一起好，妳婆婆也是這樣的意思。」崔氏還想著男孫，要兒媳一直不在兒子身邊，這怎麼也不可能成的。

杜黃花點點頭。「既然娘跟婆婆都這麼想，那我自是要去的，不過相公那裡還不知道會派到哪兒去，若是近些的地方就好了。」

「以後也是能打點打點的，不過女婿現在才剛起頭，只能穩紮穩打，妳可要做個好內助。」趙氏叮囑她。

「玉竹現在也學得八九不離十，師父應也是看出來了，多方栽培她，不過她性子不如金巧，掌管紅袖坊怕是還不行。」

「這倒不用妳來管了。」趙氏笑道：「妳自個兒清楚就是，只要對得住萬太太。」

幾日過後，原先的縣主調任濟南府，飛仙縣又迎來了一位新的知縣大人。

杜家對新縣主並沒有什麼想法，他們平頭老百姓，只要顧好自己的溫飽就已經足夠，若是非要加些期許，大概就是希望少些貪官污吏罷了。

只沒料到，這縣主竟是他們絕沒有想到的人。

看到滿頭大汗的秦氏站在面前，上氣不接下氣，兩隻眼睛瞪得滾圓，趙氏只當是發生了什麼嚴重的事，心裡突突直跳。

「縣主是你們、你們那個文淵啊！」然後，從她口裡發出了驚天動地的一句話。

家裡幾個人全都震住了，杜顯手裡的茶碗砰地摔碎在地上，發出刺耳的聲響。

「真的？」趙氏不敢相信自己的耳朵。

杜小魚也是彷彿從夢裡醒過來。「可是，他不是應該在京城嗎，怎的會來飛仙縣當個縣令？」

不可能，真不可能。

依他的才華怎麼可能外放？應該留館才是正常的，翰林院號稱「儲相之所」，乃是為朝廷培育政壇菁英的地方，按照通往青雲之路的軌道來看，他該成為真正的翰林才是。

「您沒看錯人？」杜小魚追問一句，但很快又覺得自己多此一問，李源清這樣的人，應該是很難看錯的吧。

「你們怎麼都不信啊？」果然，秦氏叫起來，但自己又笑了。「其實我那會兒也不信，還是去迎接新任知縣的衙役來告知的，哎，當時我都覺得自個兒輕飄飄的，腳都不著力，後來跑去衙門一看，可不是文淵嘛！我把眼睛都差點揉壞了，才確認是他，後來又讓衙役通報，跟他說了幾句話，他叫我帶話回來，等過幾日會親自上門。」

這下可由不得他們不信了，杜顯喃喃道：「他竟然是縣主，他竟然就是縣主……」

「看把杜大哥都高興傻了。」秦氏掩著嘴笑。「現在可好了，文淵當了縣主，你們真是什麼都不用怕，大姊，你們也稱心如願，想見他就能見到。」

她是不曉得其中的厲害，杜小魚連連搖頭，怎麼也不明白李源清來飛仙縣當縣主的理由，他難道是捨不得爹娘？竟要浪費如此大好的機會！

還是因為……

她眉頭又慢慢擰了起來，莫非是他嫡母做的手腳？

見他們一個個臉上都沒有笑顏，秦氏完全摸不著頭腦，奇怪道：「你們難道不高興嗎？」

「他的家是在京城啊！」趙氏一聲嘆息。

說高興也是高興的，可是她心裡又很擔憂，李家跟林家因為以前的事難免會怨恨她，如今他居然又來飛仙縣，真不知道那兩家人會怎麼想。接著她又想到另外一件事，難怪上回縣主夫人說了如此多莫名其妙的話，原來是早就知道他會來當知縣，這才諸多示好呢！

秦氏笑嘻嘻道：「在京城又怎麼樣？他是你們養大的，有道是生娘不及養娘大，他明顯是念著你們，這麼孝順的孩子，要是我真不知道如何疼愛呢！」

趙氏也不知道該如何解釋這種複雜的情緒，只得笑了笑。

「我們要不要去看看他？」這時杜顯終於正常了，問她們幾個。「難道真等著他上咱們家裡來？他現在可是縣主啊！」

「那有什麼不一樣，他在我眼裡還是二哥。」既來之則安之，再怎麼想不通也是既成的事實，杜小魚笑道：「他是新任父母官，這幾日肯定忙得很，咱們還是不要去打攪他的好。」

知縣接任，要辦的事很多，比如要拜廟上香，孔廟、關帝廟等等，顯示自己遵從儒道，又要清點倉庫核對帳目，要解決上任縣主的遺留問題，還要拜訪鄉紳，瞭解縣裡的全部情況，估計根本抽不出空來。

杜顯點點頭。「妳說的也是。」

但這幾日到底還是靜不下來，每每往門外張望，不過外界原因也很多，聽說李源清當了知縣，那拜訪的人又一批批來了。

崔氏也過來說話，她知曉這件事，心裡的結才算解開，原來是因為這個緣由，縣主夫人才請了她們姊妹倆，倒不是什麼看輕她，而且趙氏也確實不知道情況，並沒有隱瞞的意思。

「到時候真過來了，還請親家妹子問問可有與時的消息。」她來的目的也是如此，從京城捎信總是要耗費太多的時間，不知道那邊殿試的情況，心裡也是焦急得很。

趙氏笑道：「我肯定是要問的。」

兩人正說著，就聽外面一陣鑼鼓聲，有人叫道：「縣主來了，快來看縣主！」

他來了，杜小魚急忙往院子裡跑。

遠遠看見一個身穿赤羅衣、腰間裹銀帶，佩帶黃、綠、赤織成練雀三色花錦綬的人往這裡走過來。

杜顯要上去行禮。

李源清忙托住他，示意不用，但這赤紅的羅衣如此耀眼，除了杜小魚外，屋裡的幾個人都被震得表情僵硬，不知道說什麼話才好。

「娘，二哥的常服不是有幾件的嘛，在哪兒？」杜小魚想了個主意。

這兒等級森嚴，李源清穿了官服，只怕他們都不會輕鬆的。

李源清明白她的意思，便去裡屋換了身衣服出來，這才減輕了身上的官威，眾人才能好好說話。

看到崔氏也在，李源清道：「我跟姊夫在京城會過面，他表現很好，座主（注）十分看重，我也跟父親提過一次。」

話裡的意思很明顯，白與時前途敞亮，崔氏立刻眉開眼笑。

一晚上，李源清他從頭到尾都是眾人的中心，漸漸就露出些疲態來。

杜顯關切道：「可是累了？」他也聽說前幾天李源清四處奔波不得停歇，而又是從京城才趕過來不久，許是身子吃不消了。

「確實是有些累。」他點點頭，也不強撐。

杜小魚道：「要不今晚就在這裡休息吧，反正臥房多得是呢。」

趙氏剛想斥責她胡說，堂堂縣令怎麼能隨便留在別人家過夜，結果李源清倒是一笑。「也好。」

他脫了官服也不過是個普通人，有什麼理由不能睡在養大自己的父母家裡？

杜顯高興極了，忙去整理房間。

眾人七嘴八舌，反而杜小魚跟他說的話最少，除了那句留他的話就再無其他，可若放在以前，那是絕不會出現的情況。

她只是靜靜的坐著，在思考一些問題。

屋子裡終於安靜下來，兩個人默契地走到院子裡，李源清看著月光灑在她肩頭，笑道：「妳可是想問我什麼？」

「你知道我會想問什麼。」只不過她不確定他會不會告訴她真實的情況，所以，她想了想道：「可是你嫡母阻你前程？」這是最有可能的，聽說那謝氏出自名門望族，想來人脈也是廣闊的，而李源清不過是個毛頭小子，把他從翰林院弄出來也不是做不到的事。

「妳就這麼小看我？」李源清挑起眉，語氣很是失望。

難道不是這樣？看他自信滿滿，杜小魚更加疑惑。「那、那你真是因為爹跟娘才來的嗎？」

他沒答，只是看著她。

那雙眼睛像黑色的寶石在夜色裡熠熠生輝，可是又像流淌著的溫柔水流，有綿綿無盡的情意。

李源清慢慢道：「妳真想知道我為什麼回來？」

——未完，待續，請看文創風137《年年有魚》4

注：座主，科舉時代，中試者對主考官的稱呼。

妙趣橫生的種田文／**玖藍**／祝你持家不敗

年年有魚

全套五冊

小小女子為自己掙得一片天，掙得深情體貼好夫君……

熟讀此持家寶典，愛自己過好日，永遠不嫌晚啊!!

萬物齊漲！

這年頭兒日子不好過，求生存不容易啊！

東方不敗有了葵花寶典，成了武林不敗，

姊妹們，想掙錢、理家、財庫年年有餘，

還想嫁個好人家，成就女人不敗，

就不可少了這部「持家寶典」，

保妳活得生氣盎然，心滿意足！

文創風 134 1

投身農家的杜小魚發現，原來小農女真不是那麼好當的！
地少要買田，沒肉吃要開源，看病沒錢要自個兒學醫……
光靠天吃飯絕不靠譜，靠自己真個實在……

文創風 135 2

她整日埋首農書，種這種那地攢銀子，
沒想到連親姊姊的情事也落到她來操心，
加上山上來了隻吃人猛虎，壞了她採草藥掙錢的大計，
她得說服初來村裡的那位神秘的「高手」上山打老虎，
這農家日子過得可精采了……

文創風 136 3

她杜小魚年紀小小，做起生意倒是很有一套，
這村裡村外，誰不知她杜家有個會掙錢的小女兒，
因為太會掙錢、太會理家，她成了理想的媳婦人選，
對於只想掙錢不想嫁人的她，一點也不高興成了搶手貨，
掙錢不難，怎麼掙得單身的權利真是難倒她了……

文創風 137 4

打小一起長大的二哥，竟然不是爹娘親生的，
身家還顯赫得很，這已經夠教她驚訝，
更驚訝的是二哥對她的情意！
她不是不心動，只是一時轉不過來，
從二哥變成夫君，對於這個親上加親，還真的有點羞呢！

文創風 138 5 完

唉！嫁了個人見人愛的男人，果真不是簡單的事！
不過，她打小就不是個怕麻煩、怕事的，
能被這麼優秀出采的男人看上，她當然也不是個草包村婦，
她可不能辜負夫君的疼愛，
以及那些出難題的「長輩們」的期待、情敵的暗算，
她決心要做到讓所有人心服口服，小人通通退散……

不按牌理出牌、妙語如珠盟主／**涼風有信**

宅鬥（誤）／宮鬥（大誤）／原創好文開心就好

福晉很忙

全套三冊

吾本逍遙一宅女，愛山愛水愛畫畫，
奈何一日入皇家，
吃得苦中苦，方為小福晉……

在最風起雲湧壓力大的年代，
被數字阿哥所圍繞，是幸耶？不幸耶？
歷史擺兩邊，黑皮放中間！
四爺黏上來，福晉蹺府求自由，哎呀，輕鬆一下嘛～～

文創風 126 1

說實在話，她天性散漫憊懶，並不適合入宮為妃，
所以……嘿嘿嘿！耿綠琴有計劃地在選秀女的行列中落選，
豈料人算不如天算，皇帝沒看上她就罷，竟多事指婚給四貝勒！
四爺聞名於世的就是冷酷難纏加小心眼，當此人之福晉還能活嗎？！
好吧好吧，命定如此，她也沒法度，只能逆來順受，
反正她專長就是閒晃、閒散度日、閒在宅裡什麼都不鬥，
為防府裡妻妾的明槍暗箭，早已抱定大婚後低調行事是唯一準則。
可偏偏四爺硬和她過不去，平日話不多說，夜裡老愛在她房裡歇！
害她這個沒名號的小小小福晉日子難過，
夫君刻意「夜夜發春」，她無辜遭嫉、有苦難言～～

文創風 127 2

即使明含笑暗腹誹的接待那城府深、難捉摸的夫君挺習慣的，
但她並沒被富貴生活迷昏頭，天真到就此享受起這幸運。
畢竟是在九龍奪嫡風起雲湧的時期，老天爺也特愛整她，
她即使位分不高、深居內宅也不能耍孤僻，好多人情義理要顧，
服侍腹黑夫君不夠，連「老康」都不時召喚她入宮做這做那，
幾位數字阿哥更土匪般不客氣，屢次搶走她的寶貝畫！
她這堂堂福晉有如皇室專用畫匠、愛新覺羅家的高級奴婢，
福晉當得壓力大，她蹺家出府看蝴蝶散個心行不行？
不料一人逃家卻有雙重包袱，她、害、喜、了！
晴天霹靂也就如此了，這下可慘，四爺會放過她嗎？！

文創風 128 3 完

耿綠琴怨氣頗深，蹺府出走的念頭越來越強，
總之福晉可不當、自由不能棄，這詭異平和的日子不適合她！
可謎啊謎～～幾年過去她竟兒女成群，儼然府裡第一主母?!
這事事不如意、不順心外，還倒著發展的情況真令她暈！
並且有賴她的平庸平凡平常心，竟在皇阿瑪那兒也得緣，
讓她不時得離開四爺忙活，夫妻倆鴛鴦兩分飛……
說真的，唯一只有這事兒令她好——開心哪！
大老爺對外人刻薄寡恩氣場驚人，偏就對她這小福晉無可奈何，
她出外放風得償所願，他政事繁忙理應不在乎也管不著，
卻不料，寡言四爺對她實有驚天動地的陰謀安排……

華麗的宅門／攻心的教養／名門淑女的必殺絕技／粉筆琴

錦繡芳華

全套五冊

羨慕名媛淑女總能嫁入豪門當貴婦嗎？

名門閨秀教養守則，教妳一步步養成淑女，絕代芳華!!

文創風 121 **1**

她含冤而死，卻重生於小妹之身。
從此她不再是那個任性驕傲的林家嫡長女林可，
成了林府最小的嫡女林熙。
林家為她請來了堪稱傳奇的葉嬤嬤作為她的教養嬤嬤。
她暗自立誓——既然上天讓她再活一次，
她要活得光耀門楣，她要一步步踏出她的錦繡芳華……

文創風 122 **2**

嫁入侯門世家裡，哪個夫君是不納妾的？
看著母親與父親的妾室鬥著，她不只怕，光想心裡就不舒服。
可嬤嬤卻教她另一種心法——
只予情不予心，無傷無擾，才能淡泊平心，
才能在將來不為了妻妾之爭而累，不為了夫君移情而傷。
她該怎麼拿捏對夫君要情深義重，
但卻又要做到無心無傷、更讓夫君時刻都念她在心上呢？

文創風 123 **3**

沒想到在林府裡的嫡庶之爭，對她而言倒只是些小把戲了，
真正難的是，為了沖喜，她提早嫁入明陽侯府謝家，
之後，她除了得守著自己的心，
才成親就得操持為夫君找通房丫頭的事……
而她只是個月事都還沒來的小小媳婦，
該怎麼拿捏好分寸、瞻前顧後的誰都不得罪呢？

文創風 124 **4**

讓男人自己不要妾侍？這，可能嗎？
這道理她都還沒參透呢！
於是她小心翼翼地伺候公婆與夫君，小心翼翼地守著她的心，
然而夫君竟對她說：「我待妳以真，妳也得待我以真。」
他是在責怪自己對他無心，她究竟該怎麼做才好……
她真能將她藏在心裡的秘密都說與他聽嗎？

文創風 125 **5** 完

夫君竟不打算弄些姨娘、通房什麼的養著，
只願守著她一個，只生養她生的嫡子、嫡女。
她何其有幸，能得夫君如此真心相待！
面對謝家捲入皇位之爭及後宮的爭鬥，
她該如何成為夫君最得力的助手，成為當家主母，
為他撐起家務，同時開枝散葉，
她得更有擔當才行，並牢記夫妻永遠同心……

女人最不容錯過的一部作品，讓妳成為人生必勝組！

文創風
136

年年有魚 3

國家圖書館出版品預行編目資料

年年有魚 / 玖藍著. --
初版. -- 臺北市 : 狗屋, 民102.11-民102.12
冊 ; 公分. --(文創風)
ISBN 978-986-328-181-8(第3冊:平裝). --

857.7　　102021314

著作者	玖藍
編輯	王佳薇
校對	黃亭蓁　林若馨
發行所	狗屋出版社有限公司
地址	台北市104中山區龍江路71巷15號1樓
電話	02-2776-5889～0
發行字號	局版台業字845號
法律顧問	蕭雄淋律師
總經銷	知遠文化事業有限公司
電話	02-2664-8800
初版	102年11月
國際書碼	ISBN-13　978-986-328-181-8
原著書名	《鱼跃农门》，由起點女生網〈www.qdmm.com〉授權出版

定價250元
狗屋劃撥帳號：19001626
網址：love.doghouse.com.tw　E-mail：love@doghouse.com.tw